Andreas Wagner
Abgefüllt

Zu diesem Buch

Schon wieder lässt sich der Nieder-Olmer Bezirkspolizist Paul Kendzierski mehr oder weniger unfreiwillig in einen Mordfall verwickeln: In der Essenheimer Gemarkung wird ein Toter gefunden, den niemand zu vermissen scheint. Eigentlich sollte sich Kendzierski darum kümmern, beim Nieder-Olmer Straßenfest für Ruhe und Ordnung zu sorgen. Viel mehr aber interessiert ihn die unbekannte Leiche. Und so taucht er bei seinen geheimen Nachforschungen – wie immer an der Mainzer Kripo vorbei – nicht nur in die Abgründe menschlicher Seelen, sondern auch in die Tiefen rheinhessischer Keller ein, und das ist durchaus wörtlich gemeint ...
Wie in Andreas Wagners Erstling gibt es auch in diesem Krimi neben Kendzierski einen zweiten Helden: den Wein. Und, so viel sei verraten, diesmal ist es der Weißwein.

Andreas Wagner, geboren 1974 in Mainz, studierte Geschichte und Politikwissenschaft in Leipzig, wo er auch promovierte. An den Universitäten in Leipzig und Mainz forschte er zu Weinbaugeschichte und Weinbaupolitik und führt als Winzer zusammen mit seinem Bruder das Weingut Wagner in Essenheim bei Mainz, wo er mit seiner Familie lebt. Er ist Mitglied in mehreren Jurys, seine Weine wurden mit zahlreichen Auszeichnungen bedacht. Nach »Herbstblut«, »Abgefüllt« und »Gebrannt« erschien zuletzt der vierte Krimi um Paul Kendzierski, »Letzter Abstich«.
Weiteres unter: www.wagner-wein.de

Andreas Wagner
Abgefüllt

Ein Wein-Krimi

Piper München Zürich

Mehr über unsere Autoren und Bücher:
www.piper.de

Von Andreas Wagner liegen bei Piper vor:
Herbstblut
Abgefüllt

Die Handlung und alle Personen sind völlig frei erfunden,
Ähnlichkeiten wären rein zufällig.

Das Gedicht von Isaak Maus auf Seite 5 stammt aus:
Heinrich Bechtolsheimer, Zwischen Rhein und Donnersberg.
Erzählung aus schwerer Zeit. Alzey 1984, Seite 7.

Für Nina, Phillip, Hanna und Fabian

Ungekürzte Taschenbuchausgabe
Piper Verlag GmbH, München
August 2011
© 2008 Leinpfad Verlag, Ingelheim
Umschlagkonzept: semper smile, München
Umschlaggestaltung und -motiv: Hauptmann & Kompanie Werbeagentur, Zürich
Satz: Leinpfad Verlag, Ingelheim
Papier: Munken Print von Arctic Paper Munkedals AB, Schweden
Druck und Bindung: CPI – Clausen & Bosse, Leck
Printed in Germany   ISBN 978-3-492-27241-4

Selten gibt's in unserm Dörfchen Feste;
Jährlich einmal fällt die Kirchweih' ein.
Unsre Nachbarn sind willkommne Gäste.
Und wir lärmen wild bei gutem Wein,
Trinken in die Runde
Bis zur Morgenstunde
Froh und fröhlich gute Brüderschaft;
Tanzen lustig in gereihter Kette.

Isaak Maus

1

Jetzt ist es so weit.
Langsam kämpfte er sich durch die Dunkelheit. Eine solche Finsternis hatte er noch nie erlebt. Eine gute halbe Stunde musste er jetzt unterwegs sein. Vielleicht auch schon länger. Irgendwann sollten sich seine Augen doch an diese Nacht gewöhnt haben. Er fühlte sich blind. Das, was er sah, wirkte verschwommen. Unklar. Schwarz. Alles war schwarz, unterschiedlich, aber schwarz. Konturen waren nur schwer zu erkennen.

Immer hatte er Pech. Wenn er schon mal unterwegs war. Auf der Kerb.

„Verdammter Mist."

Er war über irgendetwas gefallen. Das war schon der zweite Sturz.

„Auf diesen Feldwegen lässt jeder seinen Mist einfach liegen."

Er spürte die Erde an seinen Handflächen. Irgendwie hatte er es doch noch geschafft sich abzustützen. Im letzten Moment.

War nach vorne gefallen. Als er vorhin die kleine Böschung hinuntergerutscht war, hatte er nicht mehr schnell genug reagieren können. Er hatte sich überschlagen und danach jede Menge Dreck aus seinem Gesicht reiben müssen. Ekelhaft. Es knirschte noch immer zwischen seinen Zähnen. Die Haut in seinem Gesicht spannte. Schwerfällig erhob er sich wieder. Er war über einen Ast gestolpert. Einen dünnen langen Ast. Der hatte sich an seiner Hose verhakt, an seinem linken Bein. Er versuchte mit seinem anderen Fuß das leidige Anhängsel zu erwischen. Es abzuschütteln, damit es ihn endlich in Ruhe ließ. Wie eine Katze, die ihren eigenen Schwanz jagt. So kam er sich vor. Er merkte, dass er wankte. „Verflixt."

Wenn sie ihn so sehen könnten. Wie würden sie sich wieder über ihn lustig machen: „Da ist er ja wieder, unser Depp." – „Komm, stell dich zu uns. Kriegst auch einen Schoppen. Die Mama hat dir ja doch kein Geld mitgegeben. Versäufst ja immer alles gleich." – „Na, willst du auch mal nach den Weibern gucken? Die haben sich extra herausgeputzt. Aber nicht für dich." – „Der kriegt doch eh keine ab. Der Idiot." – „Sobald eine Frau den anspricht, bekommt er kein Wort mehr heraus." – „Der Stotterer."

Er hasste sie alle. Wenn sie so über ihn redeten. Sich lustig machten. Sie hatten ihn heute zumindest nicht herumgeschubst. Was konnte er denn dafür, dass er stotterte? Nur wenn sie dabei waren, blieb er immer hängen. Bei jedem Wort. Sie wollten nicht heraus, diese verdammten Worte. Sie verhakten sich. Irgendwo in seinem Mund. Manchmal hatte er das Gefühl, dass sie zu groß waren für seinen Mund. Die Öffnung. Sie hingen fest. Oben an seinen braunen Schneidezähnen. Er musste sie herausdrücken. Mit aller Gewalt presste er sie heraus. Es war so mühsam. Sie machten sich dann einen Spaß daraus, nachzufragen: „Hä, was hast du gesagt? Sag das noch einmal. Ich habe dich nicht richtig verstehen können. Zu laut hier auf dem Rummel."

Das machten die absichtlich. Die wussten genau, wie schwer ihm das Reden fiel. Jedes einzelne Wort. Diese ganzen vielen Sätze, die man brauchte, um etwas zu erklären. Immer wieder neu anfangen.

Die sollten ihn doch mal hören, wenn keiner dabei war. Dann klappte das so gut. Die Worte stellten sich nicht länger quer. Sie fielen heraus. Das nahm ihm aber ohnehin keiner ab.

Aber er würde es ihnen zeigen! Da konnten sie sich drauf verlassen. Alles sollten sie zurückbekommen. Alles, was sie ihm angetan hatten. Sein Hass würde sie treffen. Wenn er nachts wach lag, malte er sich das aus. In der Bibel, die ihm seine Tante vor Jahren geschenkt hatte, gab es ein Bild. Das hatte ihn fasziniert. Der zornige Gott, der Blitze schickte. Das Gericht. Davor kauerten sie klein und flehend. Alle, die ihn quälten. Die sich eben noch lustig gemacht hatten über ihn.

Der alte Mossel. Wegen dem hatte er rechts nur noch vier Finger. Der hatte die Maschine in Gang gesetzt, obwohl er noch seine Finger drin hatte. Gelacht hatten sie über ihn. Als er da lag, auf dem weißen Boden. In einer großen roten Pfütze. Sein Blut war das gewesen. Seine Schmerzen. Der alte Mossel sollte winseln wie ein Hund. Vor ihm auf den Knien um Gnade flehen.

Seine Brust hob sich. Er bebte bei dem Gedanken. Genugtuung für alles. Rache. Er brüllte in die Nacht hinein. In den Himmel, der seine Sterne verschluckt hatte und den Mond auch. In die Dunkelheit.

Er erreichte die Landstraße. Glatter fester Untergrund. Jetzt waren es noch zwanzig Minuten zu laufen. Den Berg hinauf. Dann kamen irgendwann die ersten Häuser und endlich auch die ersten Straßenlaternen. Er erkannte die breiten weißen Streifen der Fahrbahn unter seinen Füßen. Genau drei Schritte, dann ebenso viele Schritte schwarzer Asphalt. Dann wieder weiß. Er zählte laut mit bei jedem Schritt: eins, zwei, drei.

„Ich bring sie um!"

Laut brüllte er das. Immer wieder.

„Ich bring sie um!"

Er nahm Anlauf und sprang bis zum nächsten weißen Strich.

„Ich kriege sie alle, alle, alle und dann bringe ich sie alle um!"

Er lachte, heiser und rau. Musste husten. Er würgte und spuckte. Hinaus damit!

Das Fahrzeug traf ihn im Rücken. Er hatte das Licht der Scheinwerfer nicht gesehen. Das Brechen seiner Rippen nahm er nur noch einen kurzen Moment als stechenden Schmerz wahr. Das Zersplittern seiner Rückenwirbel spürte er schon nicht mehr.

Die Wucht des Aufpralls schleuderte ihn eine kleine Böschung hinunter.

Zwischen hohen Brennnesseln blieb er tot liegen.

2

Paul Kendzierski erkannte seine Stadt nicht wieder.

Seit nicht einmal einem Jahr war der gebürtige Sauerländer hier. Probleme bei seinem alten Arbeitgeber hatten ihn hierher verschlagen, mitten in die rheinhessische Provinz. Aus der Großstadt Dortmund in ein Nest von höchstens zehntausend Einwohnern. Das war ein Schock gewesen, ein Kulturschock. Es gab ja Ortschaften, die sahen mit ein paar Tausend Menschen schon nach etwas aus. Dort, wo er jetzt wohnte, in Nieder-Olm, sah eigentlich alles nach viel weniger als ein paar Tausend aus. Die zwei Kirchen und der riesige Schulkomplex, vielleicht das Gewerbegebiet am Stadtrand – das sah alles noch nach mehr aus. Der Rest kaum: kleine niedrige Häuser, ein paar Geschäfte. Mitten in der Stadt stand der tote Industriekomplex einer Fruchtsaftfirma, die längst woanders produzierte: Einfamilienhäuser bis an den hohen Zaun herangebaut. Riesige Hallen aus gelben Backsteinen. Ein in den Himmel ragender Schlot. Vor Jahrzehnten hat das wohl alles außerhalb der Stadt gelegen, die sich nun langsam herangearbeitet hatte. Das ganze Gelände war dann nach und nach mit Häusern bebaut worden.

Ein Nest eben war seine neue Heimat. Von noch kleineren Ortschaften umgeben und noch mehr Weinbergen. Vor allem an diesen Anblick hatte er sich gewöhnen müssen. Er kannte das nicht, zumindest nicht bis zu jenem Oktober, als er hierher gezogen war. Für ein paar Wochen waren diese Weinberge fast zu seinem Mittelpunkt geworden, ein Weinkeller zu seiner zweiten Heimat.

Seither war viel Zeit vergangen. Er hatte sich hier eingelebt. Wenn ihn jetzt einer fragte, würde er wahrscheinlich sogar sagen, dass er sich gut eingelebt hatte. Die Menschen hier faszinierten ihn. Sie waren auf den ersten Blick verschlossen, hielten sich von dem Fremden fern. Misstrauen glaubte er häufig zu erkennen. „Was wollen Sie denn hier?" Und die immer wiederkehrende Frage: „Was in aller Welt hat Sie dazu bewogen, ausgerechnet hierher zu kommen?"

Es war hier doch gar nicht so schlimm.

Zumindest für dieses Wochenende hatte sich seine Stadt

mächtig herausgeputzt. Seit mehreren Wochen war es das Thema auf den Fluren. Die ganze Verbandsgemeindeverwaltung schien dem Tag mit langsam anwachsender Spannung hinzufiebern. „Mir sehn uns ja donn uff dem Strooßefest. Du gehst doch aach hie, odder?"

Er hatte immer nur Nicken gesehen. Alle gingen anscheinend dorthin. Das musste der Höhepunkt des Jahres sein. Des Sommers zumindest. Etliche Sondersitzungen hatte es im Festausschuss gegeben. Als Bezirkspolizeibeamter war das eine seiner Pflichtaufgaben. Er musste die Absperrungen planen und deren Umsetzung überwachen, die Umleitungen vorbereiten und beschildern lassen.

„Kendzierski, orientieren Sie sich daran, wie das in den letzten Jahren gemacht worden ist. Das hat gut funktioniert. So machen wir das wieder. Die Pläne lasse ich Ihnen bringen. Das muss alles problemlos funktionieren. Wir präsentieren uns damit als Verwaltung. Die Menschen sollen sehen, dass wir so etwas können."

Mit diesen Worten hatte der hauptamtliche Bürgermeister Ludwig-Otto Erbes seine Aufgaben für die kommenden Tage umrissen. „Alle schauen auf uns. Das muss reibungslos laufen." Erbes wirkte trotz seines Alters nervös. Nervös bei dem Gedanken an drei Tage Straßenfest.

Er hatte sicher mehr als zwanzig davon schon mitgemacht. Als Bürgermeister. Vielleicht weitere dreißig davor. Um sich selbst zu beruhigen, hatte Erbes tief durchgeatmet. So hatte Kendzierski ihn noch nie gesehen. Erbes wirkte häufig hektisch. Das führte er auf die mangelnde Größe des Bürgermeisters zurück. Er war mit Abstand der kleinste hier im Haus, höchstens 1,60 groß. Mit dem wilden Fuchteln seiner Arme versuchte er sich Aufmerksamkeit zu verschaffen. Das wirkte auf Kendzierski unbeholfen. Erbes hatte graue kurze Haare. Ein Seitenscheitel war angedeutet und sollte die kahler werdende Stelle auf seinem Kopf verdecken. Nur notdürftig gelang das. Erbes wirkte stämmig, aber ohne dick zu sein. Das lag sicher an der Größe. Von oben hatte ihn einfach einer auf 1,60 gedrückt. Er trug immer einen Anzug, egal wie heiß es draußen war. Und dieser rheinhessische Frühsommer war heiß. Dazu bunte Krawatten. Eine hätte Kendzierski in der vergangenen Woche fast die Zungenspitze gekostet. Erbes hatte sich vor ihm aufgebaut. Es ging um irgendein Gerüst. Ein Ortsbürgermeister hatte sich darüber beschwert. „Warum steht das so lange? Das behindert den Durchgangsverkehr." Erbes hatte sich eine Krawatte umgebunden. Helles Mint bildete den Hintergrund für eine Palmenlandschaft, vor der ein Kamel ruhte. Tausend und eine Nacht in Streifen geschnitten und um den Hals eines rheinhessischen Kommunalbeamten geschnürt. Kendzierski hatte zuerst geschluckt, mehrmals hintereinander. Aber es war nicht aufzuhalten gewesen. Er wollte brüllen. Konnte das mit einem beherzten Biss in seine Zunge im letzten Moment verhindern. Fester. Als Erbes sein Büro verlassen hatte, fiel er in sich zusammen. Krümmte sich vor Lachen und freute sich über den nachlassenden Schmerz.

Erbes pflegte einen Befehlston, der keinen Widerspruch duldete. „Kendzierski, fahren Sie nach Zornheim und klären Sie das." Im Grunde müsste er sich dagegen wehren. Erbes war genau genommen nicht sein Vorgesetzter. Er war als Bezirksbeamter der Mainzer Polizei unterstellt und hierher abgeordnet. Im „Zusammenwirken" mit der kommunalen Leitung sollte er als Polizist hier tätig sein. So stand es zumindest in der Dienstanweisung. Die Realität war eine andere. Sein Mainzer Vorgesetzter, der Polizeipräsident, war ein Parteifreund von Erbes und hatte ihm unmissverständlich klar gemacht, dass er von diesem seine Anweisungen erhielt.

„Kendzierski, das hat sich auch bei Ihrem Vorgänger bewährt. Der Bürgermeister ist einfach näher an den Gegebenheiten vor Ort als wir hier. Arrangieren Sie sich damit."

Er hatte sich arrangiert. Erbes wies an und ließ ihn machen. So lange es keine Probleme gab, hatte er seine Ruhe. Und das war gut so.

Sein Nieder-Olm hatte sich wirklich herausgeputzt. Er war auf dem Weg zu seinem Arbeitsplatz. Auf dem Weg zum Rathaus im Zentrum. An den Häusern in der Pariser Straße hingen Fähnchen. Alles wirkte sauber und aufgeräumt, frisch gefegt.

Kurz vor acht. Es war jetzt schon warm. Das würde der nächste Hitzerekord für dieses Jahr werden. Es war erst Ende Mai und schon Hochsommer. Ein weiterer Tag in einem Büro ohne Klimaanlage. Im Hinterhof würde die Luft wieder stehen. Kein Wind. Und sein Fenster ging dort hinaus. Offen oder zu machte da keinen Unterschied mehr. Ein Teil seiner Kollegen hatte schon die kleinen Zimmerventilatoren aufgestellt. Alle hatten hier ein und dasselbe Modell. Es passte auf den Schreibtisch, war grau vergittert und bewegte sich hektisch hin und her. „Die haben wir 2003 alle zusammen bestellt. Das war ein Sommer." Ihm reichte dieser jetzt schon. Wie sollte das erst im Juli werden?

Kleine weiße Zelte kündigten den Beginn der Festmeile an. Alles war vorbereitet. Heute Abend würde es losgehen. Das Rathaus war noch immer nicht zu sehen. Der gesamte Platz davor war zugestellt. Bunte Buden. Waffeln, Popcorn, Pommes, Currywurst. Kendzierski suchte sich einen Weg durch die engen Gassen, die man zwischen den Ständen gelassen hatte. Das hier alles voller Menschen – ihm graute davor. Diese Enge, eingeklemmt, hindurchgeschoben. Morgen Abend sollte er hier Dienst schieben. So hatte es Erbes gewollt. „Jeder muss da einen Abend ran. Wir müssen Präsenz zeigen, vor Ort sein. Das ist ein friedliches Fest, aber manchmal wird dann doch einer zu viel getrunken. Das hat man aber schnell im Griff."

Damit hatte Erbes sich selbst aber nicht gemeint. Zumindest fehlte der Name des Bürgermeisters auf der Liste, die in Kendzierskis Fach lag. Für ihn war Samstag 20 Uhr bis Ende eingetragen. Es gehörte nicht viel Phantasie dazu, um sich auszumalen, dass das der schlimmste Dienst war. Samstag, Hitze, Alkohol und betrunkene Jugendliche. Keine schönen Aussichten für das Wochenende. Trotzdem: Irgendwie würde er das schon überstehen.

Kendzierski schob langsam die große Glastür auf und ging in das Rathaus. „Morgen." Mit einem Nicken grüßte er die ältere Dame, die in ihrem verglasten Empfangshäuschen saß. Warum man diesen Tresen, der im dunklen Foyer des Rathauses stand, noch zusätzlich verglast hatte, war ihm nie klar geworden. Damals, als man diesen Kasten von einem Rathaus hierhin gestellt hatte, war das wahrscheinlich in Mode gewesen. Eine andere Erklärung fand er dafür nicht. Er stieg die steinerne Treppe in den ersten Stock hinauf und bog in den langen dunklen Flur, von dem auch sein Büro abging. Als er den Schlüssel aus seiner Hosentasche herausgezogen hatte, hörte er das erste Telefonklingeln. Es kam ganz sicher von seinem Apparat. Er warf einen Blick auf seine Uhr. Drei vor acht. Freitag. Er schob den Schlüsselbund wieder zurück in seine Hosentasche und machte sich auf den Weg zur Kaffeeküche.

3

„Guten Morgen, Herr Kollege."

„Hallo, Klara. Hast du auch einen Kaffee für mich?"

„Es sieht uns ja keiner. Dann kannst du einen haben."

In der engen Küche stand Klara Degreif und grinste ihn an. Sie war die einzige Kollegin, mit der er dienstlich etwas mehr zu tun hatte. Sie bearbeitete die Bausachen. Ab und zu mussten sie sich abstimmen, strittige Fragen klären. In den ersten aufreibenden Wochen hier war sie zu seinem Rückhalt geworden. Ohne ihre Hilfe wäre er wahrscheinlich schon nach einem knappen Monat wieder rausgeflogen. Erste Abmahnung, zweite Abmahnung, Eintrag in die Personalakte. Das hatte Erbes damals durchblicken lassen. „Wenn Sie sich nicht endlich um Ihre Arbeit kümmern und sich weiterhin als Privatdetektiv aufspielen." Klara hatte nicht nur einmal für ihn gelogen. „Der Kollege Kendzierski ist bei einem Außentermin, Herr Erbes. Wir haben das durchgesprochen und er klärt es vor Ort. Der muss die Gegebenheiten in den einzelnen Gemeinden erst kennenlernen. Da müssen Sie Verständnis haben."

„Ich will nicht, dass hier alle denken, ich würde dir auch noch den Kaffee kochen."

Ihre grünen Augen schauten ihn herausfordernd an. Sie hatten beide Gefallen daran gefunden, sich gegenseitig zu foppen. Sie war ihm sympathisch. Er war mittlerweile bereit, sich das einzugestehen. Sie gefiel ihm irgendwie, aber nicht mehr. Diese Linie hatte er für sich gezogen. Mit ihren langen dunkelblonden Haaren, nur wenig kleiner als er. Sie war Anfang dreißig und als frische Bauingenieurin hierher gekommen, direkt von der Uni. Das Lachen war ihr trotzdem noch nicht vergangen. Sie strahlte eigentlich immer;

dann sah sie noch jünger aus. Mit ihrer zierlichen Figur passte sie nicht so recht zu den Bausachen. Das hatte er bis zu einem gemeinsamen Besuch auf einer Baustelle geglaubt. Wie sollte sie sich denn gegenüber einem halben Dutzend rauer Bauarbeiter durchsetzen? Er hatte sein blaues Wunder erlebt. Kurze knappe Befehle hatte sie erteilt. Scharf. Kein Widerwort fiel. „Geht klar. Machen wir."

„Kannst den Mund ruhig wieder zumachen. Die Jungs sind zahm wie die Lämmer."

Er musste richtig dämlich dreingeschaut haben, wie er da gaffend zwischen den Bauarbeitern gestanden hatte.

„Hast du auch morgen Abend Dienst?" Sie hielt ihm eine Tasse Kaffe direkt unter die Nase. Fertig, bereits mit Milch.

„Ja. Ich brenne schon darauf, mich in das Getümmel zu stürzen."

„Ach, das ist nur halb so wild. Meistens gibt es da keine Probleme. Wir haben hier keine Schlägertrupps, die ein Dorffest aufmischen. Höchstens ein paar Halbstarke, die eigentlich in eine Ausnüchterungszelle gehören. Und manchmal erlebt man sogar richtige Sternstunden."

Er schaute sie fragend an.

„Wenn du mal viel Zeit hast, erzähle ich dir vom letzten Einsatz."

Sie kam einen Schritt näher und senkte ihre Stimme. Konspiratives Geflüster. Oder nur Getratsche? Er musste grinsen.

„Vor drei Jahren hatte ich auch am Samstag Dienst auf dem Straßenfest. Das war kurz nachdem ich hier angefangen hatte. Es war früh um drei. Zum Glück regnete es. Das kühlt die Gemüter und sorgt für ein frühes Ende. Es gab dann doch noch ein Gerangel. Ein paar Achtzehnjährige. Die waren alle schon so betrunken. Aber hellwach, als ein paar Gleichaltrige aus Stadecken dazukamen. Die haben gepöbelt, geschubst und dann gab's blutige Nasen. Wir sind zu zweit dazwischen. Bis die Polizei da war, hatten wir das längst im Griff."

Er hatte mehr erwartet, schaute gelangweilt.

„Aber das Dollste kommt erst noch. Ich habe einen der Jungs heimgebracht. Dem hatten sie die Nase ganz schön blutig gehauen. Und einen Schneidezahn gekürzt. Den wollten wir nicht einfach so alleine gehen lassen. Er war auch nicht wirklich dazu in der Lage. Ich klingelte an der Tür, kurz vor Sonnenaufgang, den verdreckten Jungen im Arm. Der hing mehr an mir, als er stand. Es dauerte eine Weile und dann stand er mir gegenüber, im hellblauen Schlafanzug. Die grauen Haare standen ihm zu Berge."

Kendzierski blickte fragend.

„Na: er", flüsterte sie. Er verstand nichts. Es war zu früh oder sie sprach in Rätseln.

„Wer: er?"

„Du hast so eine lange Leitung, Kendzierski. Erbes machte mir die Tür auf. Das war sein Sohn, den ich da betrunken und vermöbelt abgeliefert habe. Mann, war das peinlich."

Kendzierski nahm seine Kaffeetasse und machte sich auf den Weg in sein Büro. Das konnte ja heiter werden morgen. Und dann noch das Wetter! In den letzten vierzehn Tagen hatte es keine kühle Nacht und keinen Tropfen Regen gegeben.

4

Die Sonne brannte erbarmungslos vom Himmel. Dicke Schweißperlen standen auf seiner Stirn, rannen seinen dicken, fleischigen Nacken hinunter. Schon nach ein paar Minuten Fußmarsch hatten sich große Flecken unter seinen Armen gebildet. Alles klebte. Das leichte Hemd hing wie ein Sack an ihm, an seinem massigen Körper. Langsam schob er sich vorwärts, den ausgefahrenen Feldweg entlang. Um ihn herum nur grüne Weinberge. Sein Schäferhund, wegen dem er sich bei diesen Temperaturen aus seinem kühlen Haus gequält hatte, war weit vorgerannt. Dem schien diese verdammte Hitze nichts auszumachen. Heute Abend würde er mit ihm erst rausgehen, wenn es abgekühlt hatte. Im Dunkeln. Das war ja so nicht auszuhalten. Aber wahrscheinlich war es dann noch genauso heiß. Die letzte Nacht hatte er vor Hitze kaum einschlafen können. Das Wetter setzte ihm zu. Diese Temperaturen! Er war froh, dass er nicht mehr zur Arbeit musste. Sie hatten ihn weggeschickt. Reorganisation der Betriebsabläufe. Wir danken Ihnen für Ihre langjährige Treue zu unserem Unternehmen, müssen Ihnen aber leider mitteilen ...

Die Abfindung war o.k. gewesen. Jetzt hetzten ihn seine Frau und dieser idiotische Köter. „Du musst noch mit dem Hund gehen. Der scheißt uns sonst noch ins Haus. Bewegung schadet dir nicht, du sitzt ohnehin den ganzen Tag nur rum." Also raus mit ihm.

Zwischen den Rebzeilen ging es bergab. Das lief von selbst. Nachher bergauf und zurück ins Dorf würde es dafür umso beschwerlicher werden. Blöder Köter. Sein Sohn hatte ihn angeschleppt und sich dann nicht mehr um das Vieh gekümmert. Jetzt war er ausgezogen und hatte ihn dagelassen. In der kleinen Wohnung ist doch kein Platz für so ein großes Tier.

Heute Abend würde er das Auto nehmen. Im Dunkeln sah ihn keiner, wenn er durch die Weinberge fuhr und der Köter hinterherrennen musste. Dann bekommt der reichlich Bewegung. Bis zum Umfallen. Mit heraushängender Zunge. Er musste heiser lachen. Der Gedanke gefiel ihm.

Das raue Kläffen des Hundes riss ihn aus seinen Gedanken. Wo war das Vieh? Es klang nach einiger Entfernung. Tiefes Knurren und wieder Bellen. Er beschleunigte seinen massigen Körper. Über einhundertdreißig Kilogramm bewegten sich jetzt in der engen Rebgasse unaufhaltsam den Hang hinunter. Der Lärm kam aus den verwilderten Hecken, die sich ganz unten an die Weinberge anschlossen. Ein etwa zehn Meter breiter Streifen Gesträuch bildete den Übergang zur Landstraße, die die Weinberge zerschnitt. Es war mehr ein Dickicht aus unterschiedlich hohen Büschen, die bis fast an die Straße standen. Es folgte dann nur noch eine von hohem Gras bewachsene Böschung, die die wenigen Meter hinauf zum Asphalt führte. Der verdammte Köter musste in den Büschen verschwunden sein. Das heisere Bellen verriet ihn.

„Komm her!" Das war nicht laut genug gewesen. Er war außer Atem, als er unten ankam. Das Brüllen war mühsam. Nichts regte sich. Wenn das Vieh hinter irgendetwas her war, gehorchte es nie. Gestern hatte es ein Karnickel gejagt. Einfach hinterher. Er hatte sich die Lunge aus dem Leib geschrien und war ihm nachgelaufen, so schnell es ging. Der Hund war weg gewesen. Unter den Rebzeilen hindurch und nicht mehr zu sehen. Sollte er sich doch von einem wild gewordenen Jäger abknallen lassen. Streunende Hunde wurden abgeschossen. Das hatte er irgendwo mal gehört. Dann hätte er zumindest ein Problem weniger. Am Ende würde es dafür aber noch eine Strafe geben. Ein paar hundert Euro, weil dieses Vieh nicht gehorchte. Nein, danke.

„Rocco, hierher! Du Mistvieh, komm endlich." Er hasste diesen Köter. Der sollte was erleben. „Wo bist du?"

Er hatte keine Lust, sich auch noch durch diese Hecken zu quälen. Das war alles so ineinander gewuchert. Eine grüne Wand, durch die nichts zu erkennen war. Dahinter bellte er weiter. Knurrte. Der zerrte an irgendetwas. Es stank hier an der Hecke. Das war ihm erst jetzt aufgefallen. Wahrscheinlich hatte er die ganze Zeit hektisch durch den Mund geatmet. Ekelhaft war der Gestank, der in der drückenden Hitze hing. Da verweste etwas. Dieser Sauhund. Der hing bestimmt an einem totgefahrenen Fuchs oder Reh.

„Verdammte Scheiße, jetzt komm endlich hierher!"

Klatschnass stand er da. Schwerfällig bückte er sich nach einem faustgroßen Stein, der vor seinen Füßen lag. Der wollte es ja nicht anders, und er würde ganz bestimmt nicht da hineingehen, um ihn rauszuzerren. Mit aller Wucht schleuderte er den Stein in die Richtung, aus der das Bellen kam. Dumpf war der Aufprall zu hören. Ein spitzes Jaulen verriet ihm, dass er getroffen hatte. Der Schäferhund schoss aus dem Gebüsch hervor. Das panische Winseln erfüllte ihn mit Genugtuung. Das kam davon. Der Hund drückte sich an ihn. Der suchte Schutz. Irgendwie waren diese Viecher doch ziemlich dumm. Langsam drehte er sich weg. Das war jetzt genug gewesen. Genug für ihn. Er wollte einfach nur noch raus aus dieser Hitze. Nach Hause in den Schatten. Seine Frau war jetzt weg, putzen, und er konnte sich in aller Ruhe einen Schoppen gönnen. Einen Schoppen ohne das Gemecker.

„Du trinkst auch jeden Tag früher. Demnächst fängst du wohl schon nach dem Frühstück an."

Der Gestank wurde nicht weniger. Saß das so fest in seiner Nase? Er blickte auf seinen Hund hinunter, der jetzt neben ihm her trottete. Der Rücken des Tieres war verdreckt. In dem braunen Fell hingen dunkle Klumpen fest, Dutzende. Er musste sich nur wenig nach unten beugen, um festzustellen, dass es der Hund war, der so widerlich stank. Der hatte sich auch noch darin gewälzt. In was auch immer. Dieses elende Mistvieh. Am liebsten hätte er ihm jetzt einen Tritt gegeben.

Der süßliche Verwesungsgeruch hielt ihn davon ab.

5

Kendzierski hatte sich fest vorgenommen, den ganzen Samstag nicht an seinen Abendeinsatz zu denken. Der würde schon nervig genug werden. Also musste er sich nicht auch noch seine Freizeit damit ruinieren. Obwohl er so viele Jahre in Dortmund, in einer Großstadt, gelebt hatte, hatte er sich nie mit Menschenansammlungen anfreunden können. Er schob dies immer auf seine Kindheit im Sauerland: die Ruhe der Abgeschiedenheit. Die schlimmste Zeit begann für ihn in Dortmund mit dem ersten Advent. Mit diesem Datum legte er pünktlich in jedem Jahr seinen täglichen Arbeitsbeginn um eine Stunde nach vorne. Um nämlich zu seinem Arbeitsplatz zu gelangen, musste er den Weihnachtsmarkt überqueren. Es war einer der größten im ganzen Ruhrgebiet. Zumindest wurde er so angepriesen und war auch so bevölkert. Am Morgen war das kein Problem. Um kurz vor sieben herrschte zwischen den Ständen noch Totenstille. Er kam schnell durch. Das Grauen erwartete ihn am Nachmittag auf dem Weg nach Hause zu seiner Wohnung. Verstopft waren alle möglichen Umwege. Menschen überall. Alle im Vorweihnachtstempo. Spazierstehen. Er brauchte dann für den sonst zehnminütigen Fußmarsch über eine Stunde. Das hatte ihn dazu bewogen, einfach eine Stunde früher anzufangen. Wenn alles gut ging und keiner mehr um kurz vor vier in sein Büro geschneit kam, war er vor dem großen Ansturm zwischen den unzähligen Buden hindurch und zu Hause.

Heute Abend war da nichts zu machen. Mit heftigen Schauern, Orkanböen oder Schneefall war Ende Mai kaum zu rechnen. Er hatte diese Hoffnung schon Anfang der Woche begraben. Die Wettervorhersage prophezeite Sonne, nichts als Sonne. Er musste ins Gedränge. Wenigstens war Klara mit dabei. Ein Hoffnungsschimmer immerhin.

Schwerfällig erhob sich Kendzierski und verließ sein Bett in Richtung Badezimmer. Es war kurz nach acht. Er wollte es an diesem Samstag schaffen, eine Runde durch die Luft zu drehen, bevor die Hitze wieder alles lähmte. Sein erster Frühsommer in Rheinhessen setzte ihm jetzt schon richtig zu. Er musste an eine alte Fernsehwerbung denken. Einer der täglichen Wettervorhersager. Im Hintergrund eine Deutschlandkarte. Mehrere große strahlende Sonnen im Südwesten. Da wo viele Sonnen scheinen, da wächst auch guter Wein. Von der Sonne verwöhnt. Mit einer Sonne war er jetzt schon mehr als bedient. Die Werbung irgendeiner Winzergenossenschaft oder etwas ähnlichem. Er konnte sich nicht mehr so richtig erinnern. Damals hatte er sich aus Wein noch nichts gemacht. Da wohnte er noch in einer reinen Biergegend. Wein tranken da höchstens mal Frauen. Und zuckersüß musste der sein. Limo ohne Kohlensäure, dafür mit Alkohol.

Er stellte sich unter die Dusche und ließ lauwarmes Wasser über seinen weißen Körper laufen. Obwohl er jede sportliche Betätigung mied, fühlte er sich eigentlich einigermaßen fit. Sein Beruf als Bezirkspolizeibeamter verschaffte ihm einige Bewegung. Zumindest mehr als den meisten Bürohockern hier in seiner näheren Umgebung. Auf Dauer würde er aber wohl an ein wenig mehr Sport kaum vorbeikommen, wenn er nicht alle paar Jahre auch die Hosengröße steigern wollte. Es nervte ihn, dass er jeden zweiten Tag beim Duschen seinen Bauchansatz mit prüfenden Blicken abmaß. Dieser befand sich eindeutig in einem stetigen Wachstumsprozess. Er hatte sich immer über die Männer amüsiert, die eine pralle runde Kugel vor sich herschoben, die ihnen den freien Blick auf die eigenen Schuhe versperrte. Ihr Gang glich im Endzustand dem Watscheln einer Schwangeren kurz vor der Niederkunft. So wollte er nicht herumlaufen. Selbstzufrieden schnaufend, mit Schweißperlen auf Stirn und Oberlippe.

Er trocknete sich notdürftig ab. Bei diesen Temperaturen taten die auf seinem Rücken verbliebenen Wassertropfen wohltuend gut. Kühlten ein wenig nach. Mit wenigen Bürstenstrichen hatte er seine dunkelblonde Haare, die durch das Abtrocknen in alle Richtungen standen, wieder gerade gelegt. Er hatte dünne Haare, schon immer gehabt. Es waren in den letzten beiden Jahren ein paar weniger geworden. Ein Grund zur Beunruhigung bestand aber noch nicht. Ein Blick in den Spiegel bestätigte ihm, dass er auf die Rasur getrost verzichten konnte. Er war vorerst nicht im Dienst. Die kurzen Stoppeln störten heute niemanden. Für heute Abend war es vielleicht ganz gut, unrasiert zu sein. Als Security-Mann des Bürgermeisters beim Straßenfest sollte er möglichst verwegen aussehen. Kendzierski versuchte angestrengt, grimmig in den Spiegel zu blicken. Er hatte leider keine schwarze Bomberjacke.

Mit seinen 38 Jahren war er wahrscheinlich 20 Jahre älter als die meisten Halbstarken heute Abend, das musste reichen.

Im Hinausgehen griff er nach seinem Handy und dem Portemonnaie. Er wollte sich auf dem Rückweg von der kleinen Runde frische Brötchen und eine Zeitung mitbringen. Der Nachmittag war lang genug.

In dem weißen Flur hatte sich die Wärme des gestrigen Tages erbarmungslos gestaut. Hier sorgte keiner für Durchzug in der Nacht. Das war zwar ein Mehrfamilienhaus mit sechs Wohnungen, aber kaum einen anderen hatte er bisher zu Gesicht bekommen. Ab und zu verrieten gedämpfte Geräusche, dass er nicht alleine hier hauste. Ein älterer Mann, über 70, war ihm mal im Trainingsanzug begegnet. Das war aber schon zwei Wochen her.

Haben Sie sich denn in Ihrer Nachbarschaft schon bekannt gemacht? Erbes hatte ihn das im vergangenen Oktober nach ein paar Tagen, die er hier wohnte, gefragt. Kendzierski hatte darauf nichts antworten können, aber sein Blick musste so voller Fragezeichen gewesen sein, dass ihn sein Chef nie wieder nach seinen Nachbarn fragte. Auf der Karl-Sieben-Straße ging er in Richtung Felder. Das war der unbestreitbare Vorteil von Nieder-Olm. Man brauchte von keiner Stelle aus mehr als zehn Minuten, um die Häuser hinter sich zu lassen und in die Natur zu gelangen. Mittlerweile wusste er das zu schätzen. Er lief langsam an Einfamilienhäusern vorbei. Dann an einer langen Reihe Häuser, eigentlich ein einziges Haus. Nicht so sehr die vielen Türen, vielmehr die unterschiedlich gestalteten kleinen Vorgärten verrieten, dass es hier eine größere Zahl getrennter Einheiten geben musste. Kendzierski überquerte eine Straße. Mächtige Bodenwellen auf der Fahrbahn sollten auch den letzten Autofahrer darauf aufmerksam machen, dass hier Tausende Schüler täglich die

Straße überqueren. Auf ihrem Weg zu einer der Schulen, die sich an das Wohngebiet anschlossen.

Heute aber lag das alles ruhig da. Die Bushaltestellen, der große Parkplatz, der in einen Schulhof überging. Der graue Bau und die roten Klinker eines zweiten verschachtelten Gebäudes. Es waren verschiedene Schulen. Für ein paar Tausend Schüler, die aus den umliegenden Landgemeinden täglich hierherkamen. Das hatte ihm Erbes erklärt: Mir sinn Schulzentrum, Herr Kendsiäke. Bedeutungsschwer hatte er dabei genickt. Eine alte Frau mit einer rollenden Gehhilfe überquerte den Schulhof. Schleichende Schritte.

Die Straße endete hier. Ein befestigter Feldweg führte weiter. Kendzierski atmete durch. Er musste über sich selbst grinsen. Es hatte nicht mal ein halbes Jahr gedauert, um hier heimisch zu werden. Er sog die kühle Luft tief ein. Das Getreide stand kniehoch. Gleichmäßig starr nach oben gereckt. Ohne eine Bewegung. Kein Windzug. Die warmen Wochen hatten es nach oben schießen lassen. Anfangs bejubelt nach dem kühlen Winter und dem vielen Regen im Frühjahr. Mittlerweile war das Klagen nicht mehr zu überhören. Die Trockenheit macht alles wieder kaputt. Wenn es nicht bald mal wieder regnet. Aber ein richtiger Regen. Der Unterschied war ihm in der vergangenen Woche von einem Kollegen erklärt worden: „Rischdischer Ree iss longsommer Ree iwwer viele Schdunne." Der andere hatte – um dem Nachdruck zu verleihen – immer wieder mit dem Kopf genickt. Da verbat sich jede weitere Frage. Kendzierski akzeptierte das, auch wenn er es nicht wirklich verstanden hatte. Der andere hatte die Unterhaltung mit einem kurzen Satz beendet: „Sie sinn nedd aus de Landwirtschaft."

Kendzierski kam durch eine kleine Unterführung. Alter Beton und rostige Stahlträger hielten alles. Es schien ein alter Bahndamm zu sein. Mindestens zweimal pro Woche lief er hier durch bei einem seiner Spaziergänge, die er brauchte, um abzuschalten. Die Unterführung war wie ein offenes Tor zur Stille. Dahinter gab es nur Felder, soweit das Auge reichte. Ansammlungen von Bäumen in der Ferne verrieten einzelne Gehöfte, versteckt hinter Sträuchern, eingewachsen über Jahre. Auf den Höhenzügen waren Windräder zu erkennen, die sich gleichmäßig langsam drehten. Eines stand. Die ersten Sonnenstrahlen wirkten wohltuend. Ruhe.

Kendzierski bog nach rechts in einen unbefestigten Feldweg ein. Über weiches Gras ging es weiter. Links neben dem Weg verlief ein Graben. Die Böschungen waren frisch gemäht. Das sah alles so aufgeräumt aus, gepflegt. Englischer Rasen für das Abwasser. Rechts am Weg begann ein riesiges Obstfeld. In langen Reihen standen die Kirschbäume. Die leuchtenden weißen Blüten hatten ihn im April beeindruckt. Alles war noch grau gewesen, im Winterschlaf und dann dieses wogende Blütenmeer und der süßliche Duft.

Der Lärm. Er schreckte auf. Zuckte zusammen. Er hatte nichts gehört. Es hupte. Ein riesiger Traktor kam auf ihn zugerast. Er fühlte sich wie das Kaninchen. Fixiert vom durchdringenden Blick der Schlange. Starre. Weg hier. Sein Blick löste sich von den Scheinwerfern, die ihn anblitzten. Hinter dem spiegelnden Glas der Kabine erkannte er fuchtelnde Arme. Er sprang zur Seite, zwischen die Bäume. Der rote Traktor raste vorbei, ohne sein Tempo zu verlangsamen. Kendzierski blickte ihm nach. Aufgewirbelter, trockener warmer Staub hüllte ihn ein. Er spürte seinen pochenden Herzschlag. Verdammt, der hätte ihn über den Haufen gefahren. Dieser Idiot! Vorne am Traktor hing ein Gestänge. Deutlich war der nach oben ragende metallene Arm zu erkennen. In der Sonne blitzten die scharfen Messer eines Böschungsmähers. Kendzierski erkannte das Nummernschild. Das war ein Arbeitsgerät der Verbandsgemeinde, seines Arbeitgebers! Am Samstag? Was mähte der denn am Samstag hier? Na, der konnte am Montag was erleben!

Die Lust aufs Laufen war ihm vergangen. Der Staub klebte an den großen nassen Flecken fest, die sich unter seinen Armen gebildet hatten. Sein Mund war trocken. Nur langsam beruhigte sich auch sein Puls. Seine rechte Hand zitterte. Den würde er zur Schnecke machen. Er kehrte um und ging den Weg zurück, den er gekommen war. So ein beschissener Samstag! So konnte er nicht einmal zum Bäcker gehen.

Zu Hause riss er missmutig die Notfallreserve auf. Ein Paket strahlend helles Toastbrot, das er für Ausnahmesituationen in dem kleinen Eisfach seines Kühlschranks geparkt hatte. Klappernd fielen ihm die harten Scheiben entgegen. Er versenkte zwei davon in seinem Toaster und stellte sich einen Kaffee auf. Eine Zeitung hatte er nicht besorgt, alles wegen dieses Traktors. Schnell schlüpfte er in seine ausgetretenen Birkenstock, die ihm als Hausschuhe dienten, und eilte die Treppen zu den Briefkästen hinunter. Das hatte er doch richtig in Erinnerung. Seine Miene hellte sich langsam auf. Einer der Briefkästen quoll über. Familie Siebinger mit Chiara und Kevin-Justin war wohl im Urlaub oder ausgezogen. Egal. Er schaute sich kurz um, unterdrückte für einen kleinen Moment das aufflammende schlechte Gewissen des Bezirkspolizisten und zog die schwere Samstagsausgabe aus dem Schlitz. Die fragile Konstruktion verzieh ihm diesen Eingriff nicht. Mit einem dumpfen Geräusch schlugen weitere zwei Pfund Tageszeitung auf den Fliesen auf. Donnerstag und Freitag. Mit Stellenanzeigen und Immobilienbeilage. Mist. Hektisch raffte Kendzierski alles zusammen und sprang mit seinem Bündel die Stufen zu seiner Wohnung hinauf. Schnaufend drückte er die Tür hinter sich zu. Er taugte nicht zum Kleinkriminellen.

Die ersten beiden Toastscheiben wanderten in den Abfall. Schwarz gestreift. Wie immer. Trotz Stufe drei und Auftaufunktion. Die nächsten wurden besser. Unter Aufsicht. Er mischte sich einen Kaffee mit reichlich Milch, belegte die beiden Scheiben mit Aufschnitt und setzte sich zu seiner Beute, die auf dem kleinen Küchentisch lag. Ärger in der Bundesregierung. Erdbeben in China. Mit dem ersten Schluck Kaffee spürte er auch die Entspannung. Jetzt war endlich Samstag.

6

Der Motor lief. Er hatte ihn angelassen. Warum auch immer. Das war doch kein Banküberfall! Aber er wollte danach so schnell wie möglich fort von hier. Er schnaufte nervös und machte sich an seinen Fingernägeln zu schaffen. Das hatte ihm die ganze Nacht schon keine Ruhe gelassen. Kein Auge hatte er zugemacht. Es verfolgte ihn seit gestern Nachmittag, seit es passiert war. Die ganze Zeit schon. Jetzt war er so weit. Bereit dafür. Sein großen Hand zitterte, als er in seine rechte Hosentasche griff. Der verdreckte Blaumann. Ölige Flecken. Irgendwo musste der Fetzen stecken. Er ertastete ein Stück Kordel. Die hatte er immer dabei, ebenso wie das Klappmesser mit der stabilen Klinge. Da war es. Er zog das zerknüllte Papier heraus. Faltete es auseinander und strich es mit seinen Fingern glatt. Es war eine halbe Seite, die er heute Morgen aus dem Telefonbuch gerissen hatte. Für den Fall, dass er sich zu einer Entscheidung durchringen konnte. Zu diesem Schritt. Die ganze Nacht über hatte er noch einmal alle Gründe dafür und dagegen hin und her gewälzt. Mit sich diskutiert, gestritten. Am Ende war nur diese eine Möglichkeit geblieben. Ein Ausweg. Und eben hatte er ihn gesehen! Deswegen war er jetzt doch hier.

Misstrauisch schaute er sich noch einmal um. Um diese Zeit war es in den Dörfern ruhig. Selten, dass mal ein Auto am Telefonhäuschen vorbeifuhr. Er sah niemanden. Zwei Münzen. Sogar daran hatte er gedacht. Schnell die Nummer. Hektisch tippte er die Zahlen mit seinem zitternden Zeigefinger ein, presste sich den Hörer ans Ohr. Es knackte. Das dauerte. Unendliche Sekunden. Eine Verbindung. Ein Signal. Einmal, zweimal, dreimal. Verdammt, warum ging der nicht dran? Er unterbrach die Verbindung. Hatte er die Zahlen durcheinandergebracht? Einmal noch. Ganz langsam mit zitternden Fingern. Das Tuten war zu hören. Jetzt nahm jemand ab. Er hielt die Luft an. Alle Muskeln spannten sich. In Schüben hörte er das Blut durch sein Ohr rauschen.

„Kendzierski."

Endlich. Jetzt bloß nichts falsch machen. Er atmete einmal durch.

„Hallo, wer ist da?"

Nur ein schwaches Röcheln kam aus seinem Mund. Er musste sich räuspern. Husten. Ein Auto fuhr vorbei. Was gaffte der ihn so an? Schnell, los jetzt!

„Oben in Essenheim liegt einer, tot, am Ortseingang."

Wuchtig schlug er den rosa Hörer auf die Gabel. So als wollte er mit aller Gewalt dieses Gespräch beenden.

Er rannte über die Straße und fuhr mit seinem knatternden Moped davon.

Kendzierski hielt den Hörer fest. In der anderen Hand

hatte er noch eine Hälfte seines erkalteten Toastbrotes. „Hallo, wer sind Sie?"

Das war idiotisch. Er hatte doch genau den Schlag und das Knacken gehört, das die Verbindung unterbrach. Sein Blick wanderte zwischen dem stummen Hörer und dem angebissenen Toast hin und her. Dieser beschissene Samstag schickte sich an so weiterzugehen, wie er in den Feldern begonnen hatte. Kalt ließ ihn dieser sonderbare Anruf nicht. Er spürte deutlich seinen Pulsschlag. Wollte ihn da jemand verarschen? Mal sehen, wie der Bulle reagiert. Wer hat den Mut? Wer ruft den Verdelsbutze an? Du musst das machen. Das kriegt doch keiner raus. Darfst dich nur nicht verplappern. O.k.?

Das passte nicht. Die Stimme. Die klang nicht nach einem Streich von ein paar dummen Jungs, die sich etwas beweisen wollten. Die Stimme war dunkler gewesen. Die Person musste älter sein. Das klang gehetzt, unsicher, vielleicht verstört. Im Hintergrund war Lärm zu hören gewesen. Die Verbindung hatte nach Handy geklungen, Rauschen, Knacken. Irgendwo an einer Straße, vorbeifahrende Autos.

Sollte er da jetzt hin? Nach Essenheim? In dieses Nest. Er war schon seit längerem nicht mehr dort gewesen. Er kannte einen Winzer dort ganz gut. Karl Bach. Besuchen wollte er den ohnehin mal wieder. Aber musste das gerade heute sein? Er legte den Telefonhörer zurück und steckte sich den Rest des kalten und harten Brotes in den Mund. Nicht schon wieder ein Toter in dem kleinen Dorf am Hang. Im vergangenen Jahr war dort ein Erntehelfer in der Maische gefunden worden. Das war sein erster Einsatz hier. Ein Mord, der wie ein Unfall aussehen sollte. Die Täter waren erst vor ein paar Wochen verurteilt worden. Den Zeitungsbericht hatte ihm Klara auf den Schreibtisch gelegt. „Das war doch quasi dein Fall." Er hatte sich damals in die Sache so hineingesteigert. Hartnäckig und gegen alle Widerstände. Zum Glück. Die Täter wären sonst nie gefunden worden. Schuld war sein Ortswechsel hierher gewesen und der schlimm zugerichtete Körper des Opfers. Er hatte sich verbissen in diese Angelegenheit hineingesteigert und einen Riesenkrach mit dem ermittelnden Kripo-Beamten aus Mainz angefangen. Bei den Gedanken an all das wurde ihm jetzt noch übel. Bitte, nicht schon wieder. Einfach hinsetzen, noch einen Kaffee. Einer war noch in der Glaskanne, die in der Maschine stand. Zwei Scheiben Toast, diesmal warm und mit dem traumhaften Quittengelee, das ihm die alte Frau Grass mitgegeben hatte. Die gute Seele in der Weinstube hier. Wie an jedem Samstag wäre er auch heute Abend zum ausgedehnten Essen zu den beiden Alten gegangen. In den Innenhof. Zwei Gläser Wein auf Empfehlung des alten Grass. Einen netten Plausch. Neuigkeiten, Klatsch und ein paar Erläuterungen zu den bestellten Weinen. Das war abgehakt für heute. Acht Uhr Straßenfest. Kendzierski schaltete die Kaffeemaschine aus und zog sich seine schwarzen Lederschuhe an. Es war die Neugier, die ihn antrieb. Das gleichmäßige schnelle Pochen seines Herzens. Handy, Portemonnaie. Die kleine Digitalkamera, die er auch bei Baustellenbesichtigungen ab und zu nutzte, musste noch im Handschuhfach seines Wagens liegen.

Er lief die beiden Stockwerke hinunter zum Ausgang und kramte in seinen Hosentaschen nach dem Autoschlüssel. Unten stand eine ältere Frau. Leicht gebeugt, mit grauen Haaren, stand sie mit dem Rücken zu ihm. Sie war damit beschäftigt, den überfüllten Briefkasten von Chiara, Kevin-Justin und ihren Eltern leer zu räumen. Kendzierski grüßte freundlich und verließ das Haus. Für seinen Skoda hatte er am Freitagnachmittag einen Parkplatz direkt gegenüber gefunden. Das glich eigentlich einem Lottogewinn. Hier waren immer alle Plätze besetzt. Zu viele Autos in jeder Wohnung und alle im Kampf um die wenigen Flächen, die weiß umrandet auf dem Asphalt eingezeichnet waren. Den Parkplatz war er los. Nachher würde die Sucherei von Neuem beginnen. Er nahm die Ortsumgehung von Nieder-Olm, um nicht durch das Zentrum zu müssen. Dort waren jetzt schon die meisten größeren Straßen gesperrt. Er hatte das so angeordnet. Die Pariser Straße ohnehin.

Vorbei an einem großen Einkaufszentrum. Auf der grünen Wiese. Riesige Parkflächen, überfüllt. Es ging durch den engen Kreisverkehr nur langsam voran. Keiner verstand das mit dem Blinken. Zäh. Am Hang konnte Kendzierski Essenheim bereits erkennen. Die Gemeinde lag zwischen reichlich Rebgrün. Entrückt und friedlich. Ein weißer Kirchturm ragte zwischen den Häusern hervor. Die erste Ausfahrt aus dem Kreisel. Jetzt war keiner mehr vor ihm auf der schmalen Straße, die in sanften Windungen nach oben führte. Noch ein paar Gewerbehallen. Dann ging es über eine kleine Brücke. Darunter floss die Selz, ein Flüsschen, das dem breiten Tal seinen Namen gab. Ihm fiel in solchen Situationen immer wieder Erbes, sein Chef, ein. Auch wenn er eigentlich nicht an ihn denken wollte. „Kendsiäke, Sie sinn jetzt hier im Selztal daheim."

Rechts und links der Straße standen größere Gehöfte, hinter Bäumen und Sträuchern versteckt. Eines davon war mal eine Mühle gewesen. Über 300 Jahre alt, nur noch Mauerreste waren erhalten. In einem Gespräch hatte er davon gehört. Irgendeine Ausbausache. Er konnte sich nicht mehr genau erinnern. Eine enge Linkskurve. Hier gingen die weiten Felder in Rebzeilen über. Reihe für Reihe standen sie bis fast an die Straße heran. Kendzierski kam dieser Weg so bekannt vor. Noch ein paar hundert Meter geradeaus, dann eine scharfe Rechtskurve und die ersten Häuser, die Ortseinfahrt würden zu sehen sein. Essenheim hatte aber mehr als eine Einfahrt. Eine Straße führte auf der Höhe nach Mainz weiter, die andere wieder hinunter nach Stadecken-Elsheim. Woher sollte er wissen, welche Einfahrt der Anrufer meinte?

Das Ganze kam ihm immer absurder vor. Er würde hier aussteigen, die Straße entlanglaufen, suchend und irgendwo dort oben hinter einem Fenster saß einer und lachte sich kaputt. Da haben wir aber den Dorfsheriff wieder mal so richtig schön verarscht. Das hat keine zehn Minuten gedauert. Der hat seinen nächsten großen Fall gewittert. Wie ein Spürhund mit der Nase auf dem Boden, die Straße entlang. Dieser Depp. Kendzierski folgte der Straße in die enge Rechtskurve. Er bremste ab, fuhr ganz langsam weiter. Sein Blick folgte den Büschen links und rechts. An beiden Seiten ging es leicht nach unten. Gräben für den Regen, der nicht fiel. Gepflegt. Danach kam reichlich Grün. Sträucher, Bäume. Ein Streifen von einigen Metern, bevor sich das gewohnte Bild der Rebstöcke anschloss. Schon kamen die ersten Häuser, das Ortsschild, ein kleiner Kreisel. Da war nichts. Gar nichts. Kendzierski fuhr in den Kreisverkehr. Unentschlossen. Zum Weingut Bach, weiter auf der Straße in Richtung Mainz? Die nächste Ortseinfahrt. Vielleicht war die gemeint.

Nein! Der, der ihn angerufen hatte, wusste, dass er in Nieder-Olm wohnte. Der hatte seine Privatnummer aus dem Telefonbuch oder von der Auskunft. Der wusste genau, dass er diese Straße heraufkam. Also konnte er nur diesen Ortseingang gemeint haben. Kendzierski war sich sicher. Er beschleunigte und verließ den Kreisverkehr in Richtung Nieder-Olm. Wieder zurück. Da war auf der rechten Seite ein Feldweg. Genau in der Kurve. Er musste stark bremsen. Es quietschte laut. Hinter ihm. Mist. Aber der Aufschlag blieb aus. Hupend fuhr ein dunkles Golf-Cabrio an ihm vorbei. Ein großer Dunkelhaariger saß darin mit verspiegelter Sonnenbrille und streckte ihm den Mittelfinger entgegen. Wenn das heute so weiterging, dann würde er sich um Punkt acht krank melden, direkt bei Erbes.

Der Feldweg bestand aus großen grauen Betonplatten. Kendzierski stellte seinen Wagen an der Seite ab, so dass ausreichend Platz für andere Fahrzeuge blieb. Es war zwar Samstag, aber man konnte ja nie wissen. Und vor allem wusste er nicht, wie lange das hier dauern würde. Er lief die paar Meter bis zur Landstraße. Von der Stelle, wo der Feldweg abzweigte, waren nur Sträucher zu sehen. Kendzierski entschloss sich, zunächst am Straßenrand entlang die Strecke bis zum Ortsschild abzugehen. Auf der einen Seite hin, auf der anderen wieder zurück.

Die Böschung und der Graben waren frisch gemäht. Das konnte höchstens ein paar Tage her sein. Das Gras war noch nicht ganz trocken. Durch das Gestrüpp konnte er sich danach ja immer noch kämpfen. Zerfetzter Müll lag in dem kleinen Graben zu seiner Linken. Die Reste eines Gelben Sacks. Von den Messern des Mähers klein gehauen. Eigentlich hätte ihm das klar sein müssen. Essenheim. Er überquerte beim Ortsschild die Straße und lief auf der anderen Seite zurück. Es hätte ihm klar sein müssen, dass hier nichts zu finden war. Oben am Hang hinter den Bäumen war das Dachfenster eines Hauses zu erkennen. Wahrscheinlich saß er da drinnen und hielt sich den Bauch vor Lachen. Der hat mir das geglaubt. Den hättet ihr mal sehen müssen. Alles hat der abgesucht. Kendzierski beschleunigte seinen Schritt. Auch auf der Seite war nichts. Eine Böschung, ein Graben und dann das Gebüsch. Wenn hier ein Toter liegen würde, dann wäre das sicher zu sehen. Er war wieder auf der Höhe des Feldweges angelangt. Gegenüber stand sein Auto. Der Lärm eines heranfahrenden Traktors hielt ihn davon ab, die Straße sofort zu überqueren. In beide Richtungen war in der engen Kurve noch nichts zu sehen. Noch einmal wollte er nicht fast überfahren werden. Er blieb stehen. Ein alter grüner Traktor kam von rechts gemächlich knatternd angefahren. Auf einem kleinen Hänger transportierte er ein paar Heuballen. Es roch plötzlich nach getrocknetem Gras. Der Duft des Sommers. Frisch gemähte Wiesen. Er musste an den alten Grass denken. Der hatte ihm mal einen Wein beschrieben. Einen Silvaner von hier. „Kendzierski, riechen Sie da mal ganz konzentriert dran. Der riecht nach Kräutern, nach frisch gemähten Wiesen, nach Heu. So muss ein Silvaner aus dem Selztal riechen." Er musste lächeln. Der Traktor war vorbei und mit ihm der Sommerduft. Erst jetzt fiel Kendzierski auf, dass es hier furchtbar stank. Ekelhaft süßlich. Nach Verwesung. Verdammt.

Er drehte sich um, weg von der Straße und machte einen Schritt nach vorne. Der Gestank schien von da unten zu kommen. Die gemähte Böschung fiel hier etwas steiler aus. Es ging fünf Meter abwärts. Schräg nach unten. Vielleicht auch noch ein paar Meter mehr. Das war nicht so deutlich zu erkennen. Nur ein schmaler Streifen war gemäht. Dann standen Brennnesseln kniehoch und ein Stück weiter die ersten Büsche und Bäume. Kendzierski hielt inne. Sollte er da runtergehen? Etwas hielt ihn ab. Die Angst vor dem, was dort unten im Gestrüpp auf ihn wartete. Ein Anruf, der Gestank hier, die Verwesung, reichte das aus? Wenn er jetzt die Mainzer Kollegen benachrichtigen würde und dort unten läge ein toter Hase, dann hätten die zumindest etwas zu lachen. Darauf konnte er gut verzichten. Langsam fuhr ein dunkles Golf-Cabrio an ihm vorbei. An der verspiegelten Sonnenbrille erkannte Kendzierski den Typen, der ihn vorhin überholt hatte. Er gaffte ihn fordernd an. Mit offenem Mund. Den Mittelfinger behielt er diesmal unten. Wenn der noch einmal hier vorbeifuhr, war er dran. Den würde er sich vorknöpfen. Irgendein Grund würde ihm schon einfallen.

Vorsichtig, Schritt für Schritt, ging er den Hang hinunter. Über das frisch gemähte Gras auf die Brennnesseln zu. Irgendetwas musste hier liegen. Der Verwesungsgeruch wurde stärker. Zusammen mit der Hitze war das kaum auszuhalten. Süßlich, ekelhaft. Übelkeit stieg in ihm auf. Er spürte die Schweißperlen auf seiner Stirn. Noch ein paar Schritte, dann stand er an den Brennnesseln. Spähte hinein. Außer dem Gestank war hier nichts. Links und rechts, überall Grün. Ganz gerade, wie mit dem Lineal gezogen, verlief die Kante zwischen kurz geschnittenem Gras und dem Brennnesseldickicht. Die klein gehauenen Blätter lagen gleichmäßig verstreut, trocknend. Kendzierski scheute davor zurück, in die Brennnesseln hineinzugehen. Er hatte zwar lange Hosen an, aber er traute sich nicht. Er hatte Angst vor dem, was ihn dort erwartete. Angst davor, auf etwas zu treten. Darüber zu stolpern. Kein Halt mehr. In die Brennnesseln, auf das, was da so stank. Es schüttelte ihn. Er rieb sich die Tropfen von der Stirn. Nass war seine Hand. Er ging ein paar Schritte weiter. Hier musste doch etwas zu sehen sein. Sollte er jetzt schnüffelnd hier entlangschleichen, um zu orten, wo sich die Ursache für den Verwesungsgeruch befand. Er war kein Hund! Verdammter Mist. Es raschelte vor ihm. Da war etwas. Die Brennnesseln bewegten sich. Zwei Schritte zurück. Mehr ein Reflex. Es würde ihn schon niemand anfallen. Vielleicht eine Maus. Nicht mehr. Er stand jetzt höher und konnte in das Dickicht hineinschauen. Da lag etwas im Grün. Die Brennnesseln waren zur Seite gebogen. Standen auseinander. Das war ein Sack. Ein blauer Sack. An einer Ecke war er aufgerissen. Teppichreste quollen hervor. Helles Grün. Das war Abfall. Da lag doch noch mehr. Mehr blaue Säcke. Hier hatte einer die Reste seiner Wohnungsrenovierung entsorgt. Ab mit dem Zeug in die Prärie. Noch bevor er sich Gedanken darüber machen konnte, ob es sich lohnen könnte, den Müllhaufen näher zu begutachten, fiel sein Blick auf etwas Blaues. Es war blau wie die Müllsäcke. Nein, anders blau, dunkler. Blaue Fetzen aus Stoff, höchstens briefmarkengroß. Nur ein paar Meter weiter. Dort, wo es in die Brennnesseln ging. Zerfetzter Stoff. Etwas war komisch. Er blickte sich um. Versuchte zu vergleichen. Links, rechts. Verdammt, was war anders? Hatte ihm die Sonne den Rest Gehirn eingetrocknet oder lief in ihm alles auf Wochenendbetrieb?

Die Ordnung! Es war die Ordnung. Links lag alles akkurat da. Die gerade gezogene Linie zwischen kurzem Gras und dem Gestrüpp. Klein gehäkselt das umgemähte Gras. Rechts nichts davon. Wie aus dem Tritt gekommen. Die Brennnesseln standen halb hoch bis in die kurze Grasfläche. Kleine blaue Fetzen lagen verstreut. Blaue Stofffetzen. Kendzierski lief hastig die wenigen Schritte, um näher heranzukommen. In der Schräge der Böschung hätte er fast das Gleichgewicht verloren. Er musste sich mit seiner rechten Hand im Hang abstützen, Halt finden. Weiter. Klein gehacktes Gras, Blätter, kleine Äste, angehäuft. Dahinter war auf einem Meter die blanke trockene Erde zu sehen. Das war die Stelle. Deswegen war er angerufen worden. Er hatte keinen Zweifel mehr. Langsam stieg er über den Grashaufen und versuchte um die Ecke zu schauen, die von den stehen gebliebenen Brennnesseln gebildet wurde. Er erkannte nur einen Fuß. Seine Reste. Blaue Fetzen einer Jeans, die in das Dickicht führten.

Kendzierski sank zu Boden. Nach hinten in das kurze Gras. Das Stechen der trocknenden Brennnesseln spürte er nicht. Er atmete tief durch, immer wieder, um den Druck aus seinem Magen mit aller Macht zurückzuhalten. Sein Blick hing fest im blauen Himmel. Seine Gedanken rasten. Er wusste nicht, wie lange er da lag, ohne einen klaren Gedanken zu fassen. Ihm kam es wie eine Ewigkeit vor. Selbst die Sonne hing fest. Starr an ein und derselben Position. Er spürte die Wärme auf seiner rechten Wange. Sie glühte. Salzige Tropfen rannen ihm in die Augen. Schweiß. Das brannte. Was sollte er jetzt machen? Die Mainzer Kripo anrufen? Wieder diesen Kommissar Wolf? Der hatte die Ermittlungen in dem letzten Mordfall hier geleitet. Zuerst freundlich und kumpelhaft. Der ältere erfahrene Kollege von der Kripo und der junge Dorfsheriff. Er war sogar mal auf ein Glas Wein mit ihm unterwegs gewesen im vergangenen Herbst. Nur eine andere Meinung hatte er nicht gelten lassen. „Kendzierski, machen Sie mir hier nicht den Schimanski. Das geht Sie nichts an. Ich bin zuständig und Sie bekommen eins drauf, wenn Sie das nicht akzeptieren." Das war doch sein wahres Gesicht. Von wegen Kumpel und Schulterklopfen. Sogar hintenherum über Erbes, seinen Chef, hatte er Druck gemacht. Gegen seine Ermittlungen, gegen seine unermüdliche Suche nach dem Mörder. Wolf hatte ihn damals bewusst getäuscht, bloßgestellt vor den Kollegen und einem der Täter. Er hatte ihn dafür gehasst. Sie hatten nie wieder darüber geredet. Die ersten Tage hatte er noch mit einem Anruf gerechnet. Einer Entschuldigung von Wolf. Aber die kam nie. Kein Wort, nichts. Sie waren sich danach nicht mehr über den Weg gelaufen. Weshalb auch? Bei der Kripo war der Wolf immer noch. Er war vor einiger Zeit einmal geehrt worden. Irgendein Dienstjubiläum. Das hatte in der Zeitung gestanden. Groß mit Bild. Es war nicht die Pensionierung gewesen, auch wenn das nicht mehr allzu lange dauern würde. Wolf war bestimmt schon über 60. Genug für einen Kripobeamten.

Kendzierski fühlte einen leichten Luftzug. Ein LKW war oben auf der Straße vorbeigefahren und hatte ihn aus seinen Gedanken gerissen. Warme Luft, die keine Abkühlung brachte. Sein Mund war trocken. Er sehnte sich nach einem Schluck Wasser. Schwerfällig erhob er sich. Er hatte sein Handy im Auto liegen gelassen. Dort wollte er warten. Nur bis die Kripo kam, dann weg, weit weg von diesem Ort und diesem Geruch.

Über die 110 ließ er sich mit der Kriminalpolizei in Mainz verbinden. Es würde eine Viertelstunde dauern, bis die hier waren. Und wenn es wieder der Wolf war? Er konnte ja dann sofort nach Hause und musste sich nicht noch mit ihm unterhalten. Kendzierski war nicht wohl bei diesem Gedanken. Er klappte das Handschuhfach auf und tastete nach seiner Kamera. Nur für den Fall, dass etwas schieflaufen würde. Noch war das hier sein Toter. Er war hierher bestellt worden, von wem auch immer. Er sollte das hier als erster sehen. Die Fotos konnte man ja dann immer noch löschen.

Langsam ging er über die Straße zurück zur Böschung. Von oben war kaum etwas zu erkennen. Die Brennnesseln hingen über allem. Die Reste der Hose. Der dunkelbraun verfärbte nackte Fuß. Die Knochen der zerfetzten Zehen. Mehr ragte nicht aus dem Dickicht hervor. Die vielen kreisenden Fliegen. Von dem trocknenden Grün hob sich das kaum ab. Wie lange mochte der hier schon liegen? Ein paar Tage ganz bestimmt, eine Woche? Keine Ahnung.

Ein vorbeifahrendes Auto ließ ihn aufschrecken. Und keinem war etwas aufgefallen. Über Tage, vielleicht eine Woche. Hier lag ein toter Mensch und niemand hatte das bemerkt, obwohl Hunderte Autos vorbeigekommen waren. Kendzierski drückte ein paar Mal auf den Auslöser der kleinen Kamera. Vorsichtig, Schritt für Schritt, stieg er die Böschung hinunter. Fotografierte einzelne Fetzen der Hose, die herumlagen. Ein paar Meter weg lag ein dünner Ast. Er griff danach. Das war nicht o.k., aber es musste sein. Etwas trieb ihn an. Er wusste, dass er diesen Anblick nicht so schnell wieder aus seinem Kopf herausbekommen würde. Der Tote in den Brennnesseln. Vorsichtig ging er näher heran. Fliegen schwirrten umher. Mit dem Stock schob er die ersten Pflanzen zur Seite. Eine fleckige blaue Hose wurde sichtbar. Aufgerissen an einigen Stellen. Dort, wo sich der Oberschenkel befand. Dunkle Hautfetzen, trocken. Der blanke, weiße Knochen schimmerte durch. Grün glänzende Fliegen, ein wogendes Meer. Braune große Flecken. Kendzierski musste schlucken. Bloß nicht hierhin. Das zweite Bein stand schräg ab. Am Fuß war ein heller Lederschuh. Reflexartig drückte er immer wieder auf den Auslöser. Ohne zu kontrollieren, was er überhaupt fotografierte. Er atmete durch seinen trockenen Mund. Immer schlucken. Ein kariertes Hemd, blau und gelb im Wechsel überdeckt von braunen Flecken. Er wollte aufhören. Schluss, das war genug. Mehr hielt er nicht aus. Sein Magen. Der Geruch. Er zog den Ast zurück. Die ruckartige Bewegung ließ die übrigen Pflanzen wanken. Kendzierski starrte in das Gesicht eines Mannes. Die Haut war schwarz und trocken. Rissig. Braune Zähne. Alles voller dicker glänzender Fliegen. Weiße Maden im Kampf um die letzten Happen. Die Grimasse eines knochigen

Schädels mit tiefen leeren Augenhöhlen. Weg hier. Bloß weg! Kendzierski rannte die Böschung hinauf, so schnell er konnte. Er würgte, spuckte. Er war selber schuld. Es hatte ihn keiner gezwungen, sich das alles anzuschauen. Über die Straße. Schnell zum Auto. Er warf die Kamera auf seinen Sitz und lehnte sich an seinen Wagen. Hoffentlich kamen die bald. Er wollte nur raus hier aus diesem Geruch.

Kendzierski lief ein paar Meter weiter. In sattem Grün standen die Rebstöcke. Trotz dieser Hitze. Leuchtendes Grün. Alles so ruhig. Der Boden war steinig hier. Helle kleine Brocken lagen da in großer Zahl. Vom Regen sauber gewaschen. Kendzierski bückte sich nach einem Stein. Da schimmerte etwas im Sonnenlicht. Eine Muschel, versteinert. Der ganze Stein schien aus Muschelresten, Schneckenhäusern zu bestehen. Motorengeräusche.

Er drehte sich um. Neben seinem Skoda stand ein Streifenwagen. Zwei Polizisten stiegen aus. Die Vorhut. Die anderen kämen jeden Moment. Kendzierski berichtete knapp von dem anonymen Anruf und der Leiche. Dann konnte er endlich weg, nach Hause, so schnell wie nur möglich.

7

Kendzierski fühlte sich unendlich schlapp. Müde. Ins Auto, den Sitz ganz nach hinten gedreht und schlafen. Nur schlafen und vergessen. Das zerfressene Gesicht, die zerfetzten Fußzehen. Er schreckte auf. Waren seine Augen zugefallen? Während der Fahrt? Verdammt. Kendzierski, reiß dich zusammen! Willst du hier noch im Graben landen oder an einem LKW?

Es war nicht mehr weit bis zu seiner Wohnung. Die Ortsumgehung Nieder-Olm. Der letzte Kreisel. Die Karl-Sieben-Straße. Das hellgraue Mehrfamilienhaus. Eine Parklücke hundert Meter weiter. Kendzierski rieb sich die brennenden Augen. Wie sollte er diesen Tag, die Nacht ohne größere Schäden überstehen? Das Treppensteigen hinauf zu seiner Wohnung war mühsam. Er entschied sich gegen das Bett und für seine Dusche. Die Hitze, der Schweiß und vor allem der Gestank hingen an ihm fest. Die süßliche Verwesung, die seinen Magen zuschnürte, alles nach oben drückte. Sein T-Shirt war klebrig nass. Weiße Linien zeigten an, dass die Schweißflecken noch größer gewesen waren.

Lauwarmes Wasser lief über seinen Rücken. Er schloss die Augen und genoss die Ruhe. Er duschte lange. Mehrmals seifte er sich ein. Ganz gründlich, um den Geruch loszuwerden. Der schien an ihm zu haften, zäh. Aber da war nichts mehr an ihm. Das musste die Erinnerung sein. Die rasenden Gedanken, die fliegenden Bilder in seinem Kopf. Der Fuß, die braunen Flecken, der blaue Stoff, die weißen Maden. Der Geruch der Erinnerung. War der Mann überfahren worden? Das abgeknickte Bein sah danach aus. Jemand hatte ihn überfahren und war dann abgehauen. In den Graben geschleudert. Hineingeworfen in Panik nach dem Unfall. Schnell weg. In dem Gebüsch findet den doch erst mal keiner. Ob er vermisst wurde? Gesucht seit Tagen. Bei der Hitze konnte der kaum länger als eine Woche da gelegen haben. Die zerfetzte und aufgerissene Hose. Der Anrufer von heute Morgen. Das war schon drei Stunden her. Kurz vor zwölf jetzt. Der Täter? Hatte dem das schlechte Gewissen so zugesetzt? Nach so vielen Tagen ausgerechnet heute? Warum hatte der sich ausgerechnet an ihn gewandt? Warum nicht direkt an die Mainzer Polizei? War das jemand, der ihn kannte?

Der, der die Böschung gemäht hatte. Der hatte den Toten gesehen. Ganz sicher. Der musste gemerkt haben, dass da einer lag. Der zerfetzte Stoff, die Zehen, das konnte nur der Mäher gewesen sein. Der Traktor von heute Morgen. Der Verrückte, der direkt auf ihn zugerast war, die blitzenden Scheinwerfer. Den musste er sich am Montag als erstes vorknöpfen.

Kendzierski fühlte sich noch immer müde, als er die gläserne, braune Schiebetür zur Seite drückte und aus der Dusche herausstieg. Es war außerhalb der Duschkabine wärmer als unter dem Wasserstrahl; auch daran konnte man die Hitze dieses gnadenlosen Frühsommers spüren. Er trocknete sich langsam ab, während er das kleine Bad verließ, um in seinem Schlafzimmer nach einem frischen T-Shirt zu suchen.

Eigentlich glichen sich alle Räume seiner kleinen Wohnung. Drei-Zimmer-Küche-Bad 350 Euro. Das war der Text der Wohnungsanzeige gewesen. Verlockend. Wohnzimmer mit Couch, Schlafzimmer und noch eins frei zu dem Preis. Ein Glückstreffer. Diese Wohnung hatte er damals schnell. Den fertigen Mietvertrag brachte der Makler zur Besichtigung mit. Der Eigentümer will einen reibungslosen Übergang. Sicherheiten, wie Sie sie bieten. Alle Räume waren weiß gefliest. Im Bad und in der Küche auch die Wände bis hoch zur Decke. Alles cremig weiß. Nicht gerade gemütlich. Mittlerweile hatte er alle seine Kisten ausgeräumt, alles irgendwie untergebracht. Im Wohnzimmer stand seine schwedische Couch. Ein heller Dreisitzer am Ende seiner besten Jahre. Ein paar Regale mit Büchern. Im Schlafzimmer sein altes Doppelbett. Der Schrank gehörte dazu. Helles Holz auf hellen Fliesen. Kendzierski legte sich auf sein Bett. Es blieben noch ein paar Stunden bis zu seinem abendlichen Einsatz.

Das Klingeln riss ihn aus einem tiefen Schlaf. Nass geschwitzt fühlte er sich, wie verkatert. Fünf Uhr. Mehr als vier Stunden hatte er hier gelegen. Das Handy lag auf dem Nachttisch, direkt neben seinem Kopf. Erkennen konnte er nichts. Seine Augen machten noch nicht mit.

„Ja?" Das war nur ein Krächzen gewesen. Rau, wie nach einer durchzechten Nacht. Er räusperte sich zweimal laut. Schluckte.

„Kendzierski, sind Sie das?"

Die Stimme. Er hatte das Gefühl, dass alles in seinem Kopf mehr Zeit brauchte. Jedes Rädchen. Unendlich lange in Bewegung, bevor eine Reaktion kam.

„Mann, Kendzierski. Was soll das! Wo sind Sie?"

Das war Erbes, ungeduldig und genervt.

„Jaja. Ich bin zu Hause. Was ist denn los?"

„Nichts ist los. Ich habe von dem Toten erfahren und dass Sie dort waren. Ich habe jetzt schon seit mehreren Stunden versucht, Sie zu erreichen. Warum gehen Sie nicht an Ihr Telefon?" Stille. Wollte der eine Antwort darauf? Ich habe hier gelegen, gepennt und das Klingeln zum Glück nicht gehört. Ganz bestimmt nicht.

Ein lautes Schnaufen war zu hören. Kendzierski kannte diesen Laut. Erbes plusterte sich jetzt auf. Die Vorbereitung für einen Befehl. Der sog die Luft ein, ließ seinen Brustkorb anschwellen und wurde dadurch zwei Zentimeter größer. Manchmal wippte er dabei noch auf seinen Zehenspitzen. Widerspruch ausgeschlossen.

„Kendzierski! Egal, was da heute los war. Warum auch immer Sie da in Essenheim aufgetaucht sind. Das klären wir alles am Montag. Sie machen heute Abend Ihren Dienst. Haben wir uns verstanden?"

„Jawohl." Am liebsten hätte er seine Hacken zusammengeschlagen. Seine Füße hingen aber zu fest in der Bettdecke. Das Gespräch war beendet.

Er hatte ohnehin nicht vorgehabt, nach irgendetwas zu suchen. Wonach überhaupt? Er wusste ja nicht einmal, wer der Tote war. Eine Vermisstenanzeige für seinen Bezirk, die Verbandsgemeinde, gab es nicht. Wenn hier einer vermisst würde, dann hätte das schon längst auf seinem Schreibtisch gelegen. Die Anzeige ‚Gesucht wird'. Nichts war da in den vergangenen Wochen und Monaten.

Da hatte der Wolf von der Mainzer Kripo wohl sofort bei Erbes angeklingelt. Vorsorglich mal den Kendzierski zurückpfeifen. Der macht uns wieder den Privatermittler. Das geht den überhaupt nichts an. Das ist unsere Sache.

Er konnte sich das in allen Farben ausmalen. Der zeternde Wolf. Da war ohnehin noch eine Rechnung offen. Dieser Zoff war vorprogrammiert. Montag acht Uhr würde der bei ihm auf der Matte stehen. Kampfbereit. Bei diesen Aussichten erschien der Abendeinsatz auf dem Straßenfest geradezu erholsam.

Es war halb acht. Kendzierski machte sich fertig. Schuhe, Handy und seinen grauen Pullover für alle Fälle. Der war jetzt noch nicht notwendig, es war noch immer drückend heiß. Aber man konnte ja nie wissen, wie sehr es im Laufe der Nacht abkühlen würde. Und diese Nacht konnte verdammt lange werden. Acht Uhr bis Ende. Die Höchststrafe, wie Klara es genannt hatte. Mal sehen.

Die Pariser Straße war schon gut bevölkert. Die Buden und Stände kamen erst im Zentrum. Die meisten Besucher von außerhalb nutzten den großen Parkplatz an der Zufahrtsstraße und liefen dann zu Fuß auf der Pariser den halben Kilometer bis zur Festmeile. Das war Erbes Ausdruck gewesen: „Kendsiäke, unser Festmeil muss strahle." Er hatte ernsthaft überlegt, den Bürgermeister beim Wort zu nehmen und ganz Nieder-Olm zu sperren. Eine richtige Meile rund um das Rathaus. Aber leider reichten die stadteigenen Absperrgitter dazu nicht aus. Erbes hätte ihm das sicher nicht verziehen. Für solche Späße war er nicht zu haben. Einfach zu korrekt.

Gute Laune herrschte um ihn herum. Ausgelassen, fröhlich zogen sie dahin. Bunt gemischt. Ältere auf dem Weg zum Abendessen. Ein paar Jugendliche mit Flaschen in der Hand. Links ging es zum alten Grass. Der Innenhof war schon gut gefüllt. Der hätte heute ohnehin keine Zeit für einen Plausch gehabt. Der Lärm der Massen war jetzt schon zu hören. Fähnchen hingen an den Häusern. Laute Musik drang vom Parkplatz neben dem Rathaus bis hier herunter. Der war frei geräumt für ein Karussell und einen Autoskooter. Drum herum aufgebaut standen Los- und Schießbuden, Süßigkeiten und der Rest der Schausteller. Jeder auf seinem zugewiesenen Platz. Am Donnerstagnachmittag hatten sie die Abnahme gemacht. Der TÜV hatte die Fahrgeschäfte überprüft. Alles war in Ordnung gewesen.

Irgendwo hier musste Klara auf ihn warten. Sie hatten sich am ersten Stand verabredet. Im Trubel ist es zu unübersichtlich. Da finden wir uns nie. Es roch nach Gebratenem. Verbranntem. Ein Meter Wurst XXL. Die längste im Umkreis, vom Worscht-Schorsch auf dem Holzkohle-Grill gebraten. Das Interesse an einem gegrillten Meter hielt sich in Grenzen. Kendzierski stand alleine an der kleinen Holzbude. Klara war nicht zu sehen. Es waren noch fünf Minuten Zeit. Sie musste durch das ganze Getümmel hindurch. Seit ein paar Monaten wohnte sie im Neubaugebiet oberhalb Nieder-Olms. In den Weinbergen. Eigentumswohnung mit toller

Aussicht über das Städtchen. Er hatte ihr den Kühlschrank und die Kisten geschleppt.

„Willste oh odder nedd?"

Kendzierski drehte sich um. Aus der Bretterbude schaute ihn ein Mann mit blondem Haarschopf an. Vielleicht 45. Kugelrundes, glänzendes Gesicht und eine ebenso runde knollige Nase. Der Worscht-Schorsch persönlich?

„Angenehm, Kendzierski."

„Ich weiß, wer du bist. Der Verdelsbutze hier. Willste e Worscht?"

Kendzierski musste sehr ungläubig dreingeschaut haben. Der Lockenkopf lachte.

„Die muss fort. Die liegt schon zu lang auf der Glut."

Kendzierski war nicht nach Bratwurst. Bei der Hitze. Der arme Schorsch in seinem Bretterverschlag über der Glut. Kein Job für ihn.

„Später vielleicht. Mir fehlt noch der richtige Appetit."

Kendzierski drehte sich um.

„Na, Herr Kollege. Schon an der ersten Station?"

Endlich. Das war Klara. Er war jetzt schon genervt. Vom Geruch der verkohlenden Meterwürste, dem Krach im Hintergrund und dem Gedränge, das ihn erwartete. Warum musste das unbedingt sein? Er hatte einfach keine Lust!

„Was ist denn mit dir los? Hat dich jemand geärgert? Du siehst ja völlig verkatert aus. Fertig. Hast du schon einen Frühschoppen hinter dir?"

Klara grinste ihn herausfordernd an. Sie sah anders aus. Heute irgendwie anders als an einem Arbeitstag. Ihre Haare waren offen, fielen locker gewellt bis auf ihre Schultern, auf nackte Haut. Schmale Träger hielten ein enges dunkelbraunes Top. Zierliche Rundungen. Eine weiße Hose an schlanken Beinen.

Sie strahlte ein Maß an guter Laune aus, das ihm Angst machte. Mit seinem Gemecker hatte er da keine Chance. Das wusste er sofort. Sie nahm seine Launen nie ernst. War er genervt, fühlte sie sich herausgefordert. Angestachelt, ihn zusätzlich zu piesacken mit gezielt spitzen Bemerkungen. Lächelnd. Sie machte einfach weiter, so lange er muffelig war. Bis er sich aus der Reserve traute und konterte. Erst dann schien sie zufrieden zu sein. Er konnte ihr ja kaum hier und jetzt von seinem grausamen Fund erzählen. Hab gerade noch eine zerfetzte Leiche sichergestellt. Ziemlich verwest. Aber kein Problem, die Ermittlungen laufen schon. Hast du Lust auf ein Fischbrötchen?

„Schön, dass du da bist. Ich habe einen ausgedehnten Mittagsschlaf hinter mir, um das hier besser zu verkraften. Ich glaube, ich bin noch nicht ganz wach."

„Das sieht man. Also müssen wir jetzt das Weckprogramm starten."

„Was schlägst du vor? Du bist doch hier die Ureinwohnerin."

„Ich habe Hunger. Riesigen Hunger. Wir müssen mit dem klassischen rheinhessischen Programm anfangen. Etwas Typisches und ein Glas Wein. Worauf hast du denn Lust?"

„Mir ist das egal."

Kendzierski versuchte dabei in seinen Magen hineinzuhorchen. Er war sich nicht ganz sicher, ob dieser schon wieder aufnahmebereit war. Die letzte Mahlzeit musste das kalte Toastbrot heute früh gewesen sein. Hunger hatte er aber trotzdem nicht. Bei dem Gedanken an warmes Essen, Gebratenes, Fettiges mit Pommes, krampfte sich sein Magen zusammen.

„Na, dann los." Klara ließ ihm keine Zeit, weitere Überlegungen anzustellen. Sie steuerte geradewegs ins Getümmel.

Er trottete hinterher. Zwischen den Buden und Ständen ging es hindurch. Zielstrebig. Sie schien jetzt zu wissen, wo sie den heutigen Abend beginnen würden. Den hell erleuchteten weißen Wagen mit den Fischbrötchen ließ sie links liegen. Er atmete auf. Der Geruch des Fisches war schwer genug zu ertragen. Blau glänzende Heringe zwischen zwei Brötchenhälften gezwängt. Erstickt unter einem Berg roher Zwiebelringe. Künstlich rot glänzende Lachsfetzen. Vorbei. Ein Glück. Nach ein paar Schritten auch der Gestank. Überdeckt von Frittierfett. Er stieß mit einem älteren Mann zusammen. Graue Haare, groß. Pommes rot weiß. Entschuldigung. Es waren nur ein paar heruntergefallen. Ein schmaler Streifen Ketchup, dessen Ende von einem breiten weißen Mayonnaiseklecks markiert wurde, zog sich über seinen Oberschenkel. Mist. Kendzierski versuchte sich zu bücken, um die Spur vorsichtig abzukratzen. Ein gebücktes Hindernis im Strom der Massen. Wieder rempelte ihn einer an: „He, du stehst hier aber wirklich gut. Mach dich fort."

Er wankte. Von vorn stieß ihn jetzt auch einer an. Gebückt erkannte er eine helle flatternde Hose. Den Ketchup war er jetzt los. Auf die helle Hose passte der eigentlich auch viel besser. Nur noch ein Rest Mayonnaise. Da war nichts mehr zu machen.

Kendzierski blickte auf und schaute sich ratlos um. Klara war weg. Nicht zu sehen. Zu klein und im Getümmel verschwunden. Er ließ sich mit dem Strom der Menschen treiben. Irgendwann musste er ja an ihr vorbeikommen. Der Weg zwischen den Buden hindurch war schmal. Mit hektischen Blicken suchte er links und rechts nach seiner Kollegin. Verschluckt. Vorbei an großen Schildern. Mediterrane Nudelpfanne mit oder ohne Schnitzel. Eine riesige dampfende Pfanne auf einer Gasflamme. Durch die Wolke aus Paprika und Broccoli musste er hindurch. Warme feuchte Luft. Und das bei dieser Hitze. Er spürte die Übelkeit wieder in sich aufsteigen. Den süßlichen Verwesungsgeruch. Die grünlich glänzenden Fliegen und ihre weißen Maden. Die zerfetzten Fußzehen. Wer war der Tote?

„Kendzierski!" Er hörte ganz deutlich seinen Namen. Herausgerissen aus diesen Bildern. Zum Glück. Er wollte das jetzt nicht mehr sehen. Keinen Gedanken mehr daran. Nicht heute.

„Hier! Bist du blind?" Klara stand direkt vor ihm. Sie hielt ihm einen weißen runden Teller direkt unter die Nase. Er zuckte kurz zurück. Ein Reflex aus Furcht vor dem Geruch dampfender Pommes und gebratener Würste.

„Du warst plötzlich weg." Das klang vorwurfsvoll aus ihrem Mund. „Komm, wir gehen da rüber. Da ist es nicht so voll und wir bekommen vielleicht noch ein Plätzchen an einem der Stehtische."

Er folgte ihr mit dem Teller in der Hand, seinen Blick starr nach vorne gerichtet. Aus der engen Gasse der Stände ging es auf den Rathausplatz. Die Buden standen hier im großen Rund. Kendzierski atmete durch. Hier war es nicht so voll. Keine erdrückende Enge. Sie fanden einen Stehtisch. Weiß glänzende Lackfolie. Er stellte seinen Teller ab. Klara war schon wieder verschwunden. Es war aussichtslos heute.

Sein Blick fiel auf das, was sie ihm mitgebracht hatte. Es war eindeutig keine Bratwurst, gar nichts von einem Grill. Und keine fettigen Pommes. Grüner Schnittlauch auf einer hellen Sauce. Ein sanfter, feiner Geruch. Der Druck auf seinen Magen ließ nach. Vielleicht war doch eine Nahrungsaufnahme möglich. Sicherlich keine allzu schlechte Idee, wenn er an die Zeit von 20 Uhr bis Ende dachte. Klara stellte zwei Weingläser auf den wackligen Tisch.

„Wingertsknorze mit Spargel. Das Beste, was es in dieser Jahreszeit gibt. Damit muss man einen solchen Abend anfangen. Lass' es dir schmecken." Noch bevor er etwas antworten konnte, hatte sie schon das erste Stück im Mund. Überbackener Käse war unter der Sauce zu erkennen. Gekochter Schinken, Spargelspitzen. Das sah gut aus. Er genoss den ersten Bissen. Das buttrige Aroma der Sauce, der zarte Spargel. Ein dunkles Brötchen bildete die Unterlage. Kendzierski spürte Erleichterung. Sein Glück! Es war kein Schnitzel unter all dem versteckt! Das hätte er jetzt nicht runterbekommen.

„Ich habe dir einen Silvaner dazu geholt." Klara deutete auf sein Glas.

„Der passt am besten zum Spargel. Du brauchst jetzt nicht so gequält zu schauen. Ich werde dir hier schon keinen Vortrag über Wein halten. Aber du musst ja zumindest wissen, was du so trinkst." Sie lächelte und genoss das alles. Das war deutlich zu erkennen. Das Getümmel, die Enge. Ganz langsam fiel der dumpfe Schleier der Müdigkeit von ihm ab. Das Essen, der Wein. Er hatte das gebraucht. Das schmeckte wirklich gut. Und Klara.

„Auf einen ruhigen Abend." Er prostete ihr zu. „Wie hast du dieses Ding hier noch genannt? Knorze?"

„Das ist ein Wingertsknorze. Eigentlich nennt man den alten Rebstock so. Das Brötchen, auf dem Schinken und Spargel liegen, sieht ja auch ein wenig knorrig aus. So wie ein alter Rebstock eben. Daher kommt der Name."

„Für die korrekte Aussprache werde ich wohl noch den einen oder anderen Silvaner brauchen."

„Einen werden wir uns schon noch genehmigen können. Den Pegel braucht man auch für den Abend. Um uns herum werden alle immer angeheiterter und betrunkener. Das ist nur mit ein paar Gläsern auszuhalten. Vorletztes Jahr habe ich den Dienst mit einem vom Bauhof gemacht. Der hat sich so richtig abgefüllt. Der konnte sich um zwölf gar nicht mehr ohne fremde Hilfe bewegen. Ein Colaschoppen nach dem anderen. Den habe ich dann an einem Weinstand geparkt. Eingeklemmt zwischen dem Tresen und einem Bistrotisch für den Halt. Das hat ganz gut geklappt. Ich habe meine Runden gedreht und immer mal wieder nach ihm geschaut. An dem Abend war es ruhig. Um drei habe ich ihn zu Hause abgeliefert. Der Erbes hat das zum Glück nicht gesehen."

„Haben die im Bauhof einen roten Traktor?"

„Wie kommst du jetzt darauf?"

„Mich hat heute Morgen einer fast über den Haufen gefahren. Bei mir hinten in den Feldern. Der kam auf mich zugerast. Mit einem Böschungsmäher vorne dran und Gemeindenummernschild."

„So weit ich weiß, haben die sogar mehrere Traktoren. Die mähen die Grünstreifen damit."

„Am Samstag?"

„Deswegen gab es schon häufiger Stunk. Am Samstag wird natürlich nichts gemäht. Aber von denen hat jeder ein paar Kumpels oder einen in der Familie, die mal Hilfe brauchen. Kannst du mir nicht vorne an meinem Garten die Hecke kürzen? Im Vorbeifahren? So lange das nicht zu viel wird, sagt der Chef da nichts. Der übersieht das. Die nehmen den Traktor über das Wochenende mit nach Hause, damit sie am Montag direkt anfangen können. Am Samstag haben sie die Kiste dann zur freien Verfügung. Und bei uns gehen die Beschwerden der Nachbarn ein, wenn da einer sonntags um neun mit der Gartenpflege anfängt. Der Ärger ist vorprogrammiert."

„Das war ganz schön knapp heute Morgen. Der hat nicht mal langsamer gemacht, als er mich gesehen hatte. Wie auf der Flucht. Lichthupe, Armgefuchtel. Mach' dich aus dem Weg."

„Und du bist dann ab in den Graben?" Sie grinste. „Sportlich, Kendzierski."

„Das muss ganz gut ausgesehen haben."

Klara stapelte die leer gegessenen Teller aufeinander und machte sich auf den Weg zur Rückgabe. Ab ins Getümmel. Mittlerweile war es auch im Halbrund der Buden und Stände auf dem Rathausplatz brechend voll. Alles drängte mit Pappschalen, Gläsern und Tellern bewaffnet an die wenigen Tische.

„Du bist doch ferdisch? Odder?"

Vor Kendzierski stand ein dicker, kleiner Glatzkopf um die 50. Zwei volle Weingläser in der Hand, eine Flasche Wasser unter dem Arm. Glänzende kleine Schweißperlen auf der breiten Stirn. Direkt hinter ihm folgte, mit mehreren Tellern beladen, eine kleine zierliche Frau im blumigen Sommerkleid. Einmal Steak mit Pommes, einmal Bratwurst, auch mit Pommes und zwei kleine Beilagensalate.

„Dann mach doch bitte Platz, damit auch annern was esse könne. Wenn es auch schon nemmer warm iss." Das hatte fast flehend geklungen. Kendzierski murmelte etwas, was wie eine Entschuldigung klingen sollte und räumte das Feld.

„Nemm die Gläser mit. Des kost sunst Pfond."

Noch bevor die kleine Frau alles abgestellt hatte, kaute der glänzende Glatzkopf schon auf seinem ersten großen Stück Steak. Zufrieden mit sich und dem erkämpften Standplatz.

Kendzierski ging ein paar Schritte weiter. Die dunklen

Holzbuden sahen nach Weihnachtsmarkt aus. Einheitlich. Es fehlten die Tannenzweige, Sterne und Engelchen. Die Lichterketten passten. Das waren alles Weinstände. Unterschiedliche Winzer. Fein säuberlich waren in jedem Stand die Flaschen aufgebaut. Steiner, Schmahl, Bacchusgut und Sonnenblick. Kendzierski wählte die kürzeste Schlange. Ob das ein gutes Auswahlkriterium war? Für weitere Überlegungen fehlte die Zeit. Er war schon der nächste. Riesling trocken, zweimal.

Sie drehten zusammen ein paar Runden über die Festmeile. Essen und Trinken überall. Enge, Gedränge. Klara blieb immer wieder stehen. Kollegen, Freunde, Verwandte. Du auch hier? Ganz schön voll. Mehr als im letzten Jahr. Die Steaks sind heute gut. Wir trinken jetzt noch einen Schoppen und dann reicht es. Mach's gut.

Ab elf wurde es ruhiger. Der über allem hängende Frittiergeruch wurde weniger. Jetzt waren anscheinend alle satt. Die Grundlage war geschaffen. Die zweite Runde begann. Die, die noch da waren, hatten ihren festen Platz. Standen in Gruppen, saßen an Biertischen. Unterwegs waren die, die Nachschub in Flaschen holten oder den Toilettenwagen hinter dem Rathaus suchten.

Zwölf. Am Autoskooter dröhnte Wolfgang Petry: Hölle, Hölle. Für ein halbes Dutzend Dauerfahrer. An den Schießbuden war nichts mehr los. Klara bekam eine rosa Plastikrose. Er als Polizist brauchte zwölf Schuss. Der Lauf des Luftgewehres war bestimmt verbogen. Eindeutig.

Eins. Er war müde. Die Biertische waren noch gut besetzt. An den Stehtischen fanden Einzelne Halt. Im Duell mit dem letzten Cola-Schoppen. Sich sammelnd für den Heimweg auf schwankendem Untergrund.

Zwei. Die meisten Weinstände waren dicht. Mit braunen Holzläden verschlossen. Einer war mit großen goldenen Sternen verziert. Auf dem Tisch davor lag der letzte Gast. Zusammengesunken. Den Kopf auf den Armen. Die halbvolle Flasche Rosé fest in der Hand. Vereinzelt saßen noch kleine Gruppen. Marianne Rosenberg: Er gehört zu mir, wie mein Name an der Tür. Damit war Ruhe eingekehrt. Am Autoskooter wurden die bunten Planen zugezogen. Feierabend.

Schweigend drehten Klara und Kendzierski eine weitere Runde. Andrang herrschte jetzt nur noch am letzten geöffneten Bierwagen. Dort standen etwa dreißig Jugendliche. Es gab orangefarbenes und grünes Zeug in durchsichtigen Flaschen. Energy-Limo in kleinen Dosen. Hämmernde Musik. Um drei musste die aus sein. Ein Junge mit zotteligen langen Haaren wurde von zwei anderen gestützt. Sein Kopf hing regungslos nach unten. In den schwarzen Haaren klebten schleimige Reste. Glasscherben lagen herum. Kendzierski hatte seinen Pullover noch immer über den Schultern hängen. Es hatte ein wenig abgekühlt, kaum spürbar. Jetzt Regen, ein richtiger Wolkenbruch mit erfrischendem Wind dazu. Und ein Bett. Klara gähnte hörbar. Was bedeutete eigentlich Ende? Hoffentlich nicht fünf Uhr. Sie ließen den Bierstand hinter sich. Jetzt kamen noch ein paar verwaiste Buden, dann der mächtige Kirchturm. Hier konnte der Lärm keinen stören, auch wenn es bis zum Morgengrauen weitergehen sollte.

„Was wollt ihr denn hier? Arschlöcher!"

Kendzierski drehte sich ruckartig um. Es war mehr ein Reflex gewesen. Er wusste eigentlich, dass es besser war in solchen Situationen weiterzugehen und nicht zu reagieren. Wer provoziert, der wartet auf eine Reaktion. Ansonsten verliert er schnell die Lust daran. Deeskalation. Das Lieblingsthema seiner Ausbilder. Nur nicht die Ruhe verlieren. Er hatte reagiert, weil das so nahe geklungen hatte, direkt hinter ihnen. Die Jungs mit den Flaschen, der vollgekotzte Langhaarige.

In die jugendlichen Halbstarken um den Bierwagen war Bewegung gekommen. Da waren welche dazugekommen. Vielleicht zehn Jungs. Sie standen ein paar Meter abseits, eng zusammen. Eine zweite Gruppe. Die Mittelfinger gereckt. Abwartend. Ob das schon für eine Schlägerei ausreichte? Herausfordernd. Kendzierski konnte nur ihre Rücken sehen.

„Kommt doch! Wir hauen euch auf die Fresse!"

„Verpisst euch! Ihr habt hier nichts verloren, ihr Bauern!"

Genau so hatte er sich das vorgestellt. Ein friedliches Dorffest. Hier mischt keiner was auf. Ach, höchstens mal ein paar betrunkene kleine Jungs. Verdammt, er kannte diese Feste. Und das lief doch meistens so ab. Erst vollaufen lassen und dann wird aufgemischt.

„Klara, du bleibst hier! Du kannst dir ja schon mal die Nummer der Polizei zurechtlegen. Falls es Ärger gibt."

Kendzierski machte sich auf den Weg in Richtung Bierwagen. Zwanzig Meter bis zu den Herausforderern.

Er erkannte ihn nicht gleich. Ein Schatten, dunkel, schnell. Nur für einen kurzen Moment sah er ihn, bevor ein spitzer Schrei zu hören war.

Er stand jetzt direkt hinter ihnen. Einer der Jungs knickte ein. Sackte zusammen. Die anderen stürmten nach vorne. Wildes Geschrei beim Aufeinandertreffen. Ein Knäuel sich prügelnder Halbstarker. Was machen? Vor ihm lag der Getroffene. Ein blasser Junge kniete daneben. Keine 20. Kurze

55

stoppelige Haare, ein pickeliges Milchgesicht. Er starrte mit aufgerissenen Augen auf den blutenden Kopf. Eine klaffende Wunde vom rechten Auge bis hinauf in die dichten dunklen Haare. Die Augen geschlossen. Bewusstlos, schlapp lag er da. Kaum älter als der andere. Kalkweiß. Kleine braune Glassplitter verstreut drum herum.

„Ich habe die Polizei gerufen und einen Krankenwagen. Bitte halt' dich da raus, Paul. Ich kenne die Bande. Die ziehen dir auch noch einen über." Klara beugte sich über den Verletzten und drückte ein Taschentuch auf die blutende Wunde.

Kendzierski rannte die wenigen Meter zu dem Knäuel, das sich vor dem Bierstand gebildet hatte. Die ersten beiden Jungs lagen bereits übereinander.

Einen konnte er wegreißen. Irgendwie dazwischen kommen. Trennen. Eine blutende Nase.

„Bist du bekloppt. Steck das weg!"

Geschrei. Kendzierski erkannte die Klinge eines Messers. Hände abwehrend nach vorne gestreckt und Arme dazwischen, ein Oberkörper. Nichts war mehr zu sehen. Er versuchte, einen wegzuzerren. Platz. Auseinander. Eine Hand bekam er zu fassen, aber kein Messer.

„Nein!" Ein Schrei, direkt neben ihm. Ganz kurz nur, die lange Klinge. Blut. Mehr konnte er nicht erkennen. Kendzierski spürte einen Schlag und einen dumpfen heftigen Schmerz an seinem Hinterkopf.

„Du Idiot! Das war der Bulle."

Hektische Schritte. Dann verschwand alles um ihn herum. Stille unter einem schwarzen Schleier. Er spürte nicht mehr, wie er auf dem Asphalt aufschlug.

„Na, ich habe dich doch extra noch gewarnt. Aber du musst

dich ja ins Getümmel stürzen." Kendzierski schaute in ein grelles Licht. Mehr war nicht zu erkennen. Die Stimme kam ihm bekannt vor. Ein stechender Schmerz ließ ihn zusammenzucken. Sein Kopf, hinten, innen drin, überall. Mit dem Schmerz kam zumindest die Erinnerung wieder, an das, was da passiert war. Das Messer, der Schlag, der Schmerz, die schwarze Nacht.

„Ist alles o.k. bei dir?"

„Ja, ja, es geht."

Er versuchte sich zur Seite zu rollen, um langsam wieder auf die Beine zu kommen. Ein Widerstand. Etwas Weißes beugte sich über ihn. Der Druck auf seinen Arm ließ nach.

„Herr Kendzierski, Sie müssen noch ein paar Minuten liegen bleiben. Sonst fallen Sie uns hier gleich wieder um. Wir bringen Sie dann in den Krankenwagen und klammern Ihre Wunde dort fertig zusammen."

Der Schmerz wurde heftiger und ihm übel. Er hasste so etwas. Ausgeliefert zu sein und die machten da einfach an seinem Kopf herum. Widerstand zwecklos. Er ließ alles über sich ergehen. Geduldig. Blick in den Sternenhimmel. Es war klar. Keine Wolke nahm die Sicht. Einer hatte ihm mit aller Wucht auf den Hinterkopf gehauen. Mit der Bierflasche wahrscheinlich. Was hatte er auch zwischen den Fronten zu suchen gehabt. Der große Schlichter trennt die Schläger. Stellt sich mutig dazwischen. Das war idiotisch. Verdammt, dieser Schmerz. Die hätten sich einfach ihre Nasen blutig schlagen und er auf die Polizei warten sollen. Der einzig sinnvolle Weg. Aber er musste ja den starken Bullen spielen. Der Bulle, Mist. Die hatten ihn erkannt. Das würde die Suche nicht einfacher machen. Er versuchte sich umzusehen. Im Liegen klappte das nicht so recht. Lauter Hosenbeine um ihn herum. Weiße Schuhe. Sanitäter. Polizisten. Er erinnerte sich an den Lärm. Das waren nur ein paar Sekunden. Ein kurzer Film. Die hatten alle das Weite gesucht. Da war bestimmt keiner mehr zu fassen. Verpisst.

Klara half ihm hoch. Der Wechsel in die Vertikale tat seinem Kopf gut. Er hatte mit mehr Schmerzen gerechnet. Die blieben aus. Seine Beine gehorchten noch nicht so. Alles weicher Pudding. Ein Sanitäter stützte ihn für die wenigen Meter bis zum Krankenwagen. Zwei Polizeiwagen. Ein Blaulicht drehte sich. Daneben standen zwei Polizisten und eine weitere Person. Stoppelige Haare. Im Vorbeigehen erkannte Kendzierski das pickelige Milchgesicht wieder. Er musste grinsen.

Die Wunde an seinem Hinterkopf war nicht sehr groß. Mit wenigen Handgriffen waren die Haare drum herum beseitigt und die Klammern gesetzt. Die Schmerzen hielten sich in Grenzen. Zum Glück war kein Verband notwendig. Auf die blöden Kommentare konnte er dankend verzichten. Das würde sich auch so schnell genug herumsprechen. Der Neue ist verhauen worden. Der weiß halt nicht, wie es so zugeht hier bei uns in Rheinhessen.

Endlich war alles überstanden. Halb vier. Kendzierski wehrte sich erfolgreich dagegen, zur Beobachtung mit ins Krankenhaus genommen zu werden. Gehirnerschütterung. Bloß nicht! Er wollte einfach nur nach Hause in sein Bett. Ruhe und Schlafen. Möglichst lange. Sie einigten sich darauf, dass er sich bei Klara melden sollte, falls es ihm schlechter gehen würde. Der Krankenwagen lieferte ihn direkt vor der Haustür ab. Jetzt hatte dieser Tag ein Ende. Er war froh.

8

Fein stiegen die Bläschen nach oben. Kleine Perlen an einer Schnur. Aufgereiht. Ganz klein erst und dann größer werdend, bevor sie zerplatzten. In dichter Folge. Eine nach der anderen. Nach oben treibend ohne Halt. Wie lange? Um das Glas hatte sich ein kleiner See gebildet, fast kreisrund. Er hatte zu hektisch nachgegossen. Ein paar Mal schon. Drei Viertel Wein, ein Viertel Wasser gegen den Durst bei dieser Hitze. Ein paar Asbach für die Nerven, zur Beruhigung. Das war die zweite grüne Weinflasche. Der Rest Sprudel noch. Die Hand vor seinen Augen. Sie zitterte jetzt weniger. Fast gar nicht mehr. Wenn er sich zusammennahm, konnte er sie ganz ruhig halten. Für einen kurzen Moment. Sie war groß. Die Finger waren breit und kurz. Tiefe schwarze Furchen zogen sich quer über die Handfläche. Der Schnitt am Handballen war wieder gut verheilt. Eine tiefe Fleischwunde über mehrere Zentimeter. Das war jetzt ein Jahr her. Er hatte einen Moment nicht hingesehen und in die Scherben gegriffen. Wie ein Schwein hatte er geblutet und es mit der Angst bekommen. Hoffentlich war das nicht die Pulsader. Mehrere Wochen hatte er daraufhin pausieren müssen. Herumgesessen und gewartet, dass das wieder zusammenheilt. Einen Asbach noch. Der letzte, die Flasche war jetzt ohnehin leer. Seine linke Hand zitterte, als er den Telefonhörer zum Ohr führte. Er bebte.

„Ja?"
„Ich komme am Montag."
„Ich weiß, dass du morgen eingeteilt bist. Halb acht fangen wir an. Was soll das?"
„Er ist tot! Sie haben ihn gestern gefunden."
„Ich weiß."

„Alles war voller Polizei. Abgesperrt. Männer in weißen Schutzanzügen. Die haben alles abgesucht!"

„Das habe ich auch gesehen. Lass mich in Ruhe damit!"

„Was habt ihr mit ihm gemacht?" Es klang wie ein Krächzen. Er war außer Atem. Der Schweiß lief.

„Bist du verrückt geworden? Nichts haben wir damit zu tun." Der andere brüllte fast.

„Er wusste alles. Alles!"

„Wenn du nicht dein Maul hältst, dann kannst du was erleben. Wir machen dich fertig. So fertig, wie du noch nie warst!"

„So wie ihn?"

„Du verdammtes Arschloch! Ich weiß nicht, was mit ihm passiert ist. Er ist überfahren worden. Der ist wahrscheinlich besoffen heimgefallen."

„Mit mir macht ihr das nicht! Wenn mir etwas passiert, dann geht ihr alle mit hoch! Dann kannst du alles vergessen. Den ganzen Scheißladen. Das verspreche ich dir. Sag' das den anderen, allen." Er bekam keine Luft mehr. Heiser musste er husten. Der andere hatte längst aufgelegt. Salziger Schweiß rann ihm von der Stirn. Er kippte das ganze große Glas in sich hinein, laut schluckend.

9

Das Gras unter seinen Füßen fühlte sich weich an. Ein sattes Grün, unterbrochen von den ausgefahrenen tiefen Spuren, die die kleinen Traktoren der Winzer hinterließen. Links und rechts standen die Rebstöcke bis an den Feldweg. Wie ein ausgerollter grüner Teppich stand das Gras die einzelnen Gassen hinauf, der Teppich des Winzers. Gepflegt, kurz geschnitten, akkurat bis an die Stöcke heran mit einer sauberen Kante. Das erinnerte ihn an die roten Teppiche, auf denen die Schönen und Goldbehängten standen. Die Rebstöcke bildeten das Spalier der Jubelnden. Rufe, Kreischen, Klatschen. Er bog in eine der Rebgassen ein. Den Jubel zu spüren, die sich nach ihm reckenden Arme, die Fingerspitzen, die ihn zu berühren suchten. Einen kurzen Moment konnte er all das fühlen. Mit geschlossenen Augen im Lärm, der ihm galt. Weiter hinauf. Schneller. Ein dumpfes Geräusch war zu hören, als er mit seinem rechten Fuß gegen einen Widerstand stieß. Mit dem vollen Schwung der Vorwärtsbewegung verlor er das Gleichgewicht und stürzte. Sein Oberkörper vollführte dabei eine halbe Drehung, so dass er mit seinem Hinterteil zuerst aufkam. Im Fallen schon versuchte er sich auf den Schmerz des Aufpralls vorzubereiten. Nichts. Etwas knackte unter seinem Gewicht, brach. Kein Schmerz. Es waren nicht seine Knochen. Den Blick auf das Gras gerichtet, suchte er nach dem Hindernis, das ihn zu Fall gebracht hatte. Ein paar Meter entfernt, die Gasse nach unten, lag etwas quer. Er sah das nur undeutlich, verschwommen. Warum gelang es seinen Augen nicht, das scharf zu bekommen? Dunkel, braun, wie ein Stück Holz, ein Stamm. Er konnte nicht aufstehen. Seine Beine gehorchten nicht. Keine Reaktion dort unten. Regungslos lagen sie da im grünen Gras. Was wollte er nur hier? Ein Bein war es, das ihn aus dem Gleichgewicht gebracht hatte. Jetzt erkannte er es deutlich. Braun war die Haut zu erkennen, gespannt über Muskelsträngen. Sie zeichneten sich deutlich ab. Ein Bein lag da. Der Unterschenkel, abgetrennt, nackt, die Zehen, zerfetzt. Etwas bewegte sich. Er kniff die Augen zusammen, um besser sehen zu können. Gegen das helle Licht. Weiße kleine Maden. Nein! Er versuchte hochzukommen, strampelnd. Auf allen vieren. Seine Beine, endlich, sie bewegten sich, zuckend. Hoch hier, schnell nur hoch. Es hielt ihn fest. Ließ ihn nicht auf die Beine. Gebrochene Knochen um ihn herum. Nur raus! Endlich stand er wieder. Schüttelte alles ab. Den Hang hinaufrennen. Die Rebzeile wurde immer enger. Der grüne Teppich unter ihm schmaler. Die grünen Triebe bogen sich, bewegten sich im Wind. Er musste sie mit seinen Händen zur Seite schleudern, um weiterzukommen. Sie streckten sich, griffen nach ihm. Immer mehr, immer enger, immer undurchdringlicher. Ein Dickicht, durch das er nur noch langsam vorankam. Immer panischer um sich schlagend. Weg damit! Er hing fest. Nein. Die Triebe hielten seine Arme und Beine. Gefangen. Im Grün.

„Hilfe!"

Kendzierski schreckte hoch. Halb erwacht hörte er sich ein letztes Mal „Hilfe" rufen. Das war seine eigene Stimme. Das war er. Er spürte die Spannung in seinem Körper. Aufrecht sitzend. Um ihn herum. Die Bettdecke lag zerwühlt am Fußende, ihr Bezug auf dem Fußboden direkt neben ihm. Große rote Blumen. Den weißen Hintergrund hatte er ruiniert. Buntwäsche nach Kochwäsche. Er hatte vergessen die Temperatur zurückzudrehen. Ein liebliches Rosa war daraus geworden. Das T-Shirt klebte kühl an seinem Oberkörper. Alles war nass, verschwitzt. Er rieb sich die Augen. Langsam ließ die Anspannung nach. Er sank zurück auf sein Kopfkissen. Das war warm und feucht. Diese beschissenen Bilder in seinem Kopf gaben keine Ruhe. Der verweste Leichnam mit den zerschlagenen Zehen. Der zerfressene Körper. Die blauen Stofffetzen seiner Hose. Zerkleinert von den Messern des Mähers. Die Erinnerung war wieder da. Auch der Geruch unter der brennenden Sonne. Die stehende süßliche Hitze an der Böschung. Der schwache Windstoß, den der vorbeifahrende LKW gebracht hatte.

Ein Toter ohne Gesicht und ohne Namen. Das ist ein Dorf, Essenheim. Da muss doch jeder jeden kennen. Spätestens nach ein paar Tagen fällt das doch auf, wenn einer fehlt und der Briefkasten überquillt. Den Verwandten, den Nachbarn, dem Bäcker oder dem Wirt.

„Den habe ich ja schon lange nicht mehr gesehen."

„Das stimmt. Der war doch sonst jeden Morgen auf der Gasse. Beim Metzger habe ich den jeden zweiten Tag gesehen. Der war auch immer ganz früh unterwegs."

„Es wird doch nichts passiert sein!"

„Ich komme nachher bei ihm vorbei, die Gretel hat Geburtstag. Da will ich gratulieren. Wir sind ein Jahrgang. Ich klopfe mal bei dem. Wenn da was passiert ist und der liegt hilflos herum."

„Das wäre ja nicht auszudenken! Der arme Kerl."

Aber warum gab es dann keine Vermisstenmeldung? Jemand, der erst ganz neu dort wohnte vielleicht, auf der Durchreise war oder gar nicht aus dem Nest kam?

Ein spitzer Schmerz ließ ihn zusammenzucken. Sein Hinterkopf. Mist, erst jetzt kam ganz langsam die Erinnerung zurück. An das, was der gestrige Tag noch so mit sich gebracht hatte. Als ob das nicht schon alles völlig ausreichend gewesen wäre. Vorsichtig tastete Kendzierski seinen Hinterkopf ab. Die Stelle. Stoppelige Haare, die Klammer, getrocknetes Blut, verklebt und verkrustet alles. Die Schmerzen hielten sich in Grenzen. Die Flasche war altersschwach gewesen oder sein Kopf zu hart. Er konnte grinsen. Immerhin. Heute war Sonntag. Es war ruhig, er hatte nichts vor und einen weiteren Dienst auf dem Straßenfest hätte er ohnehin abgesagt. Sollte der Erbes seinen Scheiß doch alleine machen. Er fühlte sich in der richtigen Laune, das nachzuholen, was er schon die ganzen letzten Wochen vorhatte: einen Besuch bei Bach. Er brauchte Wein. Ein paar Flaschen. Immer hatte die Zeit dazu gefehlt. Das war nicht in einer Viertelstunde zu erledigen. Zumindest nicht bei diesem Winzer. Jetzt war die Zeit da, und es war nun mal auch Essenheim. So viel musste sich Kendzierski eingestehen. Der Bach wusste bestimmt, wer der Tote in den Brennnesseln war. Ganz sicher. Das war ja sein Dorf.

Es war gegen 13 Uhr, als Kendzierski seine Wohnungstür hinter sich zuzog. Er hatte nach dem Duschen noch kurz mit Klara telefoniert. Sie sollte zumindest wissen, dass es ihm wieder gut ging. Er hatte ihr versprechen müssen, den Tag über brav auf dem Sofa oder im Bett zu verbringen. Ganz so, wie es ihm der Arzt in der Nacht befohlen hatte. Seine Erinnerung reichte nicht mehr so weit. Das Klammern, das grelle Licht im Krankenwagen. Sie hatte sogar seine Einsicht gelobt. Bei einer Gehirnerschütterung braucht es Ruhe und Schonung. So wie das gekracht hat auf deinem Schädel. Da wundert es mich, dass du überhaupt schon wieder so fit bist. Sein schlechtes Gewissen hielt sich in Grenzen. Er fühlte sich einigermaßen gut und ein Stündchen frische Luft konnte nicht wirklich schaden. Länger dauerte der Ausflug nach Essenheim ja nicht.

Der Himmel war strahlend blau. Keine Wolke, so weit das Auge reichte. Das Selztal. Nur wenn man es wusste, konnte man den Verlauf des kleinen Flusses erahnen. Sein Weg wurde von Weiden markiert. Unregelmäßig mit größeren Lücken dazwischen. Manchmal mächtige Bäume, dann wieder nicht mehr als eine verkommene Hecke. Irgendeiner in der

Verwaltung hatte mal etwas von einem Radweg entlang der Selz erzählt. Ruhig, direkt am Fluss auf alten Betonwegen. Vielleicht war das ja auch als Wanderung machbar. Seine Begeisterung für Zweiräder hielt sich in Grenzen. Die Großstadt hatte ihm die Freude daran verleidet. Im alltäglichen Kampf hatte er sich für Waffengleichheit entschieden. Dann war ihm sein altes Fahrrad aus dem Keller geklaut worden. Seither war das Thema für ihn erledigt.

Kendzierski bog mit seinem Skoda in den Kreisel ein, von dem die Straße hinauf nach Essenheim abzweigte. Vor ihm schlich, unendlich langsam, ein Traktor mit Anhänger. Es war doch Sonntag, und es war wie immer. Der Traktor verließ den Kreisel in Richtung Essenheim und blieb vor ihm. Kendzierski erkannte ein altes rotes Gefährt. Schwer auszumachen, ob es rote Farbe oder doch Rost war. Das mussten harte Zeiten gewesen sein als Bauer, vor 30 Jahren. Viele lange Tage auf so einem Ding, jedes Jahr und das mit offenem Verdeck. Keine Kabine, nichts über dem Kopf bei Regen und praller Sonne. Und dann in diesem Tempo. Der Anhänger schien ebenso viele Jahre auf dem Buckel zu haben. Das hintere rechte Rad rollte nicht gleichmäßig, wackelte hin und her. Verschiedene Farbschichten waren zu erkennen, wie Jahresringe. Jede Schicht ein Jahrzehnt. Aufgetragen und wieder abgeplatzt. Rot, grau, zwei verschiedene Grüntöne. Der Anhänger war vollgepackt. Metallene Gitter waren zu sehen, Metallboxen, die meisten leer. In einer befanden sich braune Glasflaschen, ordentlich eingesetzt. Bei jeder Bodenwelle klapperte und klirrte es. Durch die Gitter hindurch zeichnete sich ein Kunststofffass ab. Vorne auf dem Anhänger überragte es den Rest der Ladung. Da fuhr einer seinen Wein spazieren. Hoffentlich nicht in diesem Tempo bis hinauf nach Essenheim. Kendzierski wollte gerade zum Überholen ansetzen, die Gegenspur war jetzt endlich mal frei, als der Traktor plötzlich nach links zog. Er trat feste auf die Bremse, um nicht abgedrängt zu werden und im Graben zu landen. Mann, was soll das! Ist der verrückt geworden! Das war knapp. Rechts blinkte das Rücklicht des Anhängers hektisch auf. Das Gefährt vor ihm wurde langsamer und bog von ganz links nach rechts in einen Feldweg ein. Im großen Bogen. Der hatte ihn bestimmt nicht gesehen. Der Fahrer war mindestens doppelt so alt wie sein Fahrzeug. So sah er aus. Auf dem trockenen Betonweg zog er eine Staubwolke hinter sich her. Das war der Weg, der direkt an der Selz entlangführte und hier von der Landstraße unterbrochen wurde. Links davon standen gleich die Gebäude, die einmal zu einer Mühle gehört hatten. Rechts führte der Weg an Getreideäckern entlang. Ganz klein waren weiter hinten Bäume zu sehen und ein rotes Dach. Vielleicht eine Lagerhalle. Wahrscheinlich wollte der Alte dorthin. Sogar am Sonntag. Kendzierski beschleunigte und fuhr weiter hinauf nach Essenheim.

Das war die Stelle, an der er gestern geparkt hatte. Kurz vor dem Ortseingang, die Böschung. Die Markierungen auf der Straße verrieten die Arbeit der Kollegen. Vielleicht war das der Tatort oder doch nur der Platz für die Entsorgung der Leiche. Kurz vor der Kurve, geschützt durch die Büsche und schwer einzusehen. Hier kam ja doch keiner hin. In die Brennnesseln und das Gesträuch. Da kann der Wochen liegen, ohne dass ihn einer findet.

Kendzierski ließ das Ortsschild hinter sich und fuhr durch die engen Gassen. Die Kirche strahlte in der Sonne weiß und groß. Sie stand erhöht. Vorbei an schwarzem und rotem Fachwerk, an den hellgelben Bruchsteinen der Häuser, dann das Weingut Bach. Langsam bog er in die Hofeinfahrt, zwischen zwei mächtigen Häusern hindurch auf den großen Innenhof. Gebäude rundherum begrenzten ihn, niedrigere an den Seiten und eine riesige Scheune nach hinten. Das große schwarze Scheunentor. Kendzierski stellte seinen Wagen davor ab. Dahinter ging es in Bachs Reich. Seine verschiedenen Keller für die roten und die weißen Weine, die Lagerräume für die abgefüllten Weinflaschen. Er konnte sich noch genau an die Bilder erinnern, den Geruch im letzten Herbst. Die Gärung. Die vielen Fässer, Holz und Stahl, die Wannen für die Rotweinmaische, die große Traubenpresse. Hier hatte er die Entstehung des neuen Weinjahrgangs miterlebt. Die Anlieferung der Trauben, das Pressen. Der fruchtige Geschmack des frischen Saftes und des jungen Weines. Bach hatte ihm damals ein Glas unter die Nase gehalten: Das ist Federweißer, der erste neue. So etwas hatte er noch nie zuvor getrunken. Ein milchig-trübes Etwas, gärend. Der Geschmack war faszinierend gewesen. Süß und fruchtig, halb Wein, halb Saft. „Passen Sie auf, der hat es in sich. Er schmeckt nach süßem Saft und hat doch schon ein paar Prozent Alkohol. Das kann tückisch sein. Und die Hefen verträgt auch nicht jeder. Da muss man den Magen erst dran gewöhnen. Als Fremder."

Kendzierski stieg aus. Es war ruhig hier. Sonntagnachmittag. Kein Mensch zu sehen. Er hatte extra mit diesem Besuch gewartet, um nicht beim Mittagessen zu stören. Halb zwölf aus der Kirche, halb eins der Braten. So kannte er das noch von zu Hause aus seiner Kindheit. Die Gesetze des Sonntags. Für seinen Vater war der ganze Tag ruiniert, wenn die Ruhe des Sonntagsbratens gestört wurde. Seine Mutter hatte jeden vor der Haustür abgefangen. Freunde durften erst nach der Mittagsruhe kommen.

Er ging auf das linke der beiden Häuser zu. Dort wohnten

Bach und seine Frau. Noch bevor er klingeln konnte, öffnete sich die Tür.

„Ich habe Sie hereinfahren hören, Herr Kendzierski. Das freut uns aber."

In der Tür stand Bachs Frau. Sie hatte dunkles schulterlanges Haar. Glatt und fein. Seit seinem ersten Einsatz hier hatten ihn ihre Züge fasziniert. Sie wirkte auf den ersten Moment so zart und zerbrechlich. Sie hatte der Tod ihres polnischen Helfers damals mehr als alle anderen mitgenommen. Verschreckt und mit leiser Stimme war sie ihm begegnet, gerötete Augen. Jetzt begrüßte sie ihn mit einem Lächeln. Dunkle, wache Augen und dichte Augenbrauen. Sie war nur ein wenig kleiner als er. Ende 40, wie Bach auch.

„Kommen Sie herein. Es ist noch etwas übrig."

Genau das hatte er eigentlich vermeiden wollen. Auf dem Weg durch den Flur zum Wohnzimmer hörte er schon das klappernde Geräusch eines Bestecks. Hier drinnen war es angenehm kühl. Die alten Steingemäuer. Bach saß am Tisch und war mit einem Stück Fleisch beschäftigt. Er schaute kurz auf und nickte Kendzierski zu. Die Freude über seinen Besuch zu dieser Tageszeit hielt sich sichtbar in Grenzen. Kein Wort, nur das Nicken. Bach blickte wieder auf seinen Teller. Seine dunklen Locken, die immer ein wenig ungeordnet in alle Richtungen standen, bewegten sich im Rhythmus des Kauens. Bach hatte ein rundes Gesicht, das jetzt sehr konzentriert wirkte. Er war immer braun. Die Gesichtszüge geprägt von der Arbeit an der frischen Luft draußen in seinen Weinbergen. Eigentlich strahlte Bach genau die Gemütlichkeit aus, die man von einem Winzer erwartete. Zumindest dann, wenn man den romantischen Berichten der Hochglanz-Weinmagazine Glauben schenkte. „In aller Ruhe und Stille baut er seine Weine aus. Die Ruhe der Weinberge an den Hängen des Selztales hat er auf seine Weine übertragen. Ausgewogen, voller Aroma und Ausgeglichenheit."

Wie hatten sie darüber lachen müssen! Da war jemand ganz sicher noch nie in einem Weingut während der Weinlese gewesen. Und schon gar nicht bei Bach. Kendzierski hatte seine Hektik erlebt, die Anspannung. Der stand ständig unter Strom. Gereizt und zornig, wenn etwas in diesen Wochen nicht so klappte, wie er das geplant hatte. Aber war das erst einmal vorbei, dann war er die Ruhe selbst. Zumindest das war Kendzierskis Eindruck aus den vergangenen Monaten. Wann immer er Bach getroffen hatte, war es mit ein paar Minuten nicht getan. Der Winzer erzählte gerne und reichlich, mit Anekdoten und Erlebnissen gespickt. Jetzt schwieg er. Kendzierski fühlte sich nicht wohl. Er verharrte regungslos, spürte, dass er störte in dieser sonntäglichen Mittagsruhe.

„Setzen Sie sich ruhig. Ich hole Ihnen schnell einen Teller." Bachs Frau blickte ihn lächelnd an.

„Ja, nein, ich meine: nein. Ich wollte Sie nicht beim Essen stören. Am Sonntag." Er merkte, wie er rot anlief. Das war peinlich. Das Gestotter.

„Ich habe einen Spießbraten gemacht. Selbst gefüllt und gewürzt. Wenn Sie das ausschlagen, trage ich es Ihnen nach. Man beleidigt eine Köchin nicht."

Widerspruch war da zwecklos. Kendzierski blieb stehen, bis Bachs Frau mit dem Teller und dem Besteck zurück war. An dem großen Tisch war reichlich Platz. Zu viel. Er wusste nicht, wo er sich hinsetzen sollte. Bach saß auf der Eckbank ihm gegenüber. Zu seiner Linken standen Teller und Glas seiner Frau auf der weißen Tischdecke.

„Setzen Sie sich hier neben meine Frau." Bach war aus seiner Essensstarre erwacht. „Der Spießbraten meiner Frau ist ein Traum. Da muss ich in mich gehen, in Ruhe genießen." Er lächelte. „Ich weiß, warum Sie hier sind. Ich hatte eigentlich schon gestern mit Ihnen gerechnet. Aber bitte verschonen Sie mich während des Bratens damit. Danach können wir gerne darüber reden."

Bachs Frau legte ihm eine dicke Scheibe Spießbraten auf den großen weißen Teller, Kartoffeln, bunte Spargelspitzen und ein wenig dunkle Sauce. Schweigend saßen sie da. In sich gekehrt, vollkommen ruhig. Kendzierski traute sich nicht, von seinem Teller aufzuschauen. Ihm war diese Situation noch immer peinlich. Er versuchte so wenig Lärm wie möglich zu machen. Sie nicht zu stören in ihrer Ruhe. Der Braten war kunstvoll gewickelt. Rötlich, knusprig von außen. Die Würze von Paprika und Pfeffer. In der Mitte eine Füllung aus fein geschnittenen Zwiebeln, rauchigem Schinken und Gewürzen. Das konzentrierte Aroma des zarten Bratens. Eine angenehme Schärfe.

Kendzierski musste husten. Heftiger. Mist, da hing etwas in seinem Rachen fest. Verschluckt. Er nahm einen kräftigen Schluck Wasser, um das alles hinunterzuspülen. Das kam davon, wenn man versuchte zwanghaft leise zu kauen, zu schlucken, zu essen! Das ging einfach nicht. Langsam beruhigte sich alles in ihm. Die Ruhe, die ihn umgab, kam wieder. Jetzt konnte er es genießen. Das genießen, was Bach ihm angekündigt hatte: den Spießbraten. Das Fleisch war zart. Er hatte keine Ahnung, wie lange sie so da saßen. Ohne ein Wort. Jeder mit dem beschäftigt, was er vor sich hatte. Kendzierski widersprach nicht, als sie ihm eine zweite Scheibe Spießbraten auf den Teller legte. Glücklich und zufrieden legte er später Messer und Gabel auf einen fast wieder weißen Teller zurück.

„Es wird erzählt, er hätte mehrere Wochen dort unten

gelegen." Bachs Stimme durchbrach die Stille. Der Winzer schaute ihn an. Das Essen war beendet. Er stand jetzt bereit für die Fragen, die Kendzierski ihm eigentlich nebenher beim Weinkauf hatte stellen wollen. Er hatte doch selbst noch gar keine Ahnung, was er von ihm wissen wollte. Außerdem machte es ihn verlegen, dass Bach sofort wusste, warum er vorbeikam. Er wollte doch nur ein paar Flaschen haben, ein wenig plaudern. Sein Ruf, herumzuschnüffeln, schien ihm weit vorauszueilen. Das nervte ihn.

„Der Leichnam sah schon ziemlich verwest aus. Aber bei der Hitze geht das schnell. Vielleicht hat er eine Woche dort unten gelegen. Mehr weiß ich aber auch nicht; die Mainzer ermitteln."

„Hier gehen die wildesten Gerüchte um. Keiner weiß was, aber jeder hat was gehört. Die alte Jeschke prahlt, dass ihr einer der Polizisten den Zustand der Leiche genau beschrieben hätte. Zugerichtet sei die gewesen. Sie glauben nicht, was daraus dann wird. Stille Post im Dorf."

„Beim Bäcker hieß es, der Mann sei vom Mörder verstümmelt worden. Heute Morgen standen sie dort alle zusammen. Alle, die etwas wussten und gehört hatten. Und alle diejenigen, die glaubten, noch etwas zu erfahren. Es war fast kein Durchkommen mehr für ein paar Sonntagsbrötchen. Ein Massenauflauf."

Bachs Frau stand auf und machte sich daran, den Tisch abzuräumen.

„Haben Sie eine Ahnung, wer das sein könnte, der Tote?"

„Kendzierski, wir haben nicht einen Toten. Es sind mittlerweile schon drei!"

Er musste ziemlich dämlich dreingeschaut haben. Bach verzog seine Mundwinkel zu einem Grinsen.

„Das Ganze ist erst einen Tag her, aber es kursieren schon

die wildesten Spekulationen. Zuerst war es natürlich ein polnischer Helfer. Die meisten mussten an die Sache vom letzten Herbst denken. Der Jozef. Das fiel den tuschelnden Weibern sofort wieder ein." Bachs Stimme wurde lauter. Das regte ihn auf.

„Ist das so abwegig?"

„Das ist Schwachsinn. Das würde jedem auffallen, spätestens nach eins, zwei Tagen. Wenn da einer der Polen weg ist. Da geht nicht einfach einer verloren und keiner merkt das. Die wohnen hier in den Familien."

„Aber auf den Spargelfeldern sind doch ganze Kompanien im Einsatz. Das habe ich selbst gesehen. Da kommen welche dazu, da fahren andere nach Hause und vielleicht haut da auch ab und zu mal einer ab. Weil er keine Lust mehr hat. Da fällt es nicht unbedingt auf, wenn eine Person über Nacht verschwunden ist."

„Ohne Gepäck? Ohne Bescheid zu geben? Auch dann wird irgendwann ein Mensch vermisst. Die Familie in Polen meldet sich, wenn kein Anruf mehr kommt. Spätestens nach drei Tagen. Das ist unwahrscheinlich, Kendzierski. Glauben Sie es mir."

„Aber wer sind denn nun die drei Toten?"

„Vergessen Sie es, das ist Dorfgetratsche."

„Sagen Sie es mir trotzdem."

Bach wirkte genervt. „Ich habe für Gerüchte keine Zeit und keine Lust, an der weiteren Verbreitung dieses Schwachsinns beteiligt zu sein. Das können andere machen."

„Aber vielleicht ist an der einen oder anderen Sache doch etwas dran. Was spricht denn dagegen, die Personen durchzugehen, die lange nicht gesehen wurden?"

Bach fiel ihm aufgebracht ins Wort: „Dass ich nicht lache. Soll ich Ihnen den Werdegang der ersten Leiche erzählen?"

Er wartete keine Antwort ab. Er hatte sich mittlerweile in Rage geredet. Seine Wangen leuchteten rot, sie glühten. Die Adern an seinem Hals traten deutlich hervor. „Da ist die alte Jeschke. Die hat immer schon alles gesehen und gehört, auch wenn sie fast taub ist. Der hat der Polizist angeblich alles erklärt. Das verbreitet sie zumindest überall und erzählt es jedem, den sie trifft. Egal ob er es hören will oder nicht. Gestern ist sie noch schnell um elf zum Frisör. ‚Die Sache ist klar. Mir hat der Polizeibeamte alles gesagt. Ritualmord.' Das wollte natürlich jeder hören. Der alte Geiß sei es. Der wohnt im letzten Haus am Ortsausgang in Richtung Mainz. Ein bisschen wacklig ist der und auch ein wenig sonderbar, schon seit Jahrzehnten Witwer. Plappert immer sinnlos vor sich hin, wenn er mal im Ort unterwegs ist. Aber warum jemand den alten Mann umbringen sollte, das hat natürlich keiner gefragt."

„Aber immerhin ist das ein Ansatzpunkt. Wenn ihn jemand längere Zeit nicht gesehen hat. Man muss ja nicht gleich einen Ritualmord daraus machen."

„Von wegen ein Ansatzpunkt. Die ganz Schnellen und Neugierigen sind sofort hoch zu ihm. Das war ein wahrer Umzug durch das Dorf. Fast wie Fassenacht, nur ohne Verkleidung und Motivwagen. Ans Tor haben sie gehämmert wie die Wilden. Es hat keiner aufgemacht und damit war alles klar. Das Geißchen ist der Tote. Verstümmelt, bestialisch. Ein Ritualmord. Die meisten wissen wahrscheinlich nicht einmal, was das sein soll. Was für ein Geflüster. Ich kann mir das gut vorstellen. Samstag um eins konnten Sie durch das Dorf fahren und sie haben alle in kleinen Gruppen beisammengestanden. Wer einigermaßen laufen konnte, war vor der Tür." Bach hielt inne. Schweißperlen standen ihm auf der Stirn. Aus der Küche war das Klappern von Tellern und Schüsseln zu hören.

„Können Sie sich den Tumult beim Metzger vorstellen? Da ist kurz vor zwei, wenn der zu macht, an einem Samstag sonst kein Mensch mehr da. Der kleine Laden war voll! Die brauchten alle noch ein Pfund Neuigkeiten in Scheiben oder am Stück. Der arme Tote, zugerichtet und das hier in unserem Dorf. Mord. Die Bestie läuft auch noch frei herum. Dann kam der Geiß herein, plappernd und zeternd über Gott und die Welt, wie immer. Das muss ein Geschrei gewesen sein. Ein Gekreische aus weit aufgerissenen Mündern. Ein Glück, dass keine umgefallen ist. Vom Schlag getroffen, als plötzlich der Leichnam lebendig vor ihr stand. Ich wäre so gerne dabei gewesen."

Bach grinste breit über das ganze runde Gesicht.

„Das ist natürlich nicht schlecht. Aufruhr in Essenheim. Und dann auch noch ein Ritualmord. Wahrscheinlich war das ein Unfall mit Fahrerflucht. Von etwas anderem würde ich vorerst nicht ausgehen."

„Genau aus diesem Grund, Kendzierski, halte ich nichts von dem Getratsche. Das alte Geißchen ist nicht der erste Totgesagte hier im Dorf, der dann sehr lebendig die Hauptstraße entlangkam. Das gab es schon öfter. Wenn dort unten im Graben einer von hier gelegen hat, eine Woche oder länger, dann wäre das schon längst jemandem aufgefallen. Das ist ein Dorf!"

Kendzierski musste sich eingestehen, dass das wirklich plausibel klang. Das war keine Großstadt, in der einer monatelang in seiner Wohnung liegt, ohne dass es einem Nachbarn auffällt. Verweste Leichen und überquellende Briefkästen waren in dieser Umgebung schwer vorstellbar. Dann schon eher die umfassende Kontrolle durch die Nachbarschaft und den Rest des Dorfes. Dörfliche Sozialkontrolle.

Bachs rotes Gesicht wurde langsam blasser. Er schien sich

zu beruhigen. „Haben Sie noch ein paar Minuten Zeit, Kendzierski? Ich bräuchte Ihre Meinung."

Bach stand auf und kam um den Tisch herum. „Wir müssen nach hinten in unseren Probierraum."

Kendzierski folgte ihm. Nach der angenehmen Kühle des alten Hauses war die Hitze im Hof erdrückend, hier war die Wärme gefangen zwischen groben Mauern. Kein Luftzug konnte herein. Die gehauenen Steine speicherten die Hitze. Sie gingen quer über den Hof zur großen Scheune, durch eine Glastür gelangten sie in einen langen schmalen Raum. Zum Glück war es hier wieder kühl, fast kalt. Es roch nach Keller und nach Wein. Kendzierskis Augen mussten sich erst an die dunklere Umgebung gewöhnen. Die Mauern waren aus hellgelben groben Bruchsteinen. Am Ende des Raumes konnte er rechts eine weitere Glastür erkennen, einen Bogen. In der Mitte des Raumes stand ein langer Tisch mit unzähligen Flaschen.

„Das war früher mal unser Pferdestall. Über einhundert Jahre lang standen hier die Ackergäule, die man draußen im Weinberg brauchte. Jetzt machen wir hier manchmal Weinproben. So verändern sich die Räume. Wandeln sich mit den Menschen, die sie nutzen. Dort hinten kommen Sie zu den Fässern und ins Kelterhaus. Aber das kennen Sie ja alles schon."

Kendzierskis Blick blieb an den vielen Flaschen haften, die durcheinander auf dem schmalen langen Tisch standen. Sie sahen bis auf ihren Inhalt wie Wasserflaschen aus. Das war eher Wein, Weißwein in den unterschiedlichsten farblichen Schattierungen. Ganz klar und hell, fast ein wenig grasig, dann mit einem Hauch mehr Gelb, weiter zu einem kräftigeren fast goldenen Schimmer. Daneben milchig trüb und undurchsichtig.

„Damit haben wir gestern angefangen, meine Frau und ich. Das ist der neue Jahrgang unserer Weißweine. Die ganze Arbeit eines Jahres, der Schweiß, das Zittern, die Ungewissheit. Das steht alles hier in diesen Flaschen."

Kendzierski konnte nicht viel mit dem anfangen, was ihm Bach da erzählte. Dutzende Wasserflaschen, verschraubt und mit krakeligen Zahlen versehen. 12, 14, 23a, 22b. Weiter kam er nicht mehr. Bach zog ihn am Arm zu sich. Ganz nach hinten an das Ende des Tisches.

„Daran sind wir heute früh fast verzweifelt." Bach hielt ihm zwei frische Gläser vor sein erstauntes Gesicht. „Probieren Sie die beiden. Ganz in Ruhe. Ohne einen Kommentar von mir und sagen Sie mir dann, was Sie schmecken."

Kendzierski griff nach den beiden Gläsern. Mehr ein Reflex, weil er fürchtete, der Winzer könnte sie einfach loslassen. Noch bevor er etwas erwidern konnte, war Bach schon durch den Bogen in Richtung Keller verschwunden. Da stand er nun. Ein Glück, dass Klara ihn hier nicht sehen konnte. Mit den beiden Weingläsern in der Hand. Die Gehirnerschütterung mit Wein zu betäuben. Er war sich ganz sicher, dass dies nicht ihrer Vorstellung von Schonung und Vorsicht entsprach. Aber sie sah ihn nicht und seinem Kopf ging es gut, erstaunlich gut.

Vom alten Grass, dem Nieder-Olmer Wirt, hatte er seine erste Einführung in das richtige Probieren bekommen. Im letzten Herbst. Grundwissen über Wein in einer Stunde. So viel Zeit hatte er sich für ihn genommen. Die Farbe, erst die Farbe und die Konsistenz des Weines. Ist er hellgelb, grasig ins Grünliche gehend oder sattes Gold? Haftet er am Glas, zieht Schlieren, wirkt fast sämig? Dann: Ist er reich, konzentriert und dicht? Erst danach kommt die Nase. Der Duft. Ruhig und behutsam einatmen. Sich sammeln. Ist das fruchtig, rein und sauber? Frische Kräuter, Heu. Rauch und Glut. Jetzt das Glas in leichte Bewegung bringen. Wieder riechen. Frische Früchte oder reife Früchte, Honig vielleicht? Jetzt ist die rechte Spannung aufgebaut. Die Zunge ist bereit, giert. Sie meint schon zu schmecken, obwohl sie noch keinen Tropfen abbekommen hat. Behutsam den ersten Schluck. Verteilen. Sie will ihn ganz und überall. Das Aroma, die Süße, die Säure, das Bittere. Ist es das, was die Nase angekündigt hat? Süße oder saure Früchte, kühle Mineralik, immer mehr oder schon zu Ende. Wirkt er weiter? Grass hatte ihm dabei tief in die Augen geschaut, ihn beobachtet und auf eine Reaktion gewartet. Das hatte ihn damals so sehr verunsichert, dass er nicht mehr als ein knappes stotterndes „Gu-gut" herausbrachte. „Sie müssen noch einiges lernen, Herr Kendzierski. Das reicht für einen Sheriff in Rheinhessen nicht!" Die Worte waren das Problem. Er schmeckte so viel. Und diese Eindrücke der Geschmacksnerven in sinnvolle Worte zu kleiden, das fiel ihm so unendlich schwer. Es war fast unmöglich, die Erregung der Zunge in Sprache zu fassen. Das ging nicht. Gut oder nicht gut. Zu mehr reichte es nicht wirklich bei ihm.

Er entschied sich für ein streng paralleles Vorgehen. Irgendetwas musste er dem Bach ja sagen, sobald der zurückkam. Farblich waren keine Unterschiede auszumachen. Der Wein in seiner linken Hand war intensiver im Duft. Irgendwie fruchtig, Äpfel und Zitronen. Der rechte hatte kaum Duft. Wie Wein eben roch er, ganz schwach nur. Von dem nahm er den ersten vorsichtigen Schluck. Er füllte seinen ganzen Mund aus. Kraftvoll, ein wenig süß, prickelte er und nahm seine ganze Zunge in Beschlag. Der schmeckte so, wie er es nach dem Duft vom ersten erwartet hatte. Den Geschmack hatte er immer noch im Mund. Der hielt sich, war im Fluss, veränderte sich. Er kühlte, fast wie Minze oder ein Kieselstein, den man an die Zunge hielt. Wie sollte er da Raum schaffen für den anderen? Er schluckte mehrmals, der Geschmack blieb, ganz leicht. Jetzt den linken. Den fruchtigen Duft sog er beim Trinken ein. Saure Äpfel, ganz zart das Aroma. Nur ein feiner Hauch davon war auf der Zunge zu spüren. Zerbrechlich wirkte das. Er traute sich kaum, zu schlucken.

„Sie haben zu genießen gelernt. In Ruhe."

Kendzierski schreckte auf. Hatte er die Augen geschlossen gehabt?

Bach lehnte am Türrahmen und sah ihn an. „Sie sagen jetzt nichts. Ich erkläre Ihnen, was es mit den beiden Weinen auf sich hat und dann geben Sie mir ihre Meinung dazu."

Er nickte.

„Das, was Sie da im Glas haben, war ein Experiment. Es sind beides Rieslinge aus alten Weinbergen. Die Rebstöcke sind über 30 Jahre alt, tief gewurzelt. Sie stehen in ganz unterschiedlichen Böden. Einer auf einem leichten Flugsand, dem Löss, den der Wind in den letzten zweihunderttausend Jahren hier abgeliefert hat, von den Gletschern fein gemahlenes Material. Der zweite steht auf Mergel, einem sehr kalkhaltigen Meeresschlamm. Die Ablagerungen eines Meeres, das es vor 30 Millionen Jahren hier einmal gegeben hat. Kaum vorstellbar. Das ist harter Boden, mit kleinen und großen Kalkbrocken durchsetzt. Schwerstarbeit für einen Rebstock, den zu durchwurzeln. Das braucht Jahre. Der gibt Mineralik und ein langes Leben. Anfangs sind die Weine verschlossen. Riechen fast dünn. Nach einem Jahr ist er voll da. Es gibt nur wenige Jahre, in denen man beide wirklich parallel ausbauen kann. Eigentlich stehen die

Unterschiede der Böden dem entgegen. Sie bewirken eine unterschiedliche Reifeentwicklung. Im letzten Jahr war das nicht so. Wir haben beide am gleichen Tag ernten können und nebeneinander vergoren. Absolut gleiche Bedingungen, um den Boden schmeckbar zu machen. Schon vom ersten Moment an, mit dem ersten Schluck frischem Saft von der Kelter, war der Unterschied da. Zwillinge schon, aber mit ganz unterschiedlichem Aussehen und Charakter. Zweieiig eben. Unser Problem war heute Morgen, dass wir uns nicht mehr sicher waren, ob diese Unterschiede nur das Auge der Eltern erkennt. Und jeder andere glaubt, er trinkt ein- und denselben Wein. Nur aus unterschiedlichen Gläsern. Können Sie das nachvollziehen? Man wird unsicher. Das ist die Angst vor der Blindheit im eigenen Betrieb. Und an den beiden Weinen hängt viel. Sie sind eines unserer Aushängeschilder. Die beiden erfolgreichsten im vergangenen Jahrgang. Jeder schaut immer zuerst auf den Riesling eines Weingutes. Der muss super sein. Wenn die Nachfrage nach dem Riesling so anhält, haben wir ohnehin ein Problem. Eine richtige Mode ist das zur Zeit. Jeder will Riesling. Hier im Land und scheinbar auf der ganzen Welt. Die Amerikaner sind ganz heiß darauf, seit ihr Weinpapst die Fruchtigkeit und Mineralik der deutschen Rieslinge über den Klee gelobt hat. Und schon ist das Problem da. Es gibt nicht genug davon. Der Riesling wird knapp und teuer. Die großen Händler kommen nur noch schwer an die Mengen heran, die sie brauchen. Für den Jungwein wird jetzt schon mehr als das Doppelte bezahlt, wie noch vor einem Jahr. Da herrscht eine wahre Goldgräberstimmung. Jeder pflanzt jetzt Rieslingreben. Nur bis die einen Ertrag bringen, dauert das ein paar Jahre. Was sagen Sie zu den beiden Weinen? Seien Sie ehrlich."

Bach schwieg jetzt. Seine Blicke ruhten erwartungsvoll auf ihm. Was sollte er jetzt sagen? Er hatte doch überhaupt keine Ahnung von all dem!

„Ich war bis zum letzten Oktober noch Biertrinker. Wie können Sie jetzt so etwas von mir erwarten, ich bin da keine Hilfe."

„Sie sollen mir ja auch nicht helfen, Kendzierski. Geben Sie nur ihre Eindrücke wieder. Jetzt, wo Sie wissen, worum es geht. Sie sind unvorbelastet."

„Für mich waren die beide sehr unterschiedlich. Irgendwie ganz verschieden. Ich würde von jedem eine Komponente nehmen. Den Duft vom Löss und das kräftige Aroma vom Mergel."

„Das klingt gut." Bach grinste über das ganze runde Gesicht. Er ließ seinen Blick über das Durcheinander der Flaschen gleiten. „Das sind ganz wichtige Tage im Weinjahr. Die Tage, an denen man die Entscheidungen für die Abfüllung der Weine trifft. Danach gibt es kein Zurück mehr. Seit dem Herbst liegen die Weine in den Fässern und reifen. Jeder noch so kleine Weinberg für sich. Ich versuche jeden eigenständig auszubauen, ihn seinen eigenen Charakter entwickeln zu lassen. Und dann kommt die wichtige Entscheidung, was wird daraus? Die hier", Bach zeigte auf drei Flaschen, die nahe beieinander standen, „das sind meine drei Weißburgunder." Aus einer Kiste zog er drei Gläser hervor, in die er aus den verschiedenen Flaschen eingoss.

Klara würde kein Wort mehr mit ihm reden. Da war er sich ganz sicher. Kendzierski, du Idiot! Mit einer Gehirnerschütterung. Willst du dich umbringen? Du sollst dich schonen. Wenn sie zornig war, zog sie ihre rechte Augenbraue hoch. Er kannte das Zeichen mittlerweile: Bis hierher und nicht weiter!

„Wir haben drei Weinberge mit Weißem Burgunder. Der erste hier ist unsere Spitzenlage. Der steht auf richtigem Kalkstein. Das gibt ganz ungewöhnlich mineralische Weine, die fast ein wenig salzig wirken. Bei den beiden anderen stellt sich in jedem Jahr die Frage, was wird daraus. Beide Weinberge sind für einen Wein, den wir später im Verkauf haben werden. Machen wir also nun aus beiden Fässern einen Wein oder fülle ich die getrennt ab und verkaufe erst den einen, dann den anderen? Das versuchen wir hier zu entscheiden. Beim Weißen Burgunder ist das noch sehr einfach. Grauen Burgunder haben wir in fünf verschiedenen Weinbergen."

Kendzierski blickte panisch in Richtung der Gläserkiste. Bach blieb zum Glück regungslos stehen. Fünf weitere Weine würde er ganz sicher nicht verkraften. Das war jetzt schon absolut ausreichend. Er spürte das. Die fatale Mischung aus Alkohol und schlechtem Gewissen.

Kendzierski ließ sich von Bach verschiedene Weine zusammenstellen und machte sich mit den Kisten auf den Weg nach Hause. Es war mittlerweile vier. Zwei Stunden Pause auf dem Sofa. Für Klara und den Kopf. Danach auf eine Portion Spargel zum Grass. Dieses Wochenende ausklingen lassen, ohne weitere Schäden. Das klang gut.

10

Es hielt nicht. Der Briefumschlag öffnete sich wieder. Gleichmäßig hatte er mit seiner Zunge die Ränder angefeuchtet und alles fest zugedrückt. Aber das klebte nicht richtig. Er konnte zusehen, wie sich das wellige Papier anhob. Ganz langsam öffnete sich alles wieder. Verdammt! Mit zitternden Fingern versuchte er die gefalteten Blätter herauszuholen. Wo hing das denn jetzt schon wieder! Er zerriss den Umschlag und schleuderte ihn beiseite. Es waren ja noch ein paar da. Süß schmeckte das. Aber es klebte nicht. Auch jetzt nicht. So eine Scheiße! Ein großer Tropfen fiel auf das Papier. Der Schweiß des Dicken. Schwerfällig erhob er sich. Die dunkelbraune Schrankwand. Unter der klapprigen Glastür mit der gesprungenen Scheibe. In der zweiten Schublade fand er flüssigen Kleber. Der sah noch ganz gut aus. Die Kappe ging ab, ohne Probleme. Die Spitze, alles verklebt. Nichts kam heraus. Er drückte fester. Seine zitternde Hand und das laute Schnaufen. Jetzt! An der Seite quoll er heraus. Wie auch immer, egal! Mit dem Finger schmierte er beide Seiten gut ein und drückte alles aufeinander. So, jetzt war der Brief zu! Und endlich konnte er los. Es wurde höchste Zeit, schon halb acht. Bis alles lief, dauerte es ein bisschen. Nun gut. Er würde rechtzeitig da sein. Wie immer. Er spürte die Ruhe, die langsam über ihn kam. Es raste nicht mehr alles in ihm, pochend. Sicher! Den Umschlag hielt er fest. Das war seine Sicherheit. Sie wussten das und ihm konnte nichts mehr passieren. Wenn sie ihm etwas antaten, dann würde das hier zur Polizei wandern und die allesamt in den Knast. Er musste lachen, husten. Wie eine Trophäe hielt er den Umschlag in der zitternden Hand. Er hatte mit dieser verdammten Sache nichts zu tun.

Sie hatten den Toten auf dem Gewissen, nicht er!

11

Montag, halb acht. Kendzierski war heute früher dran als sonst. Jetzt schon aus dem Haus. Kurz hatte er gezuckt: die Tageszeitung. Familie Siebinger mit Chiara und Kevin-Justin war bestimmt noch immer weg. Die Fortsetzung seiner kleinkriminellen Karriere. Oben war eine Tür aufgegangen. Finger weg im letzten Moment.

Der Bauhof der Gemeinde war nicht weit entfernt. Er musste nur über den großen Parkplatz an der Pariser Straße gehen. Direkt an der Ortsumgehung standen ein paar alte Gebäude und Schuppen. Die Container für Altpapier, Glas und Sondermüll waren extra eingezäunt. Ablieferung nur zu den Öffnungszeiten. Daneben war der Bauhof. Eine lang gezogene Halle, nach vorne offen. Die Rückwand war aus grauem Wellblech. Der Behälter für das Streusalz gegen Schnee und Eis. Schwer vorstellbar bei den Temperaturen der vergangenen Tage. Ein Pritschenwagen, zwei kleine kugelige Kehrfahrzeuge, alles in Kommunalorange. Schön einheitlich, Gemeinde Nieder-Olm. Ein alter grüner Traktor. Ein hämmerndes Geräusch, ein Hammer auf Metall geschlagen. Unter dem Traktor schauten zwei lange Beine heraus. Blaue Arbeitshosen, ölverschmiert, schwarze Schuhe mit Stahlkappen.

Kendzierski schaute sich um. Sonst war niemand hier. Kein roter großer Traktor zu sehen mit einem Böschungsmäher. Er war sicher zu spät. Die Hitze. Wer körperlich arbeitete bei diesen Temperaturen, der fing früh um sechs an. Dann war um zwei Schluss. Warum hatte er da nicht dran gedacht? Bürohengst.

Ein rollendes Geräusch. Er schaute nach unten. Die blaue Hose war weg. Schritte, schnelle Schritte.

Kendzierski war um den Traktor herum, auf der anderen Seite. Der war weg! Mist! Die Schritte waren noch zu hören, weiter vorne. Etwas schlug gegen Blech. Der rannte an der Rückwand der Halle entlang. Die schmale Gasse zwischen dem Wellblech und den Gerätschaften. Kendzierski rannte hinterher. Dort war mehr Platz. So musste er ihn kriegen, gleich am Ende der Halle. Dann saß er in der Falle. Er hörte ein Rasseln, scheppernd fiel eine Tür ins Schloss. Verdammt! Es musste einen Ausgang auf der Rückseite geben. Kendzierski riss die Tür auf. Eine große freie Fläche hinter der Halle. Alles betoniert. Da stand der große rote Traktor mit dem Mäher. Ein Mann im gelben Gummianzug. Das Wummern eines Hochdruckreinigers.

Da rannte der andere! Das war zu schaffen, spätestens am Zaun, wenn er klettern musste. Er spurtete hinterher durch die feine Wolke feuchter Wärme, die der Kärcher verbreitete. Der andere kam aus dem Tritt, stolperte. Er versuchte sich aufrecht zu halten, strauchelte und schlug auf dem grauen Beton auf.

Kendzierski war bei ihm. Ein sich krümmender Blaumann mit weißem T-Shirt. Heiser atmend, stöhnend. Der linke Ellbogen war aufgerissen, groß und blutig. Er presste seine knochige Hand darauf. Lange, schwarze Finger, zwischen denen langsam rotes Blut hindurchlief. Ein dürrer langer Kerl mit ölverschmiertem Gesicht lag da vor ihm. Über 50, mit tief liegenden Augen. Kurze graue Haare klebten an seiner nassen Stirn fest. Eine schmale spitze Nase, leicht gebogen, an die sich ein grauer Oberlippenbart anschloss. Der Mund stand offen. Ein großer gelber Schneidezahn und ein halber daneben, schief abgebrochen.

„Was wollen Sie von mir?"

Die Unsicherheit in seinem Gesicht, fast Angst. Sein rechtes Auge zuckte. Das musste er sein. „Sie haben mich gestern angerufen."

Mühsam stöhnend bemühte sich der Blaumann auf die Beine zu kommen. Es sah nicht so aus, als ob er sich etwas gebrochen hatte. Er war gut einen Kopf größer als Kendzierski und das, obwohl er leicht nach vorne gebeugt vor ihm stand. Die blutige rechte Hand wischte er an seinem Oberschenkel ab und zog dann aus seiner Hosentasche ein verknäultes Stofftaschentuch hervor. Blau kariert. Er drückte es auf die Wunde und starrte Kendzierski aus großen dunklen Augen an.

„Ich habe ihn vorgestern gefunden. Am Freitag beim Mähen."

„Und warum rufen Sie dann erst einen Tag später an, bei mir, ohne Namen?"

Er war laut, noch immer außer Atem. Jetzt spürte er die Wunde an seinem Hinterkopf, pochend. Stechende Schmerzen in seinem Kopf. Alles schwarz vor seinen Augen, wankend, nur einen kurzen Moment. Nicht jetzt hier umfallen. Konzentrieren, tief durchatmen, Luft holen. Er spürte kalten Schweiß auf seiner Stirn, im Nacken. Ganz langsam wurde es besser. Er sah wieder alles vor sich. Gut.

„Warum erst gestern?"

„Haben Sie schon einmal einen Toten im Mäher gehabt?"

Eine tiefe Stimme, langsam, jedes Wort suchend. Das klang fast schwerfällig.

„Aber Sie können trotzdem nicht einfach abhauen. Das ist ein Tatort. Da ist jemand totgefahren, umgebracht worden."

„Ich hatte solche Angst. Ich wollte so schnell wie nur möglich weg. Ich habe mich so erschrocken."

Kendzierski musste an die zerschlagenen braunen Zehen denken. An die Brennnesseln.

Der log. Das stimmte nicht. Irgendetwas war faul, aber was? Da war dieser gleichmäßige Schnitt, so sauber und gerade. Dann der Bogen, der Tote, der Schreck. Und dann war wieder alles ganz ordentlich.

„Ich glaube Ihnen das nicht. Sie sind nicht sofort abgehauen. Sie haben noch weiter gemäht. Noch ein Stück. Dann sind Sie weg. Erst später, als Sie mit allem fertig waren!"

Die letzten Worte brüllte er ihm ins Gesicht. Der musste reden. Hier und jetzt. Kendzierski merkte, dass der sich krümmte. Er lag richtig. Da stimmte etwas nicht. „Mann, reden Sie endlich!"

„Das hat doch keinen Sinn. Ich habe ihn nicht umgebracht. Ganz bestimmt nicht. Ich habe nur Angst gehabt."

Eine Pause, die dauerte. Als ob er Worte sammelte in seinem Kopf, mühsam aus allen Ecken und Winkeln. Große Augen blickten ihn an. War das alles?

„Angst, weshalb denn Angst?"

Langsam verlor er die Geduld. Er hätte ihn am liebsten gepackt. Die Worte aus ihm herausgeschüttelt. Aber das brachte ganz bestimmt nichts. Der war einfach so langsam.

„Ich durfte doch nicht fahren. Ohne Führerschein. Der ist weg, seit bald einem Jahr. Nur ein paar Schoppen, nicht mehr und dann standen sie da. Jetzt repariere ich die Geräte und sitze hier herum. Am Freitag wollte der Herbert früher weg. Zum Fußball, ins Stadion, auswärts. Der Chef hat ihn nicht gehen lassen, weil er ja meine Gräben mitmachen muss. Da hat er mich angebrüllt. Immer wegen mir, hat er gesagt. Nur, weil ich so blöd bin. Da habe ich seinen Rest übernommen und bin raus. Und als dann der Tote da lag, habe ich Angst gekriegt. Ohne Führerschein. Den bekom-

me ich nie wieder und dann wirft der mich hier raus."
Er sank noch mehr in sich zusammen. Gebeugt stand er da, vor Kendzierski. Der konnte nicht mehr.
„Und am Samstag haben Sie es nicht mehr ausgehalten. Ich sollte ihn finden."
Der Blaumann nickte schwerfällig.
„Wann ist da zum letzten Mal gemäht worden?"
„Vor drei Wochen. Es wächst alles langsam bei der Hitze."
Kendzierski ging. Das Lärmen des Hochdruckreinigers hatte aufgehört. Der Traktor und der an ihm baumelnde Mäher glänzten im Sonnenlicht.

Die Pariser Straße in Richtung Rathaus war gezeichnet vom Wochenende. Drei Tage Straßenfest waren über sie hinweggezogen. Erbarmungslos. Die Reste waren überall zu sehen und zu riechen. Kalter Fettgeruch hing fest. Der Asphalt lechzte nach Regen. Schmierige Pappschalen sammelten sich an den Bordsteinkanten, bunte Pommesspieße, zerknüllte weiße Servietten. Bierflaschen, Dosen und Plastikbecher. Im großen Rund auf dem Rathausplatz schob ein Trupp in Orange mit breiten Besen alles zusammen. Ein großer Haufen türmte sich schon am Brunnen auf. Die Buden standen noch alle da. Bis heute Abend mussten sie wieder weg sein. Auf den gelben Kirchturm schien die Morgensonne. Seine Spitze strahlte im Licht. Der Bierwagen davor war von hier aus nicht zu sehen. Die anderen Stände verdeckten ihn.
Kendzierski tastete nach der Wunde an seinem Hinterkopf. So ganz war das noch nicht in Ordnung. Dieser stechende Schmerz eben. Klara hatte wahrscheinlich nicht ganz unrecht gehabt mit ihren mahnenden Worten. Und dann noch der Wein beim Bach. Dafür hatte er gestern Abend zum Spargel

nur ein ganz kleines Gläschen getrunken. Wasser pur hätte ihm der alte Grass nicht gegeben. Ein Piffchen Silvaner, nur für den Geschmack. Die rheinhessische Maßeinheit für ein Zehntel. Er hatte ihn wieder einmal so angeschaut, als ob er dringend einen Dolmetscher benötigte.

Vorsichtig versuchte Kendzierski die kleine kahle Stelle um die Wunde herum zu verdecken. Die Haare quer darüber. Es musste ja nicht jeder seine dummen Kommentare loswerden. „Was ist denn mit Ihnen passiert? Haben wir einen zu viel getrunken am Wochenende? Na, Sie sind mir ja einer. Aber das muss ja auch mal sein. Feiern gehört dazu." Kumpelhaftes Schulterklopfen. Nein, danke! So musste es gehen. Er schob die Glastür zum Rathaus auf und grüßte freundlich. Es war ungewöhnlich ruhig. Die ältere Dame, die täglich hier am Empfang saß, fehlte. Die Folgen des Wochenendes. Er wollte gerade die ersten Stufen nach oben nehmen, als er sie aus dem Augenwinkel auf sich zuschießen sah. Ganz schön schnell die Dame, die er bis heute noch nie anders als sitzend gesehen hatte. Er zuckte kurz zusammen, so nahe kam sie an ihn heran.

„Herr Kennsiäk, das tut mir ja alles so leid!"

Sie packte seine linke Hand mit beiden Händen und hielt sie fest. Am Bett des Leidenden. Ihr Kopf neigte sich leicht nach links, verständnisvoll wippend.

„Ich habe gehört, dass Sie so brutal zusammengeschlagen worden sind. Schrecklich!"

Er hasste dieses Dorf hier. Warum war er denn nicht in der Großstadt geblieben. In der Anonymität. Da wurde höchstens mal getuschelt. Der Kollege trinkt wohl zu viel. Ja, ja, so sieht der auch aus. Sicher wusste es schon jeder hier. Die Neuigkeit gestern auf dem Straßenfest. Hast du schon gehört! Und wer es da nicht erfahren hatte, der bekam das heute brühwarm zum Morgenkaffee serviert. Na toll! Kendzierski versuchte seine linke Hand wieder frei zu bekommen. Sie aus der warmen Umklammerung zu befreien. Sie war aber anscheinend noch nicht fertig mit dem, was sie sich vorgenommen hatte. Der Ritus der herzlichen Anteilnahme. So mitleidsvoll. Sie hielt seine Hand weiter fest umklammert. Die Befreiung war erst einmal fehlgeschlagen.

„Das hat man die letzten Jahre schon merken können." Vielsagendes Nicken. Ihre Augen fixierten ihn. Was sollte das noch? „Die jungen Leute können nicht mehr so feiern wie früher. Die sind so aggressiv. Wir gehen ja höchstens noch bis um neun Uhr auf das Fest. Mein Albert und ich. Danach ist uns das viel zu gefährlich." Sie nickte heftiger, um das alles zu unterstreichen. Die Situation erschien ihm günstig. Mit einer kurzen Bewegung seines Unterarmes startete er einen erneuten Befreiungsversuch. Sie wehrte den Ausbruch ab und sicherte den Belagerungsring. Er spürte den zunehmenden Druck um seine Hand. „Die sollen sich verabreden. Mit ihren Telefonen machen die sich eine Zeit aus. Die Jungs aus den Dörfern und von hier. Dann treffen sie sich und gehen aufeinander los. Aus lauter Langeweile. Die wissen nicht, was sie machen sollen. Die trinken und prügeln sich. An jedem Wochenende auf einer anderen Kerb hier im Kreis. Den ganzen Sommer über. Das ist schlimm, sehr schlimm." Nicken, nicken. Ihre Stimme hatte fast hysterische Züge angenommen, laut und spitz. Seine Wunde am Hinterkopf schmerzte. Verdammt, wie kam er hier bloß raus? Er sehnte sich nach seinem Büro. Das gab es noch nie. Die stickige Enge und die Hitze, bitte. Aber raus hier.

„Das war nicht schlimm. Es geht mir schon wieder sehr gut. Vielen Dank." Das Nicken hörte auf. Sie ließ seine Hand los. Endlich, Freiheit. Mahnend hielt sie ihm ihren ausgestreckten Zeigefinger vor die Augen. Versteinerte Miene, vielsagender Blick, aus dem das Mitleid verschwunden war. „Unterschätzen Sie das nicht, Herr Kennsiäk, das Gehirn ist sehr verletzlich!" Für diesen letzten Satz war sie noch einmal näher an ihn herangekommen.

Er wollte einfach nur noch weg. Schnell lief er die Treppen hinauf zu seinem Büro. Die Tür zu und Ruhe. War das denn zu viel verlangt an einem Montagmorgen?

Für die Hauspost war es noch zu früh und wahrscheinlich würden sie ihn da auch wieder nerven. Bühne frei für den Niedergestreckten. Meistens brachte ihm Klara seine Post mit, wenn sie eher unten war. Hoffentlich.

Er startete seinen Computer und blätterte die Lokalseiten der beiden Zeitungen durch. Neueste Meldung. Grausiger Fund der Polizei. Die Polizei entdeckte am Samstag in Essenheim eine männliche Leiche. Der Leichnam befand sich bereits in einem fortgeschrittenen Verwesungszustand. Seine Identität konnte bisher nicht geklärt werden. Nach ersten Angaben der ermittelnden Kripobeamten lag der Tote schon seit einer knappen Woche in dem Entwässerungsgraben an der Kreisstraße in Richtung Nieder-Olm. Wahrscheinlich wurde der Mann von einem Kraftfahrzeug erfasst und in den Graben geschleudert. Die Kripo Mainz bittet um Mithilfe und so weiter.

Das war nicht wirklich viel für eine erste Meldung. Mehr war nicht herauszubekommen über die Zeitung. Wahrscheinlich wusste die Kripo auch nicht viel mehr. Mal sehen, wie lange es noch dauern würde, bis Wolf hier bei ihm anrief. Der Tote konnte nicht aus Essenheim stammen oder aus einer der umliegenden Gemeinden. Da war er sich mittlerweile ziemlich sicher. Es gab keine andere Möglichkeit.

Jeder andere wäre vermisst worden. Spätestens nach ein paar Tagen zum Gerede geworden im Dorf. Er musste an den totgesagten Geiß denken. Genauso, wie Bach ihm das erzählt hatte, stellte er sich das vor. Das halbe Dorf sucht den. Lange nicht mehr gesehen. Ich auch nicht.

Aber wer war das dann? Wer war der arme Kerl in den Brennnesseln? Totgefahren und liegen gelassen. Einfach so. Ein nächtlicher Unfall. Nach reichlich Alkohol. Betrunkene Halbstarke? Denen traute er alles zu. Nicht nur die Bierflasche auf seinem Hinterkopf. Ausgelassene Stimmung, Party, der Mann am Straßenrand. Zu spät gesehen, zu langsam reagiert. Der Aufprall. In Panik aus dem Staub gemacht. Schnell weg.

Kendzierski versuchte den Ablauf in Gedanken durchzuspielen. Im Auto konnte doch eigentlich nur eine Person gesessen haben. Vielleicht zwei. Aber noch mehr? Die hätten kaum dichtgehalten, über so lange Zeit. Die Bilder mussten sie verfolgen, das schlechte Gewissen nagen. Spätestens nach ein paar Tagen gab einer auf, musste reden, heraus mit der Wahrheit. Da gab es Statistiken. Die Zahlen hatte er nicht mehr im Kopf. Aber es war meistens so. Einer alleine kann das vielleicht verdrängen. Aber so ein Aufprall hinterließ doch auch Spuren, Dellen und Schrammen am Auto. Ein zersplitterter Scheinwerfer, Scherben im Gras. Am Freitag noch vom Mäher sauber zerkleinert. Sehr viel Zeit, um am eigenen Wagen alles wieder auszubessern. Sollte er alle Autowerkstätten in der Umgebung abklappern? Hatten Sie in der letzten Woche ungewöhnliche Reparaturen an der Stoßstange, Aufprallspuren, wie bei einem Wildunfall? Keiner würde so dumm sein und die Schäden in der nächsten Werkstatt reparieren lassen. Das brachte nichts, ganz sicher. Vom Opfer wusste er nichts, also konnte er nur nach dem Täter suchen. Der musste von hier sein. Wer fährt denn ohne Grund nach Essenheim? Das Dorf lag verlassen am Hang. Hier fuhr einer hin, wenn er dort wohnte oder etwas zu erledigen hatte. Da musste er ansetzen. Seine Neugier trieb ihn an. Kendzierski spürte ein Kribbeln in seiner Magengegend. Das war der richtige Weg. Ein wenig rühren, Unruhe stiften und Lärm machen. Der musste merken, dass einer suchte. Vielleicht wurde er nervös und aus seinem Versteck gelockt. Er musste an das pickelige Milchgesicht vom Samstag denken. Der zweite mit der großen Platzwunde. War das ein Ansatzpunkt? Die Namen waren sicher ohne Probleme über den Notarzt zu ermitteln. Das war besser als untätig zu bleiben. Dann nach Essenheim, Kneipe und Werkstatt. Und ein paar Bewohner auf der Straße. Der Bach würde ihn dafür ganz sicher hassen.

„Guten Morgen, lieber Kendsiäke." Die Stimme und wie immer ohne anzuklopfen. Erbes stand in der Tür. Reckte sich und nahm Haltung an. Etwas war anders. Er stand hölzern da, steifer als sonst. Bundeswehr Grundausbildung, zweiter Monat. Hinter ihm tauchte Gerd Wolf auf, Kripo Mainz. Der stets sportlich braun gebrannte Kommissar überragte Erbes um mindestens zwei Köpfe. Er wirkte trotz seiner gut 60 Jahre trainiert und drahtig. Ich verbringe meine Freizeit auf dem Fahrrad, Kendzierski. Das sollten Sie auch machen. Das hält fit, sehr wichtig in unserem Job. Seine grauen Haare waren sehr kurz geschnitten. Er hatte die Ausstrahlung des Erfolgreichen, des Zupackenden, der die Dinge richtig anging. Das hatte er damals auch gedacht. Sich mit ihm angelegt und einen riesigen Krach riskiert. Wolf hasste es, wenn sich jemand in seine Angelegenheiten mischte. Seither herrschte Funkstille. Sie hatten sich nicht mehr gesehen seit dem letzten Herbst. Kendzierski hatte das nicht wirklich bereut. Er spürte, wie seine Anspannung wuchs.

„Guten Morgen, die Herren."

Beide standen nun in seinem kleinen Büro, das mit dem Schreibtisch, den beiden Regalen und dem einen Besucherstuhl bereits gut gefüllt war. Platz für einen weiteren Stuhl gab es kaum.

„Ich wollte mich nur kurz nach Ihrem Befinden erkundigen. Der Unfall gestern auf dem Straßenfest. Geht es Ihnen wieder besser?"

Erbes wippte auf seinen Zehenspitzen und presste seine Brust heraus, während er da stand und die Antwort Kendzierskis abwartete. Würde er das längere Zeit durchstehen, eine solche Haltung, nur für die zwei Zentimeter, die er damit größer erschien? Kendzierski verspürte Lust, ihn auf eine Antwort noch ein wenig warten zu lassen.

„Mir geht es wieder gut. Das war nur ein kleiner Kratzer. Er hat mich nicht voll getroffen."

Erbes schien zufrieden. Er nickte. „Na, dann ist ja alles gut. Ich lasse Sie mal alleine mit der schlimmen Sache. So etwas, in unserer Verbandsgemeinde."

Er drückte sich an Wolf vorbei und verschwand.

„Ich leite die Ermittlungen in dem Todesfall in Essenheim." Wolf zog den Stuhl zu sich heran und nahm Platz. „Sie waren ja als Erster am Fundort der Leiche. Ein anonymer Anrufer hat Sie benachrichtigt. So haben mir das die Kollegen mitgeteilt, die Sie dazu gerufen haben. Ist das korrekt?"

„Ja. So stimmt das."

„Haben Sie eine Ahnung, wer der Anrufer gewesen sein könnte?"

Wolf blickte ihn forschend an. Das war Misstrauen. Der

wartete auf seine Reaktionen. Das war kein Gespräch unter Kollegen. Wie hast du das gesehen? Was war dein Eindruck? Das war eine Befragung. Was weiß der Zeuge, sagt der alles, ist da nicht noch mehr aus dem herauszubekommen?

„Nein, die Stimme kannte ich nicht. Es klang nach Handy oder Telefonzelle, das Rauschen und Knacken und die Hintergrundgeräusche." Früher oder später würden sie auch auf den Mäher kommen. Aber das war ihr Problem.

„Ist Ihnen sonst noch etwas aufgefallen, was für uns hilfreich sein könnte?"

Wolf lehnte sich im Stuhl zurück. Jetzt sollte er reden.

„Für mich sah das nach einem Unfall aus. Er wurde von einem Wagen erfasst und die Böschung hinuntergeschleudert. Was mich stutzig machte, war die Stelle, wo das passierte. Sie ist kaum einsehbar. Aber wohl Zufall und Glück für den Fahrer. Sonst hätte das vielleicht jemand mitbekommen und er wäre längst gefasst."

Wolf nickte und schwieg. Der wollte noch mehr hören.

„Wissen Sie schon Näheres über den Toten?" Kendzierski war gespannt, wie Wolf reagieren würde.

„Diesmal keine Alleingänge, Kendzierski." Wolfs Mundwinkel bewegten sich für einen kleinen Moment, ein kurzes Grinsen. Kaum zu erkennen, ob das Drohende in seiner Stimme überwogen hatte oder doch das Versöhnliche?

„Wir haben bisher keine Ahnung, wer der Tote ist. Männlich ist er und zwischen 40 und 50 Jahren wahrscheinlich. Kein Portemonnaie, kein Ausweis, nur ein wenig Kleingeld in der Hosentasche, mehr haben wir nicht bei ihm finden können. Aktuelle Vermisstenmeldungen gibt es nicht für den Bezirk. Jetzt gehen wir die bundesweite Kartei durch. Das kann dauern. Die DNA-Analyse und so weiter."

Wolf schnaufte gelangweilt.

„Ist er totgefahren worden?"

„Der erste Befund der Gerichtsmedizin deutet daraufhin. Die Knochenbrüche und sonstigen Verletzungen sehen so aus. An den Beinen und in Brusthöhe. Ein heftiger Aufprall und dann die Böschung hinunter. Wir analysieren noch die Spuren am Unfallort. Es gibt kleine Glassplitter, vielleicht Lackreste an der Leiche. Aber nach so langer Zeit ist das schwer. Der lag fast eine Woche dort unten. Bei der Hitze geht das schnell. Das haben Sie ja gesehen und gerochen."

Kendzierski nickte. Er war froh, nicht Gerichtsmediziner zu sein und den armen Kerl jetzt auf dem Tisch zu haben. Auf der Suche nach irgendwelchen Spuren und einer Identität. Ein Mensch, der von niemandem vermisst wurde. So alleine zu sein, dass nach so vielen Tagen und Nächten keiner merkte, wenn man nicht mehr da war. Was konnte das für ein Mensch sein? Jemand, der illegal hier war, ein Flüchtling aus einem anonymen Asylbewerberheim. Ein Obdachloser, ein Berber. Ein Lehrling auf Wanderschaft, zwischen 40 und 50, wohl kaum. Wolf blickte ihn an. Beide saßen sie schweigend da.

„Haben Sie noch irgendetwas, was Sie mir sagen wollen?"

Aus seinem Blick war das Lauernde verschwunden. Es war die Routinefloskel zum Abschluss der Befragung. Noch Fragen? Wolf reckte sich und machte sich bereit zum Aufstehen. „Soll ich Sie informieren, wenn wir Weiteres wissen?"

War das etwa ein Friedensangebot? Wolf grinste gequält. Mehr war von ihm kaum zu erwarten. Das musste schon ein mächtiger Sprung über den eigenen Schatten sein. Es schien ihn Überwindung gekostet zu haben.

„Gerne."

Er war wieder draußen und Kendzierski war froh darüber. Kein Wort zu seinen Fehlern im Herbst. Das passte zu ihm.

Kendzierski musste lachen. Wie zwei Hyänen, die geduckt um ihre Beute schlichen, hatten sie sich anfangs belauert. Nur die Beute gab es nicht. Noch nicht.

Kendzierski suchte auf seinem Schreibtisch nach der Akte. Da gab es Probleme mit einem Gerüst in Essenheim. Für die Linienbusse war es an der Stelle jetzt zu eng. Und das Ganze sollte noch drei Wochen stehen bleiben. Er hatte das Gerüst selbst abgenommen, da er die Situation dort kannte. Die Straße war sehr schmal. Zwei Autos passten an der Stelle kaum nebeneinander hindurch. Jetzt musste halt einer warten und auch für den Bus war da eigentlich genug Platz. Er hatte vorgehabt, die Sache auszusitzen. Ein paar nervige Anrufe, dann war das Gerüst wieder abgebaut. Das hielt er ohne größere Probleme durch. Er packte den kleinen Hefter unter den Arm und machte sich auf den Weg nach Essenheim. Kurzer Blick auf das Gerüst und dann noch ein paar Befragungen. Das müsste bis zwölf zu schaffen sein. Dann war das pickelige Milchgesicht dran.

Er wollte gerade seine Bürotür abschließen, als sein Telefon klingelte. Ja oder nein? Erbes hatte ihn heute früh schon aufgesucht. Er entschied sich dafür, nicht dranzugehen und kramte in seiner Hosentasche nach dem Schlüssel. Irgendwann würde er die Schlüssel mal kennzeichnen müssen. Sein Wohnungsschlüssel sah fast genauso wie der Büroschlüssel aus. Andauernd verwechselte er die beiden. Jetzt war es der richtige und das Klingeln hatte immer noch nicht aufgehört. Keiner hatte eine solche Ausdauer. Kendzierski ließ den Schlüsselbund stecken und ging zum Telefon.

„Ja?"

„Herr Kendzierski, sind Sie das?" Es war die Stimme von Bachs Frau.

„Ja! Was ist denn?"

„Hier ist Eva Bach. Halten Sie mich jetzt nicht für verrückt, aber ich habe einen Verdacht, wer der Tote sein könnte."

„Ich bin auf dem Weg!" Er knallte den Hörer zurück auf das Gerät und eilte nach draußen. Sein Skoda stand zu Hause. Mist! Er entschied sich für einen der dunkelblauen Dienstwagen. Normalerweise mied er diese Dinger. Es waren zwei alte Ford Fiesta mit dem Wappen der Verbandsgemeinde auf beiden Türen. Sie entlarvten ihn sofort. Der Verdelsbutze on Tour. Darauf hatte er keine Lust. Es roch nach 15 Jahren Verwaltung in diesen Kisten. Er holte sich bei der alten Dame am Eingang den Schlüssel ab.

„Den einen müssen Sie auftanken."

Er entschied sich für das andere Auto. Sie blickte ihn missfällig an. Die Uhr in dem Fiesta stand auf zwanzig nach acht. Das war noch Winterzeit. Er wollte die Uhr schon beim letzten Mal vorstellen, aber dazu brauchte er das Handbuch. Es gab eine Taste für die Bedienung der kleinen digitalen Anzeige. Über dieses kleine Ding musste die richtige Zeit eingestellt werden, ohne dabei das Datum zu verändern oder noch größeres Chaos anzurichten. Das ganze glich einem Morsegrundkurs, auf den er bisher keine Lust hatte.

Er kam gut aus Nieder-Olm heraus. Erstaunlich wenig Verkehr an diesem Montagmorgen und kein Traktor, der ihn aufhielt.

Der Innenhof des Weingutes stand voller Fässer. Ein Dutzend unterschiedlicher Behälter in den verschiedensten Größen. Aufgeklappte Deckel oben. Aus einem ragten Rumpf und Beine heraus, grüne Gummistiefel und ein Schlauch.

Kendzierski stellte den Fiesta gleich vorne am Hoftor ab. Gedämpft war aus dem Fass das Plätschern eines Wasserstrahls zu hören, klopfende Geräusche.

„Er wollte nicht, dass ich Sie anrufe." Eva Bach war ihm ein Stück über den Hof entgegengekommen. Sie deutete mit ihrem Kopf in Richtung ihres Mannes, der sich gerade mühsam aus dem Fass schob. „Willst du dich jetzt auch noch an dem Getratsche beteiligen? Einerseits hat er ja Recht. Aber andererseits ist es richtig, wenn ich Ihnen das sage, bevor wir einen weiteren Totgesagten haben. Sie können das überprüfen, bevor das ganze Dorf hinterher ist. Den Scheier-Klaus habe ich schon seit Tagen nicht mehr gesehen. Das ist ein Sonderling. Er ist gut zehn Jahre jünger als ich. Vielleicht 37, 38. Der hat mit seiner alten Mutter zusammengelebt, bis sie vor drei Jahren gestorben ist. Jetzt haust der alleine in dem großen Gehöft am alten Graben. Kaum zu sehen. Wie verstört läuft der durch den Ort. Plappert Sinnloses vor sich hin. Ab und zu betrinkt er sich in der Kneipe oder treibt sich auf einer Kerb herum. Ein ganz komischer Kerl. Seine Mutter hat früher regelmäßig in der Weinlese bei uns mitgeholfen, da war er dann auch immer mit dabei. Sie hat mal erzählt, dass er kurz nach der Geburt ganz blau wurde. Zu wenig Sauerstoff. Wahrscheinlich liegt es daran. Er ist geistig zurück. Er stottert so sehr, dass man ihn nur schwer verstehen kann. Manchmal ist er hierher zu uns gekommen. Immer abends und hat ein paar Flaschen Wein geholt. Jetzt schon seit ein paar Wochen nicht mehr." Kendzierski spürte den Druck auf seinem Magen. Ihm war mulmig zumute. Das verdrehte Bein. Der aufragende nackte Fuß.

„Der Junge heißt eigentlich Klaus Runkel. Hier im Ort nennen sie ihn alle Scheier-Klaus. Die haben die größte Scheune. Früher war das auch der größte Hof. Jeder hat halt seinen Spitznamen. Sein Vater hatte schon diesen Beinamen. Das war der Scheier-Hennes. Das hält sich über Generationen, wenn es erst einmal fest sitzt."

Bach war mittlerweile aus der engen Öffnung des Fasses heraus. Seine lockigen Haare klebten fest. Er sah aus wie frisch geduscht und blickte zu Kendzierski und seiner Frau herüber. Er machte keine Anstalten dazuzukommen. Den Schlauch hinter sich herziehend verschwand er durch das dunkle Scheunentor.

„Das ist typisch. Jetzt verkriecht er sich in seinem Keller und schmollt. Das dauert eine Stunde, dann ist er wieder normal. Nach zwanzig Jahren Ehe kenne ich ihn." Sie grinste Kendzierski an. „Wir haben heute früh die beiden Rieslinge abgefüllt, die Sie gestern probiert haben. Ich gebe Ihnen nachher zwei Flaschen davon mit, zum Probieren. Sie kommen doch wieder hier vorbei?"

Kendzierski nickte. Bachs Frau erklärte ihm den Weg. Er lief die Hauptstraße entlang. Es waren nur zehn Minuten bis dorthin, aber es war schwer, dort einen Parkplatz zu finden. Seinen Dienstfiesta hätte er ohnehin möglichst weit entfernt abgestellt, um den Dorfklatsch nicht noch weiter anzufachen.

Montag und Dienstag Ruhetag. Kendzierski kam an einer Kneipe vorbei. Hier war er vor Monaten mal gewesen. Drei Cola-Schoppen hatte er am Tresen mit zwei Ureinwohnern getrunken. Vielleicht waren es auch vier oder fünf. Seine Erinnerung war schwach und ihm schlecht danach. Es ging ein Stück bergauf. Die Straße wurde enger. Der Bürgersteig kaum mehr als einen halben Meter breit. Er wechselte auf die Straße, es kam kein Auto. Hier war es ein wenig kühler. Die Enge, der Schatten. Angenehm. Was wollte er eigentlich machen? Dann, wenn keiner aufmachte? Den Wolf anrufen, einsteigen? Ganz bestimmt nicht! Keine Ahnung, erst mal sehen.

Das musste es sein. Das graue Haus am Ortsgraben. Kendzierski hatte sich nach den Beschreibungen einen richtigen Graben vorgestellt, mit Böschung und Hecken daran entlang. Er hatte zu viele Gräben gesehen in den letzten Tagen. Das hier war ein mehrere Meter breiter Fußweg zwischen zwei Gehöften. Er führte ein Stück geschottert hinauf und bog dann rechts ab. Kniehohes Gras an den Seiten, Brennnesseln, Disteln, zum Teil umgeknickt. Als Graben diente das alles nicht mehr. Wahrscheinlich war der schon vor 30 Jahren zugeschüttet worden und nur der Name hatte überlebt. Das Gehöft wirkte grau und riesig. Zur Straße stand ein mächtiges Wohnhaus. Das breite Hoftor führte hindurch. Alles fest verschlossen. Die Fenster im Erdgeschoss waren unerreichbar hoch. Gardinen nur schwer zu erahnen. Das Glas der Fenster wirkte stumpf, mit einem staubigen Schleier überzogen. Es sah verlassen aus. Ein Rollladen hing unten. Der Putz war an einigen Stellen abgefallen. Große gelbe Bruchsteine schienen durch. Die weiße Farbe war noch zu erkennen. Auf der linken Seite schloss sich ein kleines Fachwerkhaus an. Es wirkte wie drangeklebt. Kendzierski ging auf dem engen Gehweg zurück zum Hoftor. Eine Klingel war nicht zu erkennen. Im großen Hoftor war ein kleineres Türchen. Er drückte die Klinke nach unten. Zu. Ein Briefschlitz im Holz. Auf den Zehenspitzen gelang es ihm, hindurchzuspähen. Hoffentlich sah ihn keiner so. Die Durchfahrt lag dunkel da. Keine Tür, kein Fenster. Der Eingang ins Haus musste um die Ecke sein. Das war nicht zu erkennen. Der Innenhof war groß und leer. Helles Kopfsteinpflaster. Grauer Putz. Seitengebäude, die nach Stallungen aussahen, schlossen sich zu beiden Seiten an das Wohnhaus an. Mehrere zweiflügelige Stalltüren. Eine stand weit offen. Eine große Scheune begrenzte den Hof nach hinten.

Das wirkte so leer. Kendzierskis Blick wanderte zurück über das Pflaster, zur dunklen Durchfahrt. Langsam gewöhnten sich seine Augen an das schwächere Licht. Da lag etwas auf dem Boden, direkt unter dem Schlitz. Undeutlich war das nur zu erkennen. Er versuchte sich noch ein wenig höher zu schieben, auf die Fußspitzen, ganz vorne, direkt hinter der Tür lag ein Haufen Papier. Werbung, bunt durcheinander, gerollt, gefaltet, kreuz und quer. Dazwischen waren Briefe zu erkennen.

Kendzierski spürte, wie sein Herzschlag schneller wurde. Etwas umschlang seinen Magen und drückte gleichmäßig. Er schaute sich um. Es war niemand zu sehen. Gegenüber im Haus alles still. Keine Bewegung hinter einer der Gardinen. Schnell nach rechts, am Haus entlang. Den ehemaligen Graben hinauf. Das Gehöft hatte hier gar keine Fenster. Alles raue Bruchsteine bis hinauf zum Dach. Mehrere Meter. Befestigt wie eine Burg, abweisend. Der Weg diente als Hundetoilette. Es stank ekelhaft. Kendzierski war zu sehr damit beschäftigt, die Wand nach einem weiteren Eingang abzusuchen, als dass er bemerkt hätte, worauf er trat. Er lief immer weiter. Das zog sich. Der Seitenbau oder war er schon auf der Höhe der Scheune? Da war ein breites Fenster. Ein heller Sandsteinrahmen. Er trat näher an die Wand heran, doch das Fenster war viel höher als er. Suchende Blicke, irgendetwas zum Draufstellen. Ein paar Schritte weiter lagen helle große Steine, Blöcke. Kendzierski schaute nach links und rechts, niemand zu sehen. Er griff nach einem. Die Brennnesseln drum herum spürte er nicht. Der Stein war leicht zu tragen, hinüber unter das Fenster. Vier Stück nacheinander, ein kleines Podest. Das müsste reichen, um oben auf den breiten Sandsteinrahmen zu kommen. Hoffentlich kam keiner. Alles ruhig. Mit den Ellbogen war er jetzt oben, abgestützt. Schweiß lief ihm kühlend über die Wange. Die Scheibe war alt und dreckig, nichts war zu erkennen. Er drückte leicht dagegen. Der ganze Holzrahmen hing locker, steckte nur schlecht fest in dem breiten Sandstein. Kendzierski spannte alle Muskeln in seinem Körper und rammte seinen rechten Ellbogen mit aller Wucht gegen das hölzerne Fensterkreuz. Noch einmal und wieder. Das ganze Fenster flog nach innen und schlug klirrend auf. Er stemmte sich weiter nach oben, den Oberkörper auf dem Rahmen, die Beine angewinkelt. Das passte genau. Vorsichtig ließ er sich auf der anderen Seite nach unten, immer wieder mit den Fußspitzen Halt suchend im rauen Gemäuer. Alles war dunkel um ihn herum. Es roch muffig und feucht, nach Stall. Unter seinen Füßen fühlte es sich weich an. Die Scherben knirschten. Verdammt, was machte er hier eigentlich? Sein Herz hämmerte. Er versuchte angestrengt zu lauschen. Sein Atmen, das Rauschen in seinen Ohren, wenn das Blut schubweise hindurchgedrückt wurde, das war so laut.

Es war stockfinster hier drinnen. Seine Augen gewöhnten sich nur langsam an diese Dunkelheit. An ein Fenster zum Hof hin konnte er sich nicht erinnern. Alles war mit groben Klappläden verschlossen gewesen. Daher diese Dunkelheit. Der Raum hier schien das wenige Licht der Öffnung, durch die er hier eingestiegen war, zu verschlucken. Vorsichtig tastete er sich vorwärts. Kleine tippelnde Schrittchen. Eine Hand hielt er vor den Kopf, die andere vor seinen Bauch. Der weiche Untergrund gab leicht nach, wie auf Stroh, ansonsten schien der Raum leer zu sein. Da war etwas. Ein Rascheln, auf der Flucht. Ein spitzes Fiepen. Kendzierski zuckte zusammen und wich einen Schritt zurück. Der weiche Boden. Ihm graute bei dem Gedanken an Hunderte sich windender Ratten und Mäuse. Kalter Schweiß in seinem Nacken. Die

Wunde an seinem Hinterkopf zog. Kein heftiger Schmerz zum Glück. Nur ein Ziehen. Ob ihm dabei schwarz vor Augen wurde, vermochte er nicht zu sagen. Nicht hier in dieser Dunkelheit. Langsam weiter. Das musste die Wand sein, kühl und rau fühlte sie sich an. Grober Putz, der sich auflöste. Es rieselte unter seinen Händen nach unten. Jetzt nach links tastend weiter. Irgendwann musste ja eine dieser verdammten Türen kommen. Endlich, Holz. Bitte, bitte! Sie ging nach innen auf. Vorsichtig öffnete er sie. Langsam fiel Licht herein. Er drehte sich um. Den Weg zu sehen, den er zurückgelegt hatte. Das musste mal ein Stall gewesen sein. So, als ob die Tiere gerade erst herausgeholt worden wären. Weiter hinten erkannte er Abtrennungen. Alte Bretter und Balken bildeten kleine Boxen. Modriges Stroh bedeckte den Boden des ganzen Raumes. Feuchter Geruch der Verrottung. Gegenüber an der Wand, nicht weit von seinem Einstieg entfernt, befand sich ein metallener Korb. Reste des Heus hingen noch im Gitter fest. Wie lange war das Pferd hier schon raus? 30, 40 Jahre? Er hatte so etwas noch nie gesehen. Fast wie in einem Freilichtmuseum. Er war mal in einem gewesen, schon vor etlichen Jahren. Die Zeit war dort stehengeblieben. Hier auch. Hier gab es sogar den Geruch noch dazu.

Der Stall befand sich etwa auf halber Höhe zwischen dem Wohnhaus und der Scheune. Der Hof lag vor ihm. Jetzt sah er auch den Hauseingang. Es ging ein paar Stufen nach oben. Mächtiger heller Sandstein. Eine breite Treppe, ein wenig ausgetreten. Auf einer der Stufen stand ein Besen, an die Hauswand gelehnt. Der Hof war ordentlich, nichts lag herum. Gar nichts, einfach leer. Und sauber gefegt. Ganz anders als der Pferdestall, in dem er stand. Zwei Welten. Da draußen wuchs nicht einmal ein Grashalm zwischen den

Steinen, graue Sauberkeit. Hier war niemand, das spürte er. Direkt neben der Haustür rechts war ein Fenster. Auf der Fensterbank stand ein grüner schmaler Blumenkasten. Das waren mal Geranien, jetzt braun und trocken. Gebückt hastete er quer über den Hof. Hier war doch keiner, der ihn sehen konnte. Die Stufen hinauf. Eine massive Holztür, dunkelbraun und verziert. Gleichmäßiges großes Rautenmuster in das Holz gearbeitet. Es passte zu dem großen Gehöft, den Gebäuden, dem mächtigen Sandstein. Wohlstand vor hundert Jahren. Konserviert in Stein und Holz, die Zeiten überdauernd.

Kendzierski atmete tief durch. Er spürte diese Übelkeit, tief in sich. Diese Mischung aus Angst und schlechtem Gewissen.

Noch gab es einen Weg hier hinaus. Durch den Pferdestall und das Fenster. Keiner würde ihn dabei sehen und die Sache war abgehakt. Der Rest war eine Angelegenheit der Mainzer Kripo. Autounfall mit Todesfolge und Fahrerflucht. Mit seinen Mitteln kam er da ohnehin nicht sehr weit. Die Lackspuren an der Leiche. Die Analyse der Glasscherben an der Böschung. Nur damit waren ein Fahrzeug und der Täter zu ermitteln. Und das konnte er nicht. Also weg hier. Los, Kendzierski! Mach, dass du hier verschwindest! Du machst dich zum Gespött, wenn dich hier einer sieht und strafbar ist es noch dazu. Erbes würde platzen vor Wut, Wolf ihn fertig machen. Mit allen Mitteln.

Doch er konnte nicht weg. Schluss, aus! Mit der schmutzigen Hand wischte er sich den Schweiß aus dem Gesicht. Das war seine einzige Chance etwas zu sehen. Sobald der Wolf das hier in Beschlag nehmen würde, war es für ihn verloren. Er kam hier ganz bestimmt nicht mehr rein. Nur jetzt. Er musste wissen, ob sein Gefühl ihm recht gab.

Die Haustür war verschlossen. Natürlich. Vorsichtig hob er den Plastikkasten an. Der war leicht. Darunter lag ein großer alter Schlüssel. Kendzierski öffnete die Haustür. Seine Hand zitterte. Er schob den Schlüssel in seine Hosentasche. Kühle Luft strömte ihm entgegen. Er spürte die Gänsehaut auf seinen Armen, am ganzen Körper. Er fror. Der kalte abgestandene Atem eines verlassenen Gemäuers.

Der Flur war groß und dunkel. Bunte alte Fliesen auf dem Boden. Ein farbiges gleichmäßiges Muster, wiederkehrende Wellen in rot, gelb und braun. Gleich rechts standen drei Paar Schuhe, ordentlich nebeneinander auf einem verschlissenen grauen Lappen. Links führte eine breite Holztreppe nach oben. In jede Richtung ging eine Tür vom Flur ab: links unter der Treppe, geradeaus am Ende des Flurs und gleich rechts. Alle Türen standen offen. Von vorne kam Licht. Das waren die Fenster zur Straße. Ein Sofa war zu sehen. Kendzierski ging vorsichtig in diese Richtung. Alles spannte sich in ihm, fluchtbereit. Die Tür unter der Treppe führte in einen dunklen Raum. Regale waren zu sehen, Dosen, Vorräte, Flaschen standen auf dem Boden weiter hinten. Eine ganze Menge. Rechts ging es in eine Küche. Rote und weiße Fliesen wechselten sich ab. Hinten an der Wand stand ein alter Schrank, einmal weiß gestrichen vor längerer Zeit. Die großen Glastüren standen offen, Geschirr, Gläser, Tassen und Becher durcheinander. Er stand auf der Schwelle zum Wohnzimmer. Breite, dunkle Holzdielen. Ein Sofa mit hellbraunem Cordbezug und noch ein Sessel dazu. Abgewetzt und fleckig. Mitten im Raum. Dazwischen ein niedriger Tisch. Eine schmutzige Stofftischdecke. Verblichenes Grün. Drei Tassen, verschieden groß. Ein altes dunkles Buffet zog sich links von der Tür bis ganz nach hinten zu den Fenstern. Mächtig und braun bis fast unter die Decke.

Verzierungen rankten an den Seiten. Trauben in Holz geschnitzt oben quer über einer Front von Glastüren. Porzellanfigürchen in großer Zahl, weißer Kitsch, bemalt. Jünglinge und Mädchen, Feen, zarte Tiere, staubig grau. Kristall, Gläser für Wein und Sekt, kunstvoll geschliffen. Die späten 60er. Weiter hinten Bücher und Hefte, verblasste Rücken, goldgeprägt. Schubladen mit Sonntagsbesteck, matt angelaufen. Die Aussteuer. Offen, alles stand offen. Schon in der Küche. Erst hier war es ihm aufgefallen. Alle Türen standen weit geöffnet, die Schubladen waren herausgezogen. Keine geschlossen. Das war ein Sonderling! Bachs Frau hatte das schon gesagt. Vielleicht ein wenig zurück, geistig verwirrt. Der vermodernde alte Stall, abgetrennt vom sauberen aufgeräumten Hof. Das Haus abgeschlossen. Ordentlich hier. Ordentlicher als bei ihm zu Hause, was nicht wirklich schwer war. Und alle Schranktüren und Schubladen weit offen. Irgendein Tick? Oder hatte hier jemand etwas gesucht? Nein, es herrschte Ordnung. Nichts war herausgezerrt, auf dem Boden verstreut. Weiße Tischdecken waren fein säuberlich unten im Schrank gestapelt. Sie lagen exakt übereinander, seit Jahren. Gelbliche Ränder.

Ein Geräusch, ein Knarren. Kendzierski zuckte zusammen. War da etwas gewesen? Jemand hinter ihm? Verdammt! Erschrocken riss er den Kopf herum. Starrte auf die geöffnete Haustür. Die Helligkeit der Sonne da draußen. Nichts! Er selbst war das. Die Holzdielen unter seinen Füßen knarrten. Er hatte sich bewegt und sonst nichts. Das hier machte ihn noch verrückt! Diese Angst, seine zitternden Hände, die Kühle. Ihm war schlecht. Kann man zwischen lauter aufgerissenen Türen und Schubladen leben? Er hatte keine Ahnung, was das für einer war. Es war hier einfach alles anders. Die Tassen auf dem niedrigen Tisch.

Zwei waren leer. In einer war Flüssigkeit. Bläulich weißer Schimmel schwamm obenauf, eine haarige kleine Insel. Bei einem Toten zu Hause. Davon war er mittlerweile überzeugt. Vorsichtig verließ er das Wohnzimmer, ging langsam durch den Flur. Die Treppe hoch? Noch mehr offene Schranktüren und Schubladen? Leise schob er die schwere Haustür zu. Ein dusterer Flur jetzt. Schritt für Schritt die breite Holztreppe hinauf. Knarrende Stufen unter seinen vorsichtig tastenden Schritten. Oben. Ein kleiner Flur, von dem vier Türen abgingen. Eine hölzerne Brüstung grenzte ihn rechts von der Treppe ab. Die beiden Türen dort waren geschlossen. Eine geradeaus und die Tür gleich vorne links standen offen. Kendzierski bog nach links ab. Ein Schlafzimmer. Er fühlte sich fünfzig Jahre zurückversetzt. Das Schlafzimmer seiner Großmutter. Derselbe Geruch. Ein breites Doppelbett stand gleich links neben der Tür. Schweres massives Holz mit Schnitzereien, dunkle Eiche. Über Kissen und Bettdecken lag eine rosa glänzende Tagesdecke, goldene Stickereien und Fransen rundherum, ordentlich aufgelegt, so dass sie den Boden nicht berührte. Die Nachttische und zwei hohe Kleiderschränke passten zum Bett. Das Schlafzimmer der Eheleute, angeschafft in den Goldenen Zwanzigern. Für ein ganzes Leben, zu zweit, dann alleine. Sterbebett. Die Türen der beiden Schränke standen offen. Wie unten. Türchen und Schublade des vorderen Nachttisches auch. Kendzierski ging um das Bett herum, um nach dem zweiten Nachttisch zu sehen. Das gleiche Bild. Alles offen. Eine Bibel in der Schublade, zusammengeklappt die Brille, eine Schale mit Manschettenknöpfen.

Er wollte sich gerade bücken, um einen Fetzen Papier aufzuheben, der vor dem offenen Nachttisch lag, als er ein gedämpftes Geräusch wahrnahm. Er stand direkt am Fenster, das nach hinten auf den Hof hinausging. Das Schlafzimmer lag über der Hofdurchfahrt. Es war kein Geräusch gewesen. Eine Bewegung, eine Erschütterung, ganz leicht, die er unter seinen Füßen gespürt hatte. Jetzt noch einmal und ein dumpfer Laut. Holz auf Holz. Da war irgendetwas unten am Hoftor, direkt unter ihm, irgendjemand. Kendzierski verharrte regungslos. Starr. Er fühlte die Erschütterung tief in sich. Sein hämmerndes Herz, die hektische Atmung. Hatte da einer gegen das Tor gehauen? Eine Klingel gab es draußen nicht. Die hatte er ja auch vergeblich gesucht. Vermisste doch jemand den kauzigen Scheier-Klaus und stand jetzt am Hoftor? Es war wieder ruhig. Kein Laut. Der schien aufgegeben zu haben. Er musste endlich raus hier, wenn er nicht noch mit einem Herzinfarkt umfallen wollte. Sterbend in diesem Schlafzimmer auf der rosa Tagesdecke.

Stimmen! Verdammt! Da war jemand. Da war wirklich jemand. Unten im Hof bewegten sich zwei Männer. Sie waren durch die Durchfahrt gekommen. Kendzierski erwachte aus seiner Starre. Nur weg hier vom Fenster. Er suchte daneben Schutz, so dass er den Innenhof weiterhin im Blick behalten konnte. Jetzt saß er in der Falle. Die zwei standen unten, mit dem Rücken zu ihm. Sie schienen sich umzuschauen. Beide trugen Arbeitskleidung, grüne Hosen, schwarze T-Shirts, dunkle Schuhe. Der linke war blond, etwas kleiner und gedrungener, ein breites Kreuz und hängende Arme. Der rechte schien deutlich größer und hatte schwarze wellige Haare. Der gestikulierte, zeigte in verschiedene Richtungen, nach hinten auf die Scheune, den Pferdestall, aus dem Kendzierski gekommen war. Dumpfes Gemurmel. Beide gingen nach hinten in Richtung Scheune. Der Kleine schob einen Riegel am Scheunentor zur Seite und öffnete damit ein Türchen. Beide verschwanden. Der Hof lag wieder ruhig und verwaist da. Wie zuvor.

Nichts war wie zuvor! Gar nichts! Was sollte er nun machen? Vorsichtig raus, hinunter, über den Hof in den Pferdestall und ab? Er wollte doch nur weg von hier, irgendwie raus aus diesem Alptraum. Er war schnell. Aber was, wenn sie gerade in dem Moment wieder aus der Scheune herauskamen? Das waren zwei und er hatte keine Chance.

Lange quälende Minuten stand er starr am Fenster. Was machten die dort hinten? So lange schon? Sein Zeitgefühl hatte er verloren. Wie lange war er schon hier drinnen in diesem Haus? Dieses schier unendliche Warten, ohne eine Veränderung. Nichts. Um zwanzig nach neun war er in Nieder-Olm losgefahren. Jetzt war es kurz vor elf. Er musste schon fast eine Stunde hier sein. Und die da unten? Vielleicht zehn Minuten oder eine viertel Stunde. Keine Ahnung. Da waren sie wieder. Sie kamen aus der Scheune heraus, nacheinander. Jetzt konnte er sie auch von vorne sehen. Beide waren in seinem Alter. Nicht weit über 30. Der Kleine hatte einen Oberlippenbart, den wankenden Schritt eines Kraftsportlers und auch den Körperbau. Muskelbepackt. Der Große wirkte eher schlaksig, leicht nach vorne gebeugt. Der schien nicht zufrieden zu sein. Er winkte ab, versuchte dem Kleinen etwas zu erklären. Mit beiden Händen vor dessen Augen. Der redete laut. Er konnte es hören. Nicht, was er sagte, aber seine Stimme. Verdammt, er kannte das Gesicht. Der kam ihm bekannt vor. Von irgendwo, aber woher? Die vielen Gesichter am Wochenende, im Getümmel. Da war der auch gewesen. Kendzierski war sich sicher. Jetzt waren sie im Pferdestall verschwunden. Sein Puls wurde schneller. Die würden das mit dem Fenster bestimmt merken. Klirrend waren die Scheiben zerbrochen. Das lag da alles. Die

Tür zum Pferdestall öffnete sich. Beide traten wieder heraus. Hoffentlich! Die hatten nichts gemerkt. Hektisch würden sie suchen nach einem Einbrecher oder sich selbst aus dem Staub machen. Mitten im Hof blieben sie stehen, aufeinander einredend. Der Kleine schüttelte heftig den Kopf, immer wieder. Der wollte nicht, was auch immer. Der Große redete, schrie etwas. Heftige Bewegungen. Nervös. Was wollten die bloß? Der Große zeigte mit seinem langen Arm auf die Haustür. Nein! Das nicht! Sie standen noch beide da. Der Große setzte sich in Bewegung, zog den anderen am Arm mit. Bitte, bitte nicht auch das noch! Alles raste in ihm. Klatschnass. Sein T-Shirt klebte. Sie gingen auf die Haustür zu. Er konnte sie jetzt nicht mehr sehen. Kendzierski tastete nach seiner Hosentasche. Der Schlüssel, er hatte ihn noch in der Tasche. Das schleifende Geräusch der sich öffnenden Haustür, ihre Stimmen waren jetzt zu hören. Panisch blickte er sich im Zimmer um. Wohin nur? Das Bett. Unter den alten Betten war reichlich Platz. Bei seiner Oma hatte er sich da häufig versteckt, als er noch 50 Kilo weniger wog. Mühsam schob er sich darunter. Sein Hinterkopf, ein stechender Schmerz. Nicht schreien, bloß nicht. Er war am Rost hängengeblieben. Pochender Schmerz. Die goldenen Fransen hingen wieder gerade. Jetzt steckte er fest, gefangen. Ihm war unerträglich heiß hier unten. Der Schweiß lief. Er versuchte ganz langsam und leise zu atmen. Kein Laut. Das war so unendlich schwer. In dieser Enge, eingeklemmt zwischen den metallenen Federn und den Holzdielen. Leise, nur leise. Stapfende Geräusche. Das Knarren der Holztreppe. Sie kamen hier hoch. Hatten sie ihn schon gesehen? Das war nicht möglich. Nicht von dort unten. Er hörte ihre Stimmen. Sie redeten aufeinander ein.

„Das hat keinen Sinn, da ist nichts." Gelangweilt.

„Hättest du gestern überall nachgesehen, dann müssten wir jetzt nicht noch mal hier herummachen." Genervt.

„Was kann ich denn dafür. Mein Problem ist das hier nicht."

„Halt die Fresse! Das ist dein Problem. Ihr hängt da genauso mit drin, wie wir auch. Wenn wir hochgehen, geht ihr mit hoch. Ihr habt das Zeug verkauft."

„Das muss uns aber erst einmal einer nachweisen können." Heiseres Lachen.

Sie waren vorbei. Ein Glück, nicht hier hereingekommen. Jetzt konnte er wieder richtig atmen. Er brauchte mehr Luft. Mehr für dieses heftige Schlagen in ihm. Ihre Stimmen hörte er nur noch gedämpft. Ein Gemurmel. Sie mussten in einem der anderen Zimmer verschwunden sein. Endloses Warten. Was machten die da? Wonach suchten sie? Ihm tat jetzt schon jeder Knochen weh. Beim Einatmen drückte sein Rücken gegen Metall. Diese fürchterliche Enge. Die machte Angst. Wenn jetzt einer mit voller Wucht oben auf das Bett springt, würden seine Rippen brechen. Den Kopf hatte er seitlich auf den Dielen liegen. Er konnte ihn nicht die ganze Zeit in der Waagerechten halten. Die Wunde an seinem Hinterkopf schmerzte immer noch. Er hätte jetzt gerne mit seiner Hand danach getastet, gefühlt, ob sie wieder offen war durch den heftigen Stoß. Um ihn herum lag eine geschlossene Staubschicht. Konserviert über die Jahre. Das Zimmer wirkte unberührt. Die alte Frau war drei Jahre tot. So lange hatte hier keiner geschlafen, direkt über ihm.

Ein dumpfer Schlag. Kurzes zweifaches Auflachen. Hatten sie, was sie wollten? Dann müssten sie wieder vorbeikommen. Er wünschte sich das. Es sollte endlich Schluss sein mit diesem Wahnsinn. Aber nichts. Nichts rührte sich. Es war still. Kein Gemurmel mehr. Ruhe. Vielleicht suchten die noch zwei, drei Stunden weiter. Das hielt er nicht aus. Schreien vor Schmerz. Feine Stiche spürte er in seinem rechten Bein. Kleine Nadeln, hineingebohrt in sein Fleisch. Immer mehr und tiefer. Er traute sich nicht, seine Beine zu bewegen. Diese Starre. Lebendig begraben. Sein Sarg war zu klein. Tief unten in der feuchten Erde. Er konnte sich nicht befreien, kam hier nicht heraus. Wenn er so etwas träumte, kam irgendwann die Erlösung. Dann, wenn es am schlimmsten war, schreckte er hoch, wach. Schweißgebadet, aber mit einem beruhigenden Gefühl. Die erlösende Entspannung genoss er immer. Aber dieser Alptraum nahm einfach kein Ende. Jetzt waren sie wieder näher. Er hörte die Stimmen, kein Murmeln mehr. Sie standen auf dem Flur. Undeutlich. Kendzierski versuchte, die Luft anzuhalten. Nur ganz kurz, um etwas zu verstehen. Nichts. Die beiden mussten in einem der anderen Zimmer verschwunden sein. Er atmete heftig aus. Der Staub vor seiner Nase wirbelte auf. Tief sog er die Luft durch die Nase in sich hinein. Und den Staub. Verdammt, das kratzte. Nein, jetzt bloß nicht niesen! Nicht hier unten. Das würden sie hören. Er hielt die Luft noch einmal an. Vorsichtig atmen, ganz gleichmäßig. Unter seinem Kopf fühlte es sich feucht an. Der tropfende Schweiß. Er musste mittlerweile in einer Pfütze liegen. Alles nass und heiß. Das Kribbeln in seiner Nase ließ ganz langsam nach. Das war noch einmal gut gegangen. Sein Telefon in der linken Hosentasche drückte. Hatte er das an? Natürlich! Um Gottes willen, wenn das jetzt anfing. Keine Chance, da dran zu kommen. Nicht so, wie er lag. Ein lautes Hundeknurren hatte er als Klingelton. Wie witzig! Er zuckte immer zusammen, wenn das Ding mal loslegte. Aber das würde ihm hier auch nichts nützen.

Ein lauter Schlag. Eine zugeschleuderte Tür.

„Auf los, komm wir gehen. Das bringt nichts mehr. Hier ist nichts."

„Ich habe auch keine Lust, hier den Rest des Tages zu verbringen. Bei der Hitze. Sag deinem Alten, dass er sich beruhigen soll. Hier ist nichts. Das war alles eine große Luftnummer. Oder glaubst du, dass der Depp irgendetwas hinbekommen hat? Der war doch viel zu blöde. Wie das hier überall aussieht. Alles offen. Der war doch nicht normal."

„Ja, ja, du hast ja recht. Es wird schon keiner das Haus auf den Kopf stellen nach einem Autounfall. Mein Alter hat halt Angst vor der Polizei, jetzt so kurz davor."

„War es denn ein Unfall oder habt ihr ein bisschen nachgeholfen?"

Stille.

Kendzierski hielt die Luft an. Kein Ton. Ein leises Knarren drang bis zu ihm. Brachte sich der eine in Position? Gingen die gleich aufeinander los? Was passierte da? Diese Stille war nicht auszuhalten.

„Halt dein Maul. Sag so etwas nie wieder. Sonst hau' ich dich grün und blau. Wir haben dem Depp nichts getan. Auch wenn er es verdient hätte."

„Ist ja o.k. Reg' dich ab."

Es knarrte. Sie waren auf der Treppe nach unten. Endlich. Noch ein paar Schritte, knarrendes Holz und das schleifende Geräusch der Haustür. Sie war zu.

Kendzierski atmete tief durch. Geschafft. Wohltuend war das Gefühl der Erleichterung, das sich ganz langsam in ihm ausbreitete. Er fühlte die Freudentränen in seinen Augen. Sie trafen sich auf seinen Wangen mit dem kühlen Schweiß. Eine salzige Mischung, die langsam in einem feinen Strom nach unten rann. Seine Nase war zu mit Staub. Gedämpfte Geräusche, kaum hörbar. Sie waren unten am Hoftor. Vorsichtig schob er sich rückwärts unter dem Bett heraus. Den Kopf schräg, um nicht noch einmal mit der geklammerten Wunde anzuschlagen. Freiheit. Er war raus aus diesem Gefängnis, dieser furchtbaren Enge.

Frische Luft! Das T-Shirt klebte über Brust und Bauch fest, verdreckt vom Staub. Das klebte jetzt alles an ihm. Scheißegal! Lange blieb er so hocken auf seinen Knien, den Oberkörper aufgerichtet, die Hände auf die Oberschenkel gestemmt, durchatmend. Zur Ruhe kommen. Das alles hinter sich lassen.

Hatten die ihn umgebracht? Waren sie die Mörder vom Scheier-Klaus? Woher kannte er den schwarzhaarigen Langen? Sein schwaches Gedächtnis. Es würde ihm schon noch einfallen, irgendwann, wenn er wieder klar denken konnte. Die beiden glaubten an einen Autounfall. Das hatte so geklungen. Also kein Mord. Aber irgendetwas anderes. Die Suche in allen Zimmern, der Scheune, dem Pferdestall, wonach? Was konnte der Sonderling haben, was die beiden brauchten? Hatte er ihnen etwas abgenommen, mitgehen lassen? Einer, der kaum aus seinem Hof hinausging, der für sich saß oder sich zulaufen ließ. Das ergab keinen Sinn. Der kam kaum in ein anderes Haus. War das die Verwandtschaft? Die Erben von all dem hier, dem großen Gehöft. Urkunden? Dafür musste man nicht einbrechen. Nur, wenn man sie verschwinden lassen wollte, aber auch das brachte doch nichts. Die suchten etwas, was ihnen nur dann Probleme machen sollte, wenn es von jemand anderem oder gar der Polizei gefunden wurde. Aber was?

Kendzierski atmete durch und richtete sich vorsichtig auf. Er hatte mit heftigen Schmerzen im Kopf gerechnet. Nichts davon. Das kam vom ruhigen Liegen unter dem Bett. Die Schonung, die Klara von ihm verlangt hatte. Er würde sie nachher mal fragen, ob das so in Ordnung war. Halb Zwölf zeigte seine Uhr an. Die waren weg und würden auch nicht so schnell wiederkommen. Langsam stieg er die Treppe hinunter. Die Haustür schloss er ab und legte den Schlüssel zurück unter den Blumenkasten. Quer über den Hof in Richtung Pferdestall. Nur noch da hindurch und das Fenster. Dann war dieser Horror zu Ende.

Mitten auf dem Hof hielt er inne. Sein Blick fiel auf das Hoftor zur Straße. Da waren sie hineingekommen. Die Türklinke baumelte nach unten. Sie hatten das Türchen mit Wucht aufgedrückt, zu allem entschlossen.

Er wollte weiter. Etwas hielt ihn ab, den ersten Schritt zu machen. Unsichtbar. Das Türchen in der Scheune stand weit offen. Sie hatten vergessen, es wieder zu verriegeln. Dort hinten hatten die beiden angefangen. Glaubten die dort das Versteck zu finden? Kendzierski, bist du jetzt total verrückt geworden?

Bevor er sich weitere Gedanken darüber machen konnte, hatten sich seine Beine bereits in Richtung Scheune in Bewegung gesetzt. Ganz kurz nur, ein Blick. Diese verdammte Neugier! Er hatte jetzt schon so viel herausgefunden, da gab es kein Zurück mehr. Was hatten die gesucht? In einer Scheune und dann so lange?

So etwas hatte er noch nie gesehen! Kendzierski blieb wie angewurzelt stehen. Den Blick starr nach vorne gerichtet auf das, was er durch das Türchen erkennen konnte. Er schaute auf eine Wand, die direkt hinter dem Scheunentor stand. Keine Steine. Übereinander geschichtet ragte es in die Höhe: Schrott. Das war alles Müll, der da lag, zwei, drei Meter hoch übereinander geschichtet. Rohre, Dachrinnen, alte Holzkisten, Wein aus Deutschen Landen, Säcke, Fetzen und Lappen dazwischen, verdreckt, Plastikplane, ein Sofa,

Polster, Holzbretter, die Lamellen eines Heizkörpers, Matratzen, mehrere Waschbecken mit Armaturen, so viel Zeug. Die ganze Scheune schien damit vollgepackt zu sein. In der Höhe war noch reichlich Platz, einige Meter. Aber das, was da lag, war schon eine riesige Menge. Etliche Container Schrott. Eine private überdachte Müllkippe, Sperrmüll zu Hause.

Kendzierski verspürte eine große innerliche Freude, die sich wärmend ausbreitete. Er musste lachen. Über das hier vor seinen Augen, über die beiden Typen, die sich hier hatten durchwühlen wollen. Die versuchten, hier etwas zu finden. Das war kein Versteck. Das war der Heuhaufen. Die Stecknadel hatten sie nicht gefunden. Wie auch. Dazu benötigte man wahrscheinlich einige Wochen und vor allem gute Nerven. Der Scheier-Klaus hätte wahrscheinlich seine Freude an den beiden gehabt, wie sie zeternd vor dem Haufen gestanden hatten, der die ganze Scheune ausfüllte, bis nach hinten, zwei Meter hoch, Dutzende Kubikmeter Müll. Fein säuberlich geschichtet von Klaus Runkel.

Kendzierskis Blick fiel auf eine Holztür gleich rechts neben dem Eingang. Mittlerweile kannte er die rheinhessischen Scheunen. Viele hatte er in den letzten Monaten von innen gesehen. Vorne rechts ging es meistens nach unten in den Keller. Manchmal war das nur ein halber Keller. Nur ein paar Stufen nach unten, halb in der Erde. Das runde Gewölbe ragte dann in die Scheune hinein. Bach hatte ihm das haarklein erklärt. Mit Stroh war das früher bedeckt. Bis hinauf unters Dach der Scheune. Da fielen die Gewölbe in den Scheunen nicht auf und blieben schön kühl.

Der Lichtschalter befand sich direkt neben dem Sandsteinrahmen, an dem die rostigen Beschläge festgemacht waren. 1812 stand in den Stein gemeißelt, kunstvoll. Durch die Ritzen der Tür sah er das Licht aufflackern. Die nächste Sperrmüllhalde? Das ganze alte Gewölbe voll mit noch mehr Schrott? Er zog die Tür auf. Es war reichlich duster da unten, aber leer. Feucht und modrig, ein Keller eben. Es ging ein Dutzend Stufen nach unten. Er hielt sich an der Seite fest. Die Stufen waren glitschig. Alles war schwarz. Dicker schwarzer Schimmel an den Wänden. Ein alter Holzfasskeller. Feucht und muffig, genau so, wie er sich einen solchen Ort vorstellte. Der Keller zog sich von der Treppe links nach hinten, wie eine liegende halbe Tonne, das runde Gewölbe darüber. Spinnweben hingen herunter, lange dicke Fäden. Zwei Reihen alter Holzfässer, links und rechts am Gemäuer entlang bis ganz nach hinten. Sieben Stück an jeder Seite. Hinten an der Wand stand ein gelbes Kunststofffass. Die schwarzen Holzfässer standen nicht gerade. Wie betrunken lehnten sie aneinander. Angeheitert von ihrem Inhalt, schunkelnd. In ihnen war schon lange nichts mehr. Einzelne Bretter waren herausgebrochen. Die metallenen Ringe hingen schief. Hielten nur noch notdürftig. Ein Fass war zusammengebrochen. Die oberen Bretter nach innen. Ein Haufen Holz durcheinander. Auf der Innenseite rot eingefärbt vom Wein, über die Jahrzehnte. Zerbrochener Winzerstolz.

Noch ein paar Schritte weiter. Hinter der rechten Fassreihe an der Wand waren Spuren zu sehen. Kleine und größere Kratzer. Frisch leuchtete das Weiß des Putzes. Sogar dort hinten waren sie auf ihrer Suche entlanggeschlichen. Hatten die beiden die Wand abgeklopft? Ein Hohlraum, eingemauert. Oder die Rückseite der Fässer? Da konnte er es hingelegt haben. Hinter den Fässern, unter den Fässern, innen drin. Das hatten die alles durchsucht. Ohne Erfolg.

Kendzierski war mittlerweile am Ende der Reihe angelangt. Er stand direkt vor dem gelben Kunststofffass. Es waren mehrere Behälter, die wie einer aussahen. Übereinander gestapelt. Drei ovale Türchen. Darüber kleine Schildchen, 300, 300, 500 Liter. Zwei waren leer. Das oberste war verschlossen. Scheurebe Spätlese 2004 stand darauf, blasse Kreide, wackelige Schrift. Er klopfte. Das war voll. Die Eigenversorgung. Das machten viele. Hier hat noch jeder seinen kleinen Weinberg, ein paar hundert Liter für sich selbst und den Rest der Familie. Feierabendwinzer, hatte der Bach die genannt. Aussterbend, weil die Jungen kein Interesse mehr daran zeigten. Den Weinberg hatte bestimmt die alte Mutter gemacht, so lang sie das noch konnte. Die war seit drei Jahren tot.

Kendzierski drehte sich um. Sie hatten nichts entdeckt. Er auch nicht. Es wurde höchste Zeit endlich hier herauszukommen. Jetzt wusste er zumindest, wer der arme Kerl dort unten im Graben war.

Das helle Licht der strahlenden Sonne. Zwölf Uhr. Etliche Tage schon hatte der dort unten gelegen und keiner hatte ihn vermisst. Niemand nach ihm geschaut und keiner gesucht. Und das in einem Dorf. So ganz konnte er das noch immer nicht verstehen. Der kauzige Scheier-Klaus lebte mitten im Dorf, aber doch außerhalb. So abgeschottet in seiner Burg. Alleine mit sich selbst und den Erinnerungen der letzten 30 Jahre. In seiner Welt der offenen Schränke und Schubladen. Vollgestopft mit Erlebnissen, schönen und schlimmen. Das Schlafzimmer der alten Mutter, so als ob sie es geordnet hinterlassen hätte. Das Bett heute Morgen noch gemacht. Die Tagesdecke darüber. Unangetastet. Die Porzellanfiguren und die Tischdecken im Wohnzimmer. Sauber gefaltet. Unberührt. Der gefegte Innenhof und der Pferdestall. Verlassen. Drinnen im Haus, hier draußen auf dem Hof und der

Stall – das waren Mutter und Vater. Das Andenken an sie, so wie sie es ihm vorgelebt hatten, so hielt er sie in seiner Erinnerung wach. Lebte weiter mit ihnen. Sie waren nur kurz weg, auf dem Acker, im Weinberg. In ein paar Stunden wieder da. Die Scheune, das war er, das Chaos.

Er tastete nach seiner Hosentasche, dem Handy darin. Bachs Nummer hatte er gespeichert. Er musste seiner Frau Bescheid geben, dass mit ihm alles in Ordnung war. Sie wartete sicher auf ihn. Gut zwei Stunden waren vergangen. Sie machte sich bestimmt Sorgen. Am Ende rief sie die Polizei und er bekam deswegen Schereleien. Das war nicht sein Fall, zumindest nicht offiziell. Wolf und ein Großaufgebot konnte er hier vor dem Hoftor nicht gebrauchen. Nach dem dritten Klingeln nahm einer ab. Es war Mittag. Aber darauf konnte er heute keine Rücksicht nehmen. Sie würde ihm das verzeihen.

„Bach." Er war dran.

„Kendzierski hier." Noch bevor er mehr sagen konnte, legte der Winzer los.

„Schön, dass Sie sich mal melden. Meine Frau macht sich Sorgen und Vorwürfe, dass sie Sie da hingeschickt hat."

Er war laut und genervt.

„Es hat ein wenig länger gedauert."

„Das haben wir selbst gemerkt. Sie hätten uns mal eine Entwarnung geben können. Sie ist völlig aufgelöst, sie weint. Das können Sie nicht machen, Kendzierski!"

„Entschuldigung, das tut mir sehr leid. Mit mir ist alles in Ordnung. Ich glaube, dass Ihre Frau recht hatte. Der Tote ist der Scheier-Klaus."

Stille. Kendzierski hörte das Atmen auf der anderen Seite.

„Ich habe es befürchtet. Wenn Eva schon so eine Ahnung hat, dann liegt sie meistens richtig. Schlimm, der arme Junge."

„Ich komme gleich vorbei, dann kann ich Ihnen alles erzählen." Kendzierski hielt inne. „Halt, warten Sie! Eine Sache noch. Hat der Scheier-Klaus noch einen Weinberg?"

„Der? Kendzierski, der Junge war total verwirrt. Das hätte der nie hinbekommen. Die Mutter hat die Weinberge alle verpachtet. Schon vor mehr als zehn Jahren. Die konnte das nicht mehr machen. Das ist harte Arbeit. Wir haben auch ein paar davon. Gute Lagen."

Die letzten beiden Sätze hatte Kendzierski schon nicht mehr gehört. Weggedrückt. Er rannte über die hellen Pflastersteine durch die Sonne auf das Scheunentor zu. Genau das war ihm komisch vorgekommen. Im letzten Moment war der Blitz in sein erschüttertes Gehirn gefahren. Das Versteck. Das musste es sein. Hinunter in das Halbdunkel des feuchten schwarzen Kellers. Dort hinten die kleinen gestapelten Plastikfässer. Scheurebe Spätlese 2004. Er zog den Gummistopfen oben heraus. Eine kleine Öffnung, zu klein für seine Finger. Auf den Zehenspitzen stehend hielt er seine Nase darüber. Einatmen, tief. Muffig roch das. Wasser. Das war Wasser und kein Wein. Der Junge war nicht blöd. Das musste das Versteck sein, das die beiden vergeblich gesucht hatten. Wie sollte er da jetzt drankommen? Er blickte an den gestapelten Fässern hinunter. Die beiden leeren darunter. Das ging nur so. Es gab keinen anderen Weg. Vorsichtig versuchte er das Rad zu drehen, mit dem das Türchen vorne gehalten wurde. Kühles Metall. Es bewegte sich keinen Millimeter. Mit beiden Händen griff er danach. Mit aller Kraft. Er wusste nie, in welche Richtung er drehen sollte. Jetzt klappte es. Ganz vorsichtig, noch ein kleines Stück. Es ging leichter. Unten drückte sich das erste Wasser durch.

Schnell zur Seite. Er stellte sich neben das Fass, nahe genug, so dass er mit einer Hand weiter drehen konnte. Ein feiner Strahl mit starkem Druck. Noch eine halbe Drehung. Es schoss heraus in alle Richtungen. Kendzierski duckte sich und wich zurück, bis an die Wand des Kellers. Das half nicht wirklich. Ein kräftiger Schauer ging über ihm nieder. Sollte er hier rausgehen, bis das Fass leer war? Das meiste Wasser schoss nach vorne hinaus. Nass würde er auch so werden. Was für eine Abkühlung nach diesem Vormittag. Kühles Nass, abgestanden. Der Sommerregen, den alle ersehnten. Hier unten war er schon. Für ein paar Minuten wenigstens. Das Plätschern ließ nach. Er beugte sich nach vorne und drehte weiter. Es klang hohl. Das meiste musste heraus sein. Er blickte an sich herunter. Wie frisch gebadet, nur eben mit Klamotten. Alles klebte an ihm fest, tropfend. Mit beiden Händen drehte er das Rad weiter, bis er es in der Hand hielt. Das ovale Türchen ließ sich jetzt nach innen drücken. Ein kräftiger Schwall schlug auf seine Hose. Das war jetzt auch egal. Ein paar Liter mehr oder weniger. Da drinnen war alles dunkel, noch dunkler als um ihn herum. Er konnte nichts erkennen. Tastend mit der rechten Hand, Wasser, etwas auf dem Fassboden, krümelig, wie grober Sand. Da war es! Plastik. Er zog daran. Rau war das. Ein Stein als Gewicht. Der ließ sich zur Seite drücken. Ein Päckchen in Plastik. Es ließ sich jetzt leicht herausnehmen, durch die ovale Öffnung. Jetzt einfach nur weg und raus hier. Endlich raus.

Mit jedem Schritt kam ein gurgelndes Geräusch aus seinen Schuhen. Die mussten randvoll mit Wasser sein. Triefend wie der Rest. Die Sonne tat gut, die Wärme im Hof war angenehm nach dem kalten Schauer. Er musste zum Fürchten aussehen, verdreckt und verklebt, Spinnweben in den

Haaren. Und der Gestank. Erst hier draußen an der frischen Luft kam der so richtig zur Geltung. Er roch wie der Keller, als ob er Tage dort unten zugebracht hätte. Kendzierski fiel das nicht wirklich auf. Er hielt das, wonach er gesucht hatte, unter dem Arm. Der stille Triumph über die beiden Idioten, die ihn unter das Bett gezwungen hatten. Das Päckchen war leicht. Kleiner und dünner als ein Schuhkarton. Mehrere Schichten Plastik übereinander. Blaue Müllsäcke. Er legte es im Pferdestall auf den breiten Sandsteinrahmen, bevor er sich selber mühsam hocharbeitete. Das waren bestimmt drei Kilo mehr, das Wasser an ihm. Vorsichtig spähte er nach links und rechts. Keiner war zu sehen. Erst das Päckchen nach unten. Dann er langsam hinterher. An der Wand hinunter auf die Steinblöcke. Er hob das Päckchen auf. Schritte. Schnell.

Ein Hund kam um die Biegung, die der ehemalige Graben ein Stück weiter oben machte. Heiser hechelnd. Ein Schäferhund, in seine Richtung, zerrend, mit heraushängender Zunge. Er war angeleint. Ein Strick um den Hals. Das Vieh zog einen dicken Mann hinter sich her, hier herunter in seine Richtung. Ein Fleischberg von Anfang 60, laut atmend, mit sich und dem Tier beschäftigt. Große Flecken unter den Armen. Jetzt hatte er ihn gesehen, starrte ihn an mit offenem Mund. Der Hund zog weiter. Kendzierski stand ein paar Schritte von seinem Ausstieg entfernt, das Päckchen in der Hand. Nass, triefend, stinkend und verdreckt. Die hellen Steinblöcke zum Podest gestapelt, unter dem Fenster. Kendzierski merkte, dass der Blick des Dicken daran hängen geblieben war. In seinem Kopf arbeitete es. Das konnte Kendzierski deutlich sehen. Er beschleunigte. Zerrend, hechelnd waren beide an ihm vorbei. Starr blieb Kendzierski stehen. Das war alles so schnell gegangen. Unten an der

Straße drehte sich der Dicke noch einmal um, schaute zu ihm und lief dann weiter.

Jetzt gab es zumindest ein neues Gesprächsthema. Der Geist aus der Kellergruft. Ich habe ihn gesehen. Der hat mich angestarrt mit glühenden Augen. Zum Glück hatte ich meinen Rex dabei. Das war ein Monster, der hätte mich angefallen, zerfleischt. Aus dem Nichts kam der auf mich zu.

Die beiden älteren Frauen, die ihm auf halbem Weg zum Weingut Bach begegneten, würden all das bestätigen können. Sie blickten ihm und seiner nassen Spur ziemlich lange ungläubig hinterher. Das ist die Seele vom alten Scheier-Hennes. Dem Vater. Der ist wieder da, jetzt wo der Sohn tot ist. Der will ihn rächen! Die Gerüchte würden wild werden, da war er sich sicher. Beim Bach konnte er sich die nächsten zwei Wochen nicht blicken lassen. Der würde kein Wort mit ihm reden. Den kannte er schon. Der war der Beweis dafür, dass Schweigen durchaus strafender als ein lautes Herumbrüllen sein konnte. Aber irgendwie musste da doch Licht in die Sache gebracht werden! Er war jetzt immerhin schon weiter als die Mainzer Kripo.

Kendzierski bog in den Innenhof des Weingutes ein. Was er sah, riss ihn augenblicklich aus seinen Gedanken. Er suchte nach Deckung, Schutz. In der schmalen Einfahrt war das nicht möglich. Zurück, wieder rückwärts raus hier, ganz vorsichtig. Er setzte gerade langsam seinen rechten Fuß in Bewegung, als er ein gedämpftes Klopfen hörte. Hinter dem Fenster erkannte er Bachs Frau, die ihm zu verstehen gab, dass er draußen auf der Straße warten solle. Leise setzte er Fuß um Fuß zurück, eine Drehung und draußen war er. Jetzt konnte ihn der Wolf nicht mehr sehen. Die waren schon hier! Zwei Polizeiwagen und ein silbergrauer BMW. Das war Wolfs Wagen. Das große Aufgebot. Sein Dienstfiesta stand noch da drinnen, Mist! Was wollten die? Kendzierski hörte einen Schlüssel, die Drehung in einem Schloss. Bachs Frau. Zur Straßenseite hatte das Wohnhaus einen zweiten Eingang. Hier war er noch nie hereingekommen.

„Schnell, kommen Sie! Die müssen Sie ja nicht gleich sehen."

Ein paar Stufen ging es hinauf, dann stand er im Flur.

„Wie sehen Sie denn aus? Was ist mit Ihnen passiert?"

Sie blickte ihn entgeistert an, von oben nach unten und wieder zurück. Er sah an ihrem Gesichtsausdruck und der feinen Bewegung ihrer Nase, dass auch sein übler Geruch mittlerweile angekommen war.

„Das ist eine längere Geschichte. Was machen der Wolf und seine Kollegen da draußen?"

„Ich habe die nicht angerufen. Wir waren kurz davor. Ich habe mir Sorgen gemacht. Die Polizei war plötzlich da. Sie befragen die Einwohner. Ob jemand was gesehen hat, einer vermisst wird. Ein Bild von dem Toten haben sie mir unter die Nase gehalten. Ob ich den kennen würde. Ohne Vorwarnung! Der sah schlimm aus. Mir ist noch schlecht davon. Schrecklich das alles."

Die hatten sich also dieselbe Taktik ausgedacht wie er heute Morgen. Das Opfer kann eigentlich nicht hier aus dem Dorf kommen. Das wäre aufgefallen. Also suchen wir nach dem Täter, bis die Identität klar ist. Mit möglichst viel Lärm, um diesen zu verunsichern, aus der Deckung zu locken. Der soll nicht mehr ruhig schlafen können. Daher das große Aufgebot mit zwei Streifenwagen. Für eine Befragung nicht schlecht.

„Kommen Sie mit hoch. Ich gebe Ihnen ein paar frische Klamotten." Sie schaute noch einmal an ihm herunter. War da so etwas wie Ekel in ihrem Blick zu erkennen? Es sah danach aus. „Und ein Handtuch. Sie können sich oben im Gästebad duschen. Das ist besser. Sie riechen wie mein Mann, wenn er einen ganzen Tag im Keller gearbeitet hat, irgendwie muffig."

12

Der Schlüssel hakte im Schloss. Er ließ sich nicht mehr weiter drehen, verdammt! Das hatte doch vorhin noch funktioniert. Er war als letzter raus und hatte abgesperrt. So wie immer. Hin und her, bis zur selben Stelle. Nichts tat sich da, gar nichts. Er spürte seine Ungeduld. Dieses Mistding! Heftiger riss er dran herum. Der Hund hatte sich um die Ecke verzogen. Der enge schmale Hof lag im Schatten. Da suchte er sich sein Plätzchen und war für ein paar Stunden nicht zu sehen. Das war der Vorteil an diesen Spaziergängen. Danach ließ er ihn in Ruhe. Verfolgte ihn nicht bei jedem Schritt, den er machte, quer durch das Haus. Das ging ihm auf die Nerven. Er musste nur kurz vom Sofa aufstehen. Dann stand der Hund auch schon da. Hektisch kläffend, schwanzwedelnd. Er wollte sich noch einen Schoppen machen oder aufs Klo, nicht mehr. Aber das Vieh gab keine Ruhe. Er brüllte den Köter an. Dann verpisste er sich wieder. Aber nur bis zum nächsten Mal. In diesen Hundeschädel war das nicht hineinzubekommen. Da konnte er ihn anschreien, so viel er wollte. Das Vieh war zu dumm. Einfach zu blöde. Immer nur rennen, zerren, ziehen. Und er musste hinterher. Endlich gab das Schloss nach. Der Schlüssel ließ sich jetzt weiter drehen, die Tür sich öffnen.

Es war hier drinnen stickig. Heute Morgen ganz früh hatte sie alle Fenster aufgerissen. Durchzug, damit es ein wenig kühler wurde. Doch es war schon wieder alles aufgeheizt, von dieser brutalen Sonne. Die brannte erbarmungslos herunter. Er ging in die Küche und machte den Kühlschrank auf. Eiskalt musste der Wein sein und dann Sprudel dazu. Er brauchte jetzt einen großen Sauergespritzten. Zur Abkühlung und um das Chaos in seinem Kopf zu ordnen. Fast wäre er da vorbeigerannt, ohne aufzusehen. Weil das Vieh gezogen hatte wie verrückt. Dieser Typ mit den versauten Klamotten, oben am alten Graben. Was hatte der da gemacht? Die Steine vor dem Fenster. Wollte der bei dem Depp einbrechen? Da war doch gar nichts zu holen. Oder doch? Er musste heftig husten. Verschluckt. Ein ganzer Schwall Schorle schoss aus seinem Mund und der Nase. Auf sein verschwitztes T-Shirt und den Küchentisch. Säuerlich. Er wischte sich mit der Hand über den Mund und das fleischige Kinn. Schmierig war das. Die waren das. Ganz sicher. Die hatten den Kerl geschickt. Einer von den Verbrechern, die da immer herumlungerten. Den hatten sie dann reingeschickt. Weil sie solche Angst vor dem Stotterer hatten. Das hätte er nicht geglaubt. Deshalb haben sie ihn auch umgebracht und in den Graben geworfen. Sie waren es. Wer denn sonst. Der war ihnen doch zu gefährlich geworden mit seinen Drohungen. Einer weniger, der plappern konnte.

 Er spürte, wie ihm noch heißer wurde. Sein Kopf glühte. Es dröhnte da drinnen. Laut klirrend der Aufschlag, wie ein großer Hammer, der wieder und wieder auf den Amboss gehauen wurde. Sein Kopf lag direkt daneben. Mit beiden Händen hielt er sich die Ohren zu. Drückte feste dagegen. Dieser Krach. Der war innen, in seinem Kopf. Es brachte nichts, die Ohren zuzuhalten. Das würde so lange nicht aufhören, bis alles auseinanderplatzte. Jetzt hatten sie ihn und alles was er wusste, ausgelöscht. Er war der einzige. Der nächste, der dran war. Mit der Stirn schlug er auf die Kante des Küchentisches. Immer und immer wieder.

Heiß war das Blut, das ihm über die Augen und die Wangen lief.

13

Das Blau der Jeans sah eigentlich noch ganz gut aus. Trotzdem hatte er das Gefühl in einer zu engen Hülle zu stecken. Eine Wurstpelle, so sah das an seinen Oberschenkeln aus. Das war ihm beim Anziehen gar nicht so schlimm vorgekommen. Er war einfach froh gewesen, aus diesen stinkenden Klamotten herauszukommen. Dieser modrige Gestank, diese Nässe und das Faulige. Der Dienstfiesta hätte wahrscheinlich wochenlang danach gestunken und das hätten ihm die Kollegen nicht verziehen. Was hat der Neue denn bloß mit dem Wagen gemacht? Es stinkt da drinnen! Das Duftbäumchen Zitrone, das am Rückspiegel baumelte, hätte den Gestank kaum zu überdecken vermocht.

Bachs Frau hatte ihm frische Hosen und ein T-Shirt hingelegt. „Das müsste Ihre Größe sein, Herr Kendzierski. Sie können ja unmöglich diese Sachen wieder anziehen. Dann hätten Sie das mit dem Duschen auch gleich sein lassen können." Er war so froh darüber gewesen und hatte sich beeilt.

Wolf und seine Männer waren weitergezogen, Polizeipräsenz im Dorf zeigen. Die zwei vom Sonntag übrig gebliebenen Scheiben Spießbraten hatte Kendzierski schweren Herzens ausgeschlagen. Er musste unbedingt zurück. Erbes würde ihn bestimmt irgendwann aufsuchen. Das machte der immer dann, wenn er befürchtete, sein Bezirkspolizist sei wieder mal als Privatermittler auf Abwegen. „Kontrolle, Kendsiäke. Nur ein wenig Kontrolle. Ich bin schließlich der verantwortliche Beamte hier. Wenn etwas schief läuft, etwas passiert, dann geht die Opposition zuerst an mich, nicht an Sie. Die warten ja nur darauf." Seit mehr als 15 Jahren taten sie das. Bisher ohne Erfolg. Voller Stolz erzählte Erbes das. Dabei stand er auf den Zehenspitzen, tänzelnd. „Ich rate Ihnen, Kendsiäke, spielen Sie mir nicht schon wieder den Dorf-Schimanski."

Außerdem brauchte er unbedingt einen ruhigen Ort. Sein Büro und seinen Schreibtisch, um endlich einen Blick in das Päckchen unter seinem Arm zu werfen. Was hatte der Kauz da drinnen wohl versteckt? So wichtig, dass er es in einem Fass versenken musste. So wichtig, dass diese zwei Typen stundenlang danach suchten. Der Scheier-Klaus wusste von Dingen, die anderen Angst machten, sie ruinieren konnten. Hatte der versucht, sie zu erpressen? Ihm fehlte der rote Faden in der ganzen Sache und da drinnen, unter den blauen Plastiksäcken, musste er zu finden sein.

Die alte Dame am Rathausempfang nahm kaum Notiz von ihm, als er den Autoschlüssel auf den Tresen legte. Sie nickte nur kurz und blickte weiter in irgendeine bunte Zeitschrift, die vor ihr lag. Keine weiteren Fragen und mitleidsvollen Ratschläge und das war gut so. Er hatte sie heute Morgen bestimmt verärgert, weil er nicht leidend genug dreingeschaut hatte. Den Mutterinstinkt enttäuscht. Das würde sich schon wieder legen.

Die Treppen nach oben. Es war zum Glück ruhig. Vorsichtig spähte er den Flur entlang. Niemand war zu sehen. Kurz vor halb zwei, der Nachmittagskaffee, die Ruhephase nach dem Essen. Jeder war in seinem Büro, im Stillen mit sich und der Arbeit beschäftigt.

Die Luft war rein. Er verschwand in seinem Zimmer und zog die Tür zu.

„Mann, wo warst du so lange?"

Genau das hatte er befürchtet. Sinnvoller wäre es wahrscheinlich gewesen, einfach nach Hause zu fahren oder in einen ruhigen Feldweg und nicht hierher. Klara stand in der geöffneten Tür. An ihrem Gesichtsausdruck war nicht zu erkennen, ob sie besorgt oder sauer war. Irgendein Zustand dazwischen vielleicht. Ihre rechte Augenbraue hatte sie beim Reden nicht nach oben gezogen. Er wertete das erst einmal als ein gutes Zeichen.

„Ich musste mir noch ein Gerüst vor Ort ansehen. Zu viele Beschwerden kamen da." Achselzucken. Er versuchte leicht gelangweilt zu wirken. Wie immer, Routine. Was passiert hier schon? Irgendetwas lösten diese beiden Sätze bei ihr aus. Klara trat einen Schritt auf ihn zu. Schon die Art und Weise, wie sie die Tür mit einem heftigen Stoß zuschlug, verriet ihm nichts Gutes. Das Vibrieren der Metallregale war zu hören. Er fühlte sich ganz stark an seine letzte Freundin erinnert. Genau das war sein Problem mit Frauen schon immer gewesen. Diese Reaktionen. Ein unverfänglicher Satz, einfach mal so dahingesagt und dann Wumm: Es ging los.

„Willst du mich verarschen!"

Sie hatte ihre Arme in die Seiten gestemmt und blickte ihn böse an. Früher hatte er nach einem solchen Gesprächsbeginn noch reagiert. Grundkurs Pädagogik für zu Hause: Diskussionsführung, Deeskalation, Benennung und Klärung möglicher Missverständnisse. Da müssen wir aber noch mal drüber reden. Das kann man so nicht stehen lassen, so im Raum. Das setzt sich sonst fest und schwelt weiter.

Das konnte man doch alles vergessen. Alles Mist! Jedes Gespräch verschlimmerte die Situation nur unnötig. Er schaute sie fragend an. „Du glaubst doch nicht, dass ich dir den Quatsch abkaufe! Es hat sich sogar bis zu mir herumgesprochen, dass oben in Essenheim eine Leiche aufgetaucht ist. Du hast sie am Samstag gefunden und sagst kein Wort. Den ganzen Abend rennst du neben mir her und tust so, als ob nichts passiert wäre. Gestern! Ich mache mir Sorgen um dich und deinen Kopf. Und du spielst den Detektiv."

Sie war richtig zornig. Daran hatte Kendzierski jetzt keinen Zweifel mehr. In solchen Situationen gab es nur die Wahl zwischen schlechten und ganz schlechten Antworten. Aus seiner langjährigen leidvollen Erfahrung wusste er, dass ein versöhnliches „Es tut mir leid, wirklich" eindeutig in die Kategorie der dümmsten Antworten gehörte. Das war der Auftakt zum Super-Gau gewesen, in allen ihm bekannten Situationen der letzten Jahre. Frauen verstanden so etwas anscheinend nicht als Friedensangebot, warum auch immer. Es kam einer Kriegserklärung gleich. Der Bereitschaft in den bewaffneten Kampf einzutreten. In den meisten Fällen war er danach nicht mehr zu Wort gekommen. Schweigen, beharrliches Schweigen und Abwarten war die Variante, die sich als sinnvollste in den letzten Jahren herauskristallisiert hatte.

Schnaubend stand Klara vor ihm. Sie drehte sich um, riss die Tür auf und verschwand.

„Lass mich doch in Ruhe, Kendzierski!"

Weg war sie. Um die Ecke. Er hörte ihre Schritte und das Öffnen und Schließen der Tür. Sie musste in ihrem Büro verschwunden sein. Ihn verwünschend. Es tat ihm leid. Er hatte sie nicht verletzen wollen, aber was war ihm denn anderes übriggeblieben? Auf dem Straßenfest alles haarklein berichten? Er war am Samstagabend froh gewesen, nicht an die Bilder erinnert zu werden. An diesen Verwesungsgeruch und die zuckenden Maden. Er hatte einfach diesen Abend genossen, diesen Abend mit ihr. Und sich über ihre Sorgen um seinen Schädel gefreut. Ein schönes Gefühl.

Kendzierski stemmte sich aus seinem Stuhl hoch. Die Hose war wirklich viel zu eng. In seinen Fußzehen kribbelte es. Da kam nicht genug Blut an. Seine Rippen taten weh und auch sein Nacken, wenn er den Kopf zur Seite drehte. Das mussten die Folgen der Gefangenschaft unter dem Bett sein. So viele Blessuren in so kurzer Zeit. Das war rekordverdächtig, wenn das so weiterging. Lieber nicht!

Sein Blick wanderte zwischen dem Päckchen auf seinem Schreibtisch und der Tür hin und her. Klara oder die blauen Mülltüten? Das Päckchen musste noch einmal warten. Es ging nicht anders. Klara zuliebe. Er begab sich über den Flur zur schmalen Kaffeeküche und setzte eine Kanne auf. Zwei Tassen, frisch gebrüht mit Milch, einmal mit reichlich Zucker. Mit diesem Friedensangebot in der Hand ging er zu ihr. Sie schaute ihn an aus roten Augen. Ein Lächeln huschte über ihr Gesicht und verschwand schnell wieder. Dafür war es jetzt noch zu früh.

Spätestens, wenn er ihr alles erzählt hatte, würde sie wieder versöhnt sein.

14

Plätschernd lief das Wasser in das kleine Waschbecken. Der Kalk hatte es stumpf gemacht über die Jahre. Der kleine Wasserhahn war rostig. Am liebsten hätte er seinen Kopf unter den kühlenden Strahl gehängt. Aber dazu reichte der Platz nicht. Seine fleischigen Hände passten darunter, mehr nicht. Er sammelte das Wasser in seinen Handflächen und wusch sich damit das Gesicht. Rosa verfärbt sammelte sich das Wasser in dem Becken. Von dem bisschen Blut. Ein paar Mal wiederholte er das. Es kühlte wohltuend. Er genoss das. Zeit zum Durchatmen, zum Nachdenken. Wann würden die zu ihm kommen? Wen würden sie schicken? Heute Nacht oder morgen früh, wenn er hier wieder alleine war. An einen sicheren Ort musste das, was er aufgeschrieben hatte. Seine Sicherheit. Und er musste es denen noch einmal sagen. Die müssen wissen, dass es nichts bringt. Er würde das alles hochgehen lassen. Das mussten sie doch kapieren. Die hatten doch auch sonst alles bis auf die Minute geplant. Das lief immer alles wie am Schnürchen. Keine Verzögerungen. Die kamen mit den LKWs. Alles war bereit. Keine Stockungen, wie sonst manchmal. Eine Stunde oder auch mal zwei. Dann war das fertig, wieder aufgeladen und alles weg. Ein paar hundert Liter Wasser hinterher und alle Spuren waren beseitigt. Perfekt.

Seine Hände zitterten. Verdammt. Er wollte nicht sterben! Die sollten ihn nur in Ruhe lassen. Er hatte doch mit der ganzen Sache nichts zu tun. Er betrachtete sich in dem stumpfen Spiegel. Rot leuchtete die dicke Beule auf seiner Stirn. Ein kleiner feiner Riss. Blut kam jetzt keins mehr. Er sah blass aus und fühlte sich elend. Er musste würgen. Übelkeit. Gleich nachher würde er sich in den Bus setzen und nach Mainz fahren. Jawohl! Das war die Lösung. Er würde das, was er aufgeschrieben hatte, bei dem Anwalt deponieren, der die Verhandlungen mit seiner alten Firma geführt hatte. Dort war das alles sicher. Dann würden sie sich nicht an ihn wagen. Das war seine Chance. Die einzige.

Er trocknete sich das Gesicht mit dem kleinen Handtuch ab. Ganz vorsichtig über die Stirn. Auf dem Stoff war kein

Blut zu erkennen. Die Beule fühlte sich prall an, aber es tat nicht weh.

Er ging zurück ins Wohnzimmer und nahm sich das Telefon. Es klingelte nur einmal, ganz kurz. Dann war er dran. Jetzt fühlte er sich schon besser. Sicherer. Die konnten ihm nichts anhaben. Das musste er ihnen nur klar und deutlich erklären. Jetzt!

„Lasst mich in Ruhe!" Er brüllte in den Hörer und schnappte gleich nach Luft. „Alles, was ich weiß, ist bei meinem Anwalt in Mainz!"

„Bist du total verrückt geworden?" Der andere schrie zurück.

Hektisch atmete er ein.

„Ich habe gesehen, dass ihr einen zum Stotterer geschickt habt. Ich habe gesehen, wie der aus dem Fenster kam. Bei mir findet ihr nichts. Das ist alles sicher. Da könnt ihr alles auf den Kopf stellen."

„Wenn von dir auch nur ein Ton kommt, dann bist du dran. Das verspreche ich dir, du Arschloch! Dir glaubt doch eh keiner! Du hast schon im Knast gesessen. Dich kennen sie bei der Polizei!"

Das Telefon an seinem Ohr zitterte stärker. Heiser schnappte er nach Luft und musste husten, mehrmals.

„Wenn mir was passiert, dann seid ihr dran. Alle zusammen. Lasst mich in Ruhe!"

Er knallte den Hörer auf. Am liebsten wäre er jetzt sofort runter zum Bus gelaufen. Aber wegen dem Hund kam er hier nicht weg. Der bellte alles zusammen, wenn er alleine gelassen wurde. Dieses Mistvieh!

Sie musste in einer guten Stunde da sein. Dann konnte er los. Es war jetzt vier. Dann war er um sechs dort. Das war zu spät. Er konnte das ja auch bei denen in den Briefkasten werfen und morgen früh anrufen. Alles erklären, so wie er sich das ausgedacht hatte. Nur aufmachen, wenn ihm etwas passieren würde. Er ging in die Küche und machte sich einen Sauergespritzten. Zum Beruhigen und gegen die Hitze. Eine Stunde hatte er jetzt Zeit, um sich eine Ausrede für seine Frau auszudenken. Wo willst du denn um die Uhrzeit noch hin?

15

Kendzierski saß an seinem Schreibtisch und rieb sich die müden Augen. Klara war wieder versöhnt. Sie wollten sich morgen Abend auf ein Glas Wein treffen. Zur Versöhnung hatte er das vorgeschlagen. Er freute sich schon darauf.

Das Päckchen! Er hatte das Päckchen vergessen, das er aus dem Fass gefischt hatte. Er spürte seinen Herzschlag und eine Wärme, die in ihm aufstieg. Anspannung. Ein Kribbeln. Die Auflösung für all das, die vielen offenen Fragen. In der rechten Schublade seines Schreibtisches hatte er alles deponiert, bevor er zum Kaffeekochen gestartet war.

Dicke blaue Plastiktüten polsterten das dünne Paket. Es waren mehrere Schichten übereinander. Kendzierski riss sie auf. Immer wieder gut verklebt mit braunem breitem Klebeband. Die nächste Schicht bestand fast komplett daraus. Das war nicht mit den Fingern aufzubekommen. Dick umwickelt. Irgendwo musste diese Schere liegen. Er schob den blauen Müll zur Seite und kramte in der alten Zigarrenschachtel danach. Sie diente ihm als Aufbewahrungsort für sein Büromaterial auf dem Schreibtisch. Ein paar Kulis, drei Textmarker in verschiedenen Neonfarben. Die waren noch von seinem Vorgänger. Er brauchte so etwas nicht. Zwei Bleistifte, ein kleiner blauer Spitzer und eine schmale Rolle Klebeband. Die Schere. Vorsichtig schnitt er das Paket der Länge nach auf. Das war die vorerst letzte Schicht. Eine längliche schmale Tupperdose war zu erkennen. Abgegriffen. Nicht ganz sauber. Sie fühlte sich klebrig an. Ein grauer Deckel, der sich leicht öffnen ließ. Muffig war die Luft, die entwich. Darin roch es nach Keller. Der Inhalt war trocken. Papierschnipsel. Die ganze Kunststoffdose war voll damit. Fein säuberlich geschnittene Streifen weißes Papier, wie aus einem Aktenvernichter. Die Streifen waren nicht ganz gleichmäßig. Von Hand mit der Schere geschnitten. Sauberes unbeschriebenes Papier. Kendzierski kramte vorsichtig darin. Was musste denn da gepolstert werden? Weich liegen. Im Fass hätte es schon keiner durchgeschüttelt. Höchstens die Kellergeister, wenn es denn solche in diesem trostlosen Loch gegeben hätte. So ganz ohne Wein in den verfallenden Fässern. Da hätte sich nicht einmal ein Geist wohl gefühlt. Ohne die tägliche Weinration.

Nichts, es war nichts in dieser Plastikdose. So ein Mist. War der denn total bekloppt gewesen? Fein säuberlich geschnittene Schnipsel. So ein Spaßvogel. Er schüttete alles auf seinen Tisch. Wenn der Erbes jetzt hereinkäme und das sehen würde, müsste er sich ganz sicher eine verdammt gute Ausrede einfallen lassen. Herr Kendsiäke, werden Sie jetzt schon fürs Basteln bezahlt? Wir als Behörde haben Vorbildwirkung, so geht das nicht! Wir sind hier doch kein kommunaler Kindergarten!

Er musste schmunzeln. Zumindest bei dem Gedanken an die eins-Komma-sechs-fünf Meter Chef, die ihn kritisch anschauen würden. Wartend auf eine dumme Antwort.

Will der mich verarschen? Die Frage ließ Kendzierski vorerst unbeantwortet, während er den Berg weißer muffiger Streifen auseinanderbreitete, um einen besseren Überblick zu bekommen. Da war doch etwas! Er hatte es die ganze Zeit übersehen, weil er nach etwas gesucht hatte, was eine Polsterung notwendig machte. Irgendetwas Zerbrechliches, aus Glas oder Porzellan. Ein Figürchen, wie es im Wohnzimmer des Scheier-Klaus gestanden hatte.

Aber das war es nicht. Es war Papier. Ein Blatt, schmal zusammengefaltet, so dass es zwischen dem Geschnipsel kaum auffiel. Hektisch rollte er es auseinander. Es war das gleiche weiße Papier, aus dem er auch die Streifen geschnitten hatte. Etwas kleiner als eine halbe Seite. Von Hand fein säuberlich beschrieben. Mit einem Kugelschreiber in Schreibschrift. Bemüht gleichmäßig, wie von einem Kind. Buchstaben und Zahlen geordnet in Zeilen. Wiederkehrende Kombinationen, dann neue Kombinationen.

Kendzierski spürte, wie er langsam in sich zusammensank. Eine Stunde unter einem staubigen Bett. Die Angst, entdeckt zu werden. Die Schmerzen. Diese beiden Typen, die krampfhaft nach etwas gesucht hatten. Nach Spuren eines Verbrechens, die der Kauz hier gesammelt hatte. Spuren, die den beiden gefährlich werden konnten. Das Herzklopfen und die Erregung, endlich ein wenig Licht in diese Sache zu bekommen. Und dann diese kryptischen Buchstaben-Zahlen-Kombinationen. Er hasste Rätsel in jeder Form. Das war sinnlose Zeitvernichtung. Stundenlang über Rätselheften zu sitzen. Er fragte sich immer, wie Menschen das aushielten. Das Ziel war es, die letzte Zeile auszufüllen, umzublättern und oben mit dem nächsten zu beginnen. So sinnlos. Das Ganze war nur noch von Puzzles zu übertreffen. Quadratmeter große Bilder, gestanzt und zerlegt, um sie dann in mühevoller Kleinarbeit wieder zusammenzusetzen. Eine sinnentleertere Form der Zeitvergeudung konnte es nicht geben. Jede Stunde Schlaf war sinnvoller, vielleicht auch jeder Vollrausch. Vielleicht nicht jeder ...

J	5σ 3545 9W	4g
J	Jσ 5326 8 J	4g
S	Sσ 4297 3ℓ	6g
σ	Jσ 5326 8 J	5g
N	Sσ 5326 8 J	5g
D	Sσ 35 459 W	4g
O	Jσ 4297 3ℓ	6g
J	Sσ 4297 3ℓ	4g
F	Sσ 3545 9W	4g
M	Sσ 3545 9W	7g
A	Sσ 5326 8 J	5g
A	Jσ 5326 8 J	4g

Kendzierskis Blick blieb an den geschwungenen Zeichen hängen. Er atmete tief durch. So ein Idiot. Hätten es nicht drei vollständige deutsche Sätze getan? Klare Aussage, Tat, Täter, Tatort. Ganz einfach eigentlich. Genau. Es war irgendeine Liste, die der Scheier-Klaus zusammengestellt hatte. Eine zeitliche Abfolge vielleicht. Die Kürzel vorne standen für die Monate, Juni, Juli, September, Oktober. Das ergab einen Sinn, bis zum Ende. Und dann? Flugnummern vielleicht oder irgendwelche Kennzeichen, die er beobachtet hatte.

Er tippte die erste Kombination bei Google ein. Nichts. Na toll! Kein Treffer war eine Höchststrafe. Das gab es doch eigentlich gar nicht. Bei den anderen Kombinationen das gleiche Ergebnis. Ein idiotisches Rätsel, wie es sich nur ein Verrückter ausdenken konnte.

Er war genervt. Von diesem Berg Müll, der da vor ihm lag, ihn höhnisch angrinste. Na, Kendzierski, das ist wohl etwas zu hoch für dich. Bist halt doch nur ein Hobby-Detektiv, ein Dorf-Schimanski.

Sollte er das der Klara zeigen? Vielleicht hatte die eine Idee. Ein Blick auf seine Uhr nahm ihm die Entscheidung ab, die er für sich ohnehin schon getroffen hatte. Sie war bestimmt nicht mehr da, um kurz nach fünf. Er warf die zerschnittenen Tüten in seinen Mülleimer. Die Reste der blauen Beutel, die Schnipsel. Den Zettel legte er in die oberste Schublade seines Schreibtisches. Vielleicht kam ihm ja bis Morgen noch eine zündende Idee. Der Geistesblitz zwischen drei und vier in der Frühe. Das war es, was er brauchte. Er hatte keine Lust mehr auf diesen Quatsch. Sollte sich doch der Wolf Gedanken darüber machen. Ein kurzer Anruf morgen Vormittag: Ich habe da etwas in meinem Briefkasten gefunden, anonym. Und ein Anruf gleich danach hier im Büro. Das soll etwas mit dem Fall in Essenheim zu tun haben. Schicken Sie jemanden vorbei, der das abholen kann? Damit war er das los und die konnten sich die Nerven damit kaputt machen. Er musste grinsen. Eine gute Idee. Jetzt war Feierabend, wie die Kollegen das hier nannten. Schönen Feierabend noch. Morgen Vormittag musste er den Abbau der Buden und Fuhrgeschäfte kontrollieren. Und beim Rettungsdienst anrufen. Er wollte zumindest wissen, wer ihm mit der Bierflasche auf den Kopf gehauen hatte. Zu spüren war da nichts mehr. Nur noch die Klammern verrieten den Schlag.

Langsam schlenderte er über den Platz vor dem Rathaus. Nichts erinnerte mehr an den Ansturm vom Wochenende. Alles war verschwunden, bis auf den Bierstand. Verloren stand der da, während drumherum wieder der Alltag eingekehrt war. Handtaschen, Einkaufskörbe. Noch eine kurze Erledigung. Was man am Samstag vor dem Straßenfest nicht mehr geschafft hatte. Noch schnell ein Brot für das Abendessen. Es war ein Luftzug zu spüren. Ein angenehm kühlender. Kendzierski atmete tief durch. Jetzt zum Grass. Das war der richtige Ort, um den Abend ausklingen zu lassen.

Er entschied sich für den Weg durch die alten gepflasterten Gassen. Das war etwas umständlicher. Aber er hatte Zeit. Feierabend. Vorbei an der alten Schmiede, einem renovierten niedrigen Bruchsteinbau mit grünen Klappläden. Eisen für die Pferde brauchte hier schon lange keiner mehr. Die Räume wurden für Kulturveranstaltungen genutzt. Ein Plakat kündigte die nächste Kunstausstellung an.

Dann die Schafherde. Aus Bronze gegossen. Vom größten Schaf bewacht. Auf einen Hirtenstab gestützt. Bei seinem ersten Spaziergang durch die Gässchen hatte er nur mit viel Mühe ein lautes Lachen vermeiden können. Das war ein Dorf. Hier werden sogar die Schafe in Bronze gegossen. Setzen wir hiermit unseren bekanntesten Dorfbewohnern ein Denkmal für die Ewigkeit. Mittlerweile mochte er dieses Bild. Die Tiere sahen wie Phantasiefiguren aus. Rund und weich, in ihren Formen nur angedeutet. Einzelne Tiere ineinander übergehend, ein Ganzes. Die standen nur da, aber sie sorgten für Leben. Das war sonderbar. Aber er hatte das Gefühl, dass sich etwas bewegte, auch wenn keiner zu sehen war. Außer den starren Tieren. Jedesmal versuchte er im Vorbeigehen durchzuzählen. Es war wie bei einer wirklichen Herde unmöglich. Die Schafe hingen so eng aneinander, hintereinander, dass er bei jedem neuen Versuch auf eine andere Zahl kam. Er gelangte etwas oberhalb vom Grass wieder auf die Pariser Straße. Im Innenhof herrschte noch Ruhe. Die Tische standen bereit, den Abendansturm aufzunehmen. Er verzog sich in die hintere schattige Ecke, in die Kühle der alten Mauern.

„Na, Herr Kendzierski, hat sich der Kopfschmerz verzogen?"

Der Alte musste ihn durch das Fenster gesehen haben. Die Neugierde trieb an. Er lächelte milde. Der Grass sah so aus, wie er sich als Kind einen Großvater vorgestellt hatte. An seine eigenen Großväter konnte er sich nicht mehr erinnern, zu früh waren beide gestorben, der erste schon lange vor seiner Geburt. Der Grass hatte graue kurze Haare, nur noch in einem dünnen Kranz um eine große kahle Stelle stehend. Er hatte kleine wache Augen in einem Gesicht, das von reichlich Arbeit und kurzen Nächten gezeichnet war. Ein wenig nach vorne gebeugt huschte er zwischen den Tischen hindurch. Unauffällig und nie hektisch, auch wenn hier alles voll saß. Alle Gäste wurden mit einem kurzen Gespräch begrüßt, mit gedämpfter Stimme, wie im eigenen Wohnzimmer.

„Meinem Kopf geht es erstaunlich gut. Aber es wundert mich, dass Sie das erst heute mitbekommen haben. Sonst sind die Neuigkeiten schneller bei Ihnen."

„Gestern haben alle über den unbekannten Toten von Essenheim geredet. Da war kein Platz für ein zweites Thema."

„Und zu welchem Ergebnis kommt die Dorfmeinung?"

„Ein Landstreicher wird es gewesen sein. Das glauben die meisten. Jemand anderes wäre längst vermisst worden."

„Lassen Sie uns von etwas anderem sprechen. Was gibt es denn heute?"

Kendzierski war das Thema unangenehm. Er hatte keine Lust, dem alten Grass etwas vorzumachen, und wer der Tote war, konnte er kaum hier herumposaunen, so lange es die Mainzer Kripo noch nicht einmal wusste. Außerdem war Feierabend und er hatte Hunger. Der Tag war anstrengend gewesen.

„Meine Frau hat einen frischen Lachs-Tartar gemacht. Mit vielen Kräutern und dazu einen kühlen Spargelsalat. Genau das Richtige für die Jahreszeit und die Temperatur."

Kendzierski fand das auch und bestellte. Er lehnte sich zurück und genoss die Ruhe.

„Den müssen Sie dazu probieren." Grass war schon wieder zurück und stellte ein gut gefülltes Glas Weißwein vor ihn. „Es ist jetzt die Abfüllsaison. Das ist für mich die interessanteste Zeit, seit ich keine eigenen Weinberge mehr pflegen kann, keinen eigenen Wein mehr ausbaue. Jetzt ist die Zeit, wo mir meine Winzer jede Woche frisch gefüllte junge Weine präsentieren. Die ersten neuen bekomme ich im Februar, die guten Sachen kommen dann im April und Mai. Endlich kann ich mir einen eigenen Eindruck von dem hoch gelobten Jahrgang verschaffen. Die Weißen haben jetzt ein gutes halbes Jahr im Fass gelegen, Zeit zum Reifen gehabt, reichlich Aroma entwickelt. Bevor die Keller sich richtig erwärmen, werden sie abgefüllt. Das ist ein weißer Burgunder. Noch jugendlich frisch. Das schmecken Sie an der prickelnden Kohlensäure, die der noch hat. Ein erfrischendes Überbleibsel der Gärung. Das ist das jugendliche Ungestüm, das da hervortritt, das kitzelt die Zunge. Der hat etwas Zitroniges, ist aber trotzdem schön weich. Wenn der mal noch ein halbes Jahr älter ist: Das Potential ist zu erschmecken. Es muss ja nicht immer ein Silvaner zum Spargel sein."

Der Grass war schon wieder weg. Die nächsten Gäste hatten sich ihren Platz gesucht. Kendzierski genoss den ersten erfrischenden Schluck, der seinen ganzen Mund ausfüllte. Fruchtig, prickelnd. Er musste an den Traktor denken, der am Samstag vor ihm in Richtung Essenheim unterwegs war. Die vollen Fässer auf dem Anhänger und die leeren Flaschen. Abfüllsaison. Der Bach war auch damit beschäftigt gewesen. Das Testen der Fassweine. Das Endergebnis eines jeden Weinberges nach einem halben Jahr Reifezeit. Es musste ein faszinierendes Gefühl sein für einen Winzer. Das Resultat eines ganzen langen Jahres Arbeit. Das Ergebnis zu probieren, wie es der Bach tat. Die vielen kleinen Unterschiede, die er selbst kaum herauszuschmecken vermochte. Das bewunderte er an dem Winzer.

Frau Grass hatte es gut mit ihm gemeint. Die Portion war riesig. Erfrischend kühl, der rosige Lachs. Grüne Würze verschiedener Kräuter, ein wenig Pfeffer und ein Hauch Zitrone. Vielleicht war das auch das Aroma des Weines, der sich mit dem feinen Fisch verband. Kendzierski schloss die Augen und atmete tief durch. Das war ein Feierabend nach seinem Geschmack. Und dafür liebte er seine neue Heimat. Hektischer waren sie hier. Vor allem Erbes. Hektisch aber nur bis um fünf. Danach kehrte eine tiefe Ruhe ein, die er zu genießen gelernt hatte. Die Ruhe bei einem Glas Wein. Im Schatten, in sich gekehrt, ganz alleine mit den eigenen Gedanken. Keiner starrte einen an, wenn man dabei die Augen schloss und für sich bleiben wollte. Nur so war ein solcher Tag zu verarbeiten. Diese Anspannung am Morgen. Kendzierski rasten die vielen Bilder durch den Kopf. Die Jagd nach dem Fahrer des Mähers auf dem Bauhof. Die Furcht, dass er verraten werden könnte. Traktor ohne Führerschein. Der Tote vor seinen Füßen, der Schreck, was machen? Der Führerschein wäre weg für immer. Er seinen Job los. Bloß den Graben fertig machen. Die Arbeit zu Ende bringen. Kein Wort, das würde nicht auffallen. Schnell zurück und die Maschine abgestellt. Dann war er die Bilder nicht mehr losgeworden. Die Leiche im Graben. Den Fuß, den er zerfetzt hatte. Das musste man doch melden. Eine Nacht lang hatte das schlechte Gewissen genagt. Das hatte schon gereicht.

Wie musste es dann erst dem ergehen, der den Scheier-Klaus über den Haufen gefahren hatte? Seit etlichen Tagen mit diesen Bildern im Kopf. Der Mensch auf der Straße, plötzlich direkt vor dem Auto. Angst in seinem Blick. Todesangst aus weiten Augen. Hände schützend nach vorne gestreckt, um den Aufprall abzufangen. Hilflos. Offener Mund und erstickter Schrei. Der Aufschlag, mit Wucht getroffen. Brechende Knochen. Ausgelöscht. Der Körper durch die Luft geschleudert.

Das musste doch immer wieder vor seinen Augen auftauchen. In jeder Nacht, im Schlaf als böser Traum, in jeder ruhigen Minute, im Auto. Immer wieder an dieser Stelle. Das war nicht auszuhalten. Das zermürbte jeden. Nein, verdammt, nicht jeden. Den nicht, aber warum? Vielleicht war es ja gar kein Unfall. Er hat auf ihn gewartet. Der war dran. Der wusste zuviel. Die beiden Typen von heute Morgen. Auf der Suche nach irgendetwas. Die trauten sich gegenseitig einen Mord zu. Nur da konnte die ganze Sache weitergehen. Bei diesen beiden. Vielleicht ergab dann auch das sonderbare Rätsel aus dem Weinfass einen Sinn.

Kendzierski fuhr sich durch die Haare. Er fühlte sich müde. Satt und schwer durch Fisch und Wein. Noch einen Weißburgunder? Er schüttelte den Kopf. Es war genug für heute. Nach Hause und früh ins Bett. Das Wochenende steckte ihm noch in den Knochen.

Morgen früh musste er noch einmal zum Bach. Es gab keine andere Möglichkeit, auch wenn er sich dagegen sträubte. Er konnte sich schon jetzt das genervte Gesicht des Winzers vorstellen. Lassen Sie mich doch in Ruhe damit. Ich beteilige mich nicht an diesem Dorfgetratsche. Der war es oder der. Nicht mit mir! Sonst kannte er nun mal keinen. Also blieb ihm keine andere Wahl: Der Bach musste ihm einfach weiterhelfen.

16

Es hatte lange gedauert, bis die Dunkelheit eingetreten war. Er folgte der Landstraße, die gerade durch den Wald führte. Eine schmale Straße nur, die wie mit dem Lineal gezogen verlief. Quer durch den einzigen Wald, den es weit und breit gab. Im Krieg hatten die Mainzer hier ihr Brennholz geholt. Zwei Winter lang, dann war nichts mehr übrig gewesen. Kein Baum, kein Strauch. Sein Vater hatte immer davon erzählt. Danach wurde wieder aufgeforstet und die Amerikaner vergruben sich darin. Hinter Stacheldraht bauten sie den kleinen Flugplatz aus. Versenkten Raketen im Boden. Mit Atomsprengköpfen, aber darüber wurde nur gemunkelt. Die Amerikaner waren weitergezogen. Die Bunker standen noch. Dienten als Aussichtshügel. Fremdkörper im Mischwald.

Er bog mit seinem dunkelgrünen Jeep auf den geschotterten Parkplatz ein. Tiefe Löcher hatten der Regen und die Autos der Spaziergänger, Walker und Jogger gegraben. An einem sonnigen Sonntag war hier kein Parkplatz zu bekommen. Ganze Mainzer Vororte pilgerten dann hierher. Divisionen von Wander- und Walkingstöcken zogen klappernd von hier los. Jetzt herrschte Ruhe für ein paar Stunden. Bevor nach Mitternacht die Pärchen kamen. Die 19-jährigen, die ihren Freund noch nicht mit nach Hause bringen durften. Zum Knutschen und so weiter.

Er steuerte seinen Wagen bis ganz nach hinten. Dann war er von der Straße aus nicht zu sehen. Noch keiner da. Wie immer. Er war immer pünktlich und musste warten. Das ging ihm auf die Nerven. Der ließ sich meistens Zeit. Eine Viertelstunde war nichts und jedes Mal schwor er sich, beim nächsten Treffen später zu erscheinen. Aber das war gegen seine Natur. Er hasste Unpünktlichkeit. Wenn er so wäre wie der, dann hätte er jetzt keine Kunden mehr. Die warten einmal, aber nicht jedes Mal. Der Zeitplan musste eingehalten werden, sonst war das Chaos perfekt. Den Takt gaben die Maschinen vor. Erbarmungslos planbar. War da eine Lücke, stand alles still.

Die aufblitzenden Scheinwerfer rissen ihn aus seinen Gedanken. Na endlich. Er musste grinsen. Der lernte das nie. Er kannte den Platz mit seinen tiefen Schlaglöchern und trotzdem musste er jedes Mal mit dieser flachen Flunder hierherkommen. Um ihm zu zeigen, wie erfolgreich er war. Der hatte die Läden geerbt, der musste nichts aufbauen. Das lief von selbst. Da war natürlich genug Geld übrig für einen Porsche. Er dagegen hatte den ganzen Betrieb erst selbst aufbauen müssen. Sein Vater war noch ein kleiner Bauer gewesen. Ein paar Schweine und nicht viel mehr. Das waren viele Jahre hart am Limit und mit der Bank im Nacken. Aber jetzt lief ja fast alles rund.

Die Lichter waren aus. Das Geräusch einer zugeworfenen Tür. Das kurze rote Aufblitzen der Türverriegelung, dann wurde die Beifahrertür geöffnet. „Was willst du schon wieder von mir? Wir sollten uns nicht andauernd hier treffen."

„Es gibt noch mehr Probleme. Der Dicke hat schon wieder angerufen. Der dreht durch. Hat seinem Anwalt irgendwas gegeben."

„Willst du auf deine alten Tage noch nervös werden? Jetzt, wo das alles so gut läuft. Aber wir können auch ein paar Lieferungen aussetzen, wenn dir das zu heikel ist. Und warten, bis Gras über alles gewachsen ist. Nur: Dann können wir wieder ganz von vorne anfangen. Dann versorgen die sich woanders und wir sind erst einmal raus aus dem Geschäft."

„Das geht nicht. Ich brauche das Geld."

Der andere grinste ihn an. Braun gebrannt war er immer, egal ob Sommer oder Winter. Orangefarbene Röhrenbräune. Der spielte noch immer den jugendlichen Draufgänger, cool mit knapp 60. Der größte Gockel auf dem Golfplatz, so hatte ihn mal jemand genannt. Eigentlich zum Lachen. Vor allem der goldene kleine Ring in seinem Ohr und die rosa Hemden. Der hörte gar nicht mehr auf zu grinsen.

„Ich weiß, dass du das Geld brauchst." Er spürte die Hand auf seiner Schulter. Der kumpelhafte Druck. Wir schaffen das schon. „Es kann nichts passieren. Die Ware geht sofort weiter. Die Nummern stimmen. Es gibt keine Rechnungen, wer soll denn herausbekommen, wie viel das wirklich war. So lange du deinen Laden sauber hältst!"

Seine Stimme war strenger geworden, ermahnend der Klang.

Er hatte keine Lust, sich von dem Ratschläge erteilen zu lassen. Der hatte gut reden. Und musste sich nicht nach Helfern umsehen. Für den war das eine saubere Sache. Korrekte Ware, alles o.k. Aber er musste selbst die Drecksarbeit machen. Bei ihm lauerten die Gefahren. Er war erpressbar, verdammt! Von solchen Typen wie dem Stotterer oder dem ekelhaften Dicken. Diesen Schwachköpfen, die selbst nichts hinbekamen. Die er aber brauchte für diesen Idiotendienst hinten an der Maschine. Er konnte sich ja kaum um drei Stellen gleichzeitig kümmern. Die Zuläufe kontrollieren, draufstellen, hinten wieder abnehmen. Aber davon hatte der Lackaffe natürlich keine Ahnung. Der rief nur an. Mit dem Handy aus seinem Cabrio. Irgendeine seiner blondierten Tussis kichernd daneben. Dreißig Jahre jünger. Kurze Röcke, herausquellende Brüste. Immer dasselbe. Am Donnerstag kommt eine neue Ladung. 16.30 Uhr bei dir. Ich schicke meinen Fahrer für 18.30 Uhr alles abholen. Der hat das Geld dabei. Wie gehabt. Eine ordentliche Menge diesmal. Der Laden läuft.

Verdammt, er brauchte das Geld. Die neuen Geräte, vom Feinsten alles. Der Umbau, die Lagerhalle. Das hatte alles gekostet. In zwei Jahren wäre alles saniert. Wenn das so weiterging, die Mengen wuchsen, dann vielleicht schon Ende nächsten Jahres. Dann hätte er einen Betrieb, wie er ihn schon immer haben wollte. Und es war sein eigener. Keine Bank mehr. Dann würde endlich Plus gemacht werden.

„Natürlich machen wir weiter."

„Haben die Jungs etwas gefunden?"

„Nein."

„Na siehst du. Die ganze Aufregung war doch umsonst. Du musst ruhiger werden. Mein Sohn hilft dir noch bei der nächsten Lieferung, bis du einen Ersatz für den Dicken gefunden hast. Und pass auf, dass du einen verlässlicheren Ersatz bekommst."

Da war wieder dieser belehrende Ton in seiner Stimme, der ihn aggressiv machte. Der hatte keine Ahnung, wie schwer es war, in diesem Nest einen zu finden, dem man vertrauen konnte. Selbst einer wie der Stotterer hatte das nach ein paar Monaten bemerkt und nicht dicht gehalten.

Obwohl der schon seit Jahren bei ihm mitgeholfen hatte. Nach ein paar Schoppen hatte er herumgegrölt und seinem Sohn gedroht. Auf der Kerb nachts, mit hundert Zuhörern drumherum. Dieser Idiot! Wenn da einer hellhörig wurde. Einer, der neidisch auf seinen Erfolg war. Die neuen Gebäude, das alles, was er da geschaffen hatte. Neider gab es viel zu viele. Wo hat der bloß das viele Geld her? Was das alles gekostet haben muss. Und erst die neuen Geräte. Hundert Meter modernste Ausstattung. Der war doch die letzten Jahre fast pleite. Und jetzt das! Kaum zu glauben, dass das mit rechten Dingen zugeht. Das hatte er selbst gehört. Genau so. Nur getuschelt, aber direkt neben ihm. Das war der Neid auf seinen Erfolg. Es gab da einige, die warteten nur darauf, dass er einen Fehler machte. Damit sie alle über ihn herfallen konnten. Ich habe es ja schon immer gesagt! Da ist was faul. Das stinkt doch zum Himmel bei dem.

„Wir haben das alles im Griff. Das läuft auch so weiter. So lange der Nachschub kommt."

„Daran wird es nicht mangeln. Das läuft alles bestens. Die Quelle sprudelt. Wir wären doch schön blöde, wenn wir uns das kaputt machen lassen würden. Wir sind dicke drin in diesem Geschäft und so soll das auch bleiben. Ende der Woche kommt die nächste Fuhre. Die sollen später kommen, wenn es dunkel ist. Dann fahren auch die anderen LKWs für das Ersatzteillager im Gewerbegebiet. Da fallen unsere beiden nicht auf."

Die gebräunte Hand des anderen ruhte noch immer auf seiner rechten Schulter. Er spürte den Druck, der fester wurde. Das Grinsen, die weißen glänzenden Zähne, wie frisch poliert. Endlich ließ er los und drehte sich weg. „Man sieht sich."

Er nickte nur und war froh, als er wieder alleine in seinem

Jeep saß. Dumpf war das Geräusch des startenden Motors zu hören. Ein kurzes Aufheulen. Dann war er endlich weg. Nur der Geruch seines süßlichen Parfüms blieb noch länger im Wagen hängen. Er kurbelte die Scheibe seines Jeeps herunter. Frische Luft, herbe Waldluft, das Harz der Tannen. Einmal tief durchatmen.

17

Bach war draußen. Draußen in seinen Weinbergen schon um halb acht. Kendzierski ließ sich von seiner Frau den Weg erklären. Oben auf dem Hochplateau war er. Da geht auch an einem heißen Tag noch ein kühler Wind. Am Hang wird es schnell zu drückend.

Still lagen die Weinberge da. Kein Mensch, keine Bewegung. Absolute Ruhe. Er konnte verstehen, dass es Bach hierher zog. Nicht wegen der Hitze. Die war noch lange nicht zu spüren. Das dauerte noch ein paar Stunden. Der wollte seine Ruhe.

Den geraden Betonweg entlang. An einer Gruppe früher Spaziergänger vorbei, die im Rudel ihre Hunde ausführten. Er bog rechts in einen ausgefahrenen Feldweg ein. Tiefe Schlaglöcher schüttelten ihn und seinen Skoda mächtig durch. Er kam bis zum Ende, ohne aufzusetzen. Ganz langsam immer wieder ausweichend.

Wie eine Zunge lief das Plateau spitz zu. Die Rebzeilen rechts von ihm wurden kürzer. Hier irgendwo musste Bach sein, wenn er sich nicht gnadenlos verfahren hatte. Der Feldweg führte jetzt direkt am Abbruch entlang. Rechts standen Reben, links ging es steil hinunter. Wie tief, war aus dem Auto nicht zu erkennen. Jetzt durfte keiner von vorne kommen. Kendzierski musste an den rasenden Traktor denken, der ihn fast über den Haufen gefahren hatte. Gegen den hätte er hier keine Chance. Unten im Tal lag ein feiner Dunst, den die Sonne langsam verzehrte. Da floss die Selz. Der Flusslauf, zwischen den Bäumen. Er schlängelte sich durch das breite Tal und führte bis an die Häuser der kleinen Ortschaft dort unten. Das musste Stadecken sein. Der Blick auf die Dächer von hier oben. Kreisrund waren die Häuser angeordnet. Eng gedrängt um die Kirche, die alles überragte. Der Blick war faszinierend. In der Ferne zeichneten sich die Umrisse eines Hügels ab. Wie der Panzer einer riesigen Schildkröte.

Da war etwas. Er hielt an. Im Weinberg hatte er eine Person gesehen. Ganz kurz nur, für einen Moment in einer Rebzeile. Er ging die wenigen Meter zurück. Mitten im Weinberg stand Bach. Leicht nach vorne gebeugt, mit seinen Händen zwischen den grünen Blättern beschäftigt. Abgetrennte grüne Blätter, ganze Ranken auf dem hellen Boden markierten den Weg, den er schon zurückgelegt hatte. Er hatte ihn noch nicht bemerkt, so vertieft war er in seine Arbeit. Schritt für Schritt gebeugt voran. Konzentriert sah er aus. Gebannt auf die grüne Wand vor sich starrend, suchender Blick.

„Na, Kendzierski, nicht mal hier habe ich meine Ruhe vor Ihnen!"

„Sind Sie wegen mir in den entlegendsten Weinberg gefahren, den Sie haben?" Bach musste lachen.

„So schlimm sind Sie nun auch wieder nicht. Vielleicht ein wenig zu neugierig. Aber das muss man wohl sein in Ihrem Beruf. Die Arbeit hier drängt. Und durch das Abfüllen in den letzten beiden Wochen bin ich noch nicht dazu gekommen, hier nach dem Rechten zu sehen."

Bach hatte nur kurz aufgeschaut und dann seine Arbeit fortgesetzt, während er sich mit Kendzierski unterhielt.

„Was machen Sie da?"

„Die Arbeit nennt man Heften. Wenn die Triebe im Mai und Juni nach oben wachsen, werden sie immer wieder geordnet, gerade gestellt und zwischen die Drähte gezwängt. Ansonsten würde der Rebstock verwildern. Es wäre ein riesiges Durcheinander, bei dem es in der Mitte immer enger wird. Die Trauben wachsen, alles hängt aufeinander und bekommt keine Luft mehr. Noch bevor die Trauben richtig reif werden, faulen sie schon. Deswegen stellen wir die Triebe immer wieder gerade, überzählige werden entfernt und später dann auch Blätter vor den wachsenden Trauben weggenommen. Die bekommen dadurch mehr Licht und Luft. Das härtet sie ab, bringt mehr Aroma und lässt sie länger gesund bleiben. Alles reichlich Handarbeit, die sich hier oben aber lohnt. Hier vorne an der Spitze des Plateaus stehen die Stöcke auf reinem Kalkstein."

Kendzierski blickte automatisch nach unten, helle feine Erde.

„Das sieht man nicht, weil eine dünne Lössschicht alles bedeckt. Aber schon nach einem Meter stößt man auf riesige Kalkblöcke. Die Reste eines Kalkalgenriffs, das sich hier vor 20 Millionen Jahren aufgebaut hat, Reste einer Meereslandschaft mit Muscheln. Da arbeiten sich die Rebstöcke jetzt hinein. Der Weißburgunder hier bekommt dadurch eine ganz eigene Aromatik. Den Letztjährigen haben Sie bei mir schon probiert. Der schmeckt sehr stark mineralisch, fast ein wenig salzig. Das ist ein faszinierendes Aroma. Man glaubt, den Boden zu schmecken". Bachs Augen leuchteten. „An den kleinen schwarzen Kügelchen erkennen Sie den Kalkstein. Das sind Verunreinigungen des Kalks, die über die

Jahrtausende herausgewaschen wurden. Sie verraten, was einen Meter tiefer folgt."

Jetzt erkannte auch Kendzierski die schwarzen kleinen Kügelchen, mit denen der Boden übersät war. Er hätte sie für Hasenköttel gehalten, auch rund, aber etwas kleiner.

„Der Weinberg hier gehörte dem Scheier-Klaus. Den habe ich von seiner Mutter gepachtet. Deswegen sind Sie doch eigentlich hier. Oder wollen Sie mir beim Heften helfen?"

„Ich glaube, das wäre für die Reben und Ihren Wein nicht gerade das Beste."

„Das haben auch schon andere gelernt. Der Grundkurs dauert höchstens einen Vormittag, danach sind auch Sie als Aushilfskraft zu gebrauchen. Die grünen Triebe vorsichtig gerade stellen. Die Drähte eine Stufe höher hängen, um dem ganzen Halt zu geben. Das können Sie schnell."

„Wenn Sie sich da mal nicht täuschen, Bach. Ich bin für meine beiden linken Hände berüchtigt. Und als grüner Daumen bin ich nicht gerade bekannt. Bei mir ist selbst der Kaktus eingegangen."

„Sie stehen unter meiner Aufsicht. Dann klappt das schon. Jetzt fangen Sie schon an. Warum sind Sie hier?"

„Ich komme nicht weiter."

„Sie wissen immer noch nicht, wer den armen Kerl totgefahren hat?"

„Ich habe keinen Schimmer. Mittlerweile fällt es mir aber immer schwerer, an einen Unfall zu glauben."

Bach hielt inne. Zum ersten Mal schaute er wirklich von seiner Arbeit auf und sah Kendzierski mit großen Augen fragend an.

„Das kann ich nicht glauben, Kendzierski. Wer sollte den Jungen umbringen? Der war ein Sonderling, ein Einzelgänger. Den hat man manchmal wochenlang nicht gesehen. Da war der nur hinter seinen Mauern verschwunden. Einfach weg. Im Grunde war er ein armer Kerl. Ein Kind im Geist, immer geblieben. In seiner eigenen Gedankenwelt, manchmal still vor sich hinplappernd, irgendwelches wirres Zeug, dann mal wieder jähzornig um sich schlagend, wenn er einen zu viel getrunken hatte. Dann mal wieder Nähe suchend, wenn er bei uns in der Küche gesessen hat. Mühsam wollte er uns irgendetwas erzählen. Das ist ihm so schwer gefallen. Ich weiß nicht, warum den jemand umbringen sollte."

„Ich weiß es doch auch nicht. Gestern, als ich dort war, kamen plötzlich zwei Kerle an. Die haben alles durchsucht. Die Scheune, den Stall, das ganze Wohnhaus. Bestimmt eine Stunde lang. Deshalb habe ich so lange gebraucht. Die suchten irgendwelches Material, das der Scheier-Klaus versteckt hatte. Etwas, das sie belasten oder ihnen gefährlich werden könnte, falls es in fremde Hände käme. Das hat mich stutzig gemacht. Warum tauchen die da jetzt auf? Und was kann der haben, hat er jemanden erpresst? Ich habe einfach keine Ahnung, was das bedeuten soll."

„Und Sie haben etwas gefunden?"

„Wie kommen Sie darauf?"

„Meine Frau hat mir erzählt, wie Sie aussahen und vor allem, wie Sie gestunken haben. Sie hat eine feine Nase. Das ist beim Wein hilfreich. Wenn aber jemand stinkt, eher anstrengend. So, wie Sie gerochen haben, waren Sie noch im letzten Winkel auf der Suche."

Kendzierski spürte, dass er rot anlief. Das war peinlich. Hatte er wirklich so gestunken? Mist, es war noch viel peinlicher: Er hatte seine verdreckten Klamotten nicht einmal eingepackt. Die lagen noch beim Bach. Inklusive seiner Unterhose. Sein Kopf glühte.

„Der hatte ein wirklich gutes Versteck. Ein Weinfass. Voll.

Aber nicht mit Wein, sondern mit Wasser. Da drinnen lag eine Kiste mit einem Zettel. Aus den Zeichen werde ich nicht schlau. Buchstaben, Zahlen. Zeitlich geordnet, nach Monaten. Das letzte Dreivierteljahr. Danach haben die zwei gesucht. Aber ich verstehe sein Rätsel nicht. Verdammt. Das ist einfach frustrierend. Haben Sie ein Ahnung? Irgendeinen Verdacht?"

„Sie bringen mich ganz durcheinander. Ich bin hier rausgefahren, um meine Ruhe zu haben, nach allem, was passiert ist. Die alte Mutter vom Scheier-Klaus hat jahrelang bei uns mitgeholfen in der Weinlese. Er war fast immer mit dabei. Dann fährt ihn einer tot. Tagelang merkt es nicht mal jemand. Ich dachte, so etwas wäre nur in einer anonymen Großstadt möglich. Das hört man ja immer wieder. Ein halbes Jahr tot in der Wohnung. Nur noch die Reste werden gefunden. Aber hier bei den paar Einwohnern! Und dann kommen Sie und erzählen mir, dass ihn jemand umgebracht haben soll!"

Bach schrie ihn an. So hatte er den Winzer noch nicht erlebt. Der konnte einen mit schweigenden Blicken strafen. Er hatte ihn noch nie so brüllen gehört.

„Ich weiß es doch auch nicht! Vielleicht war es ja ein Unfall, alles Zufall. Vielleicht hat das mit den zwei Typen gestern nichts zu tun. Vielleicht aber doch. Nur ich komme da nicht weiter. Verstehen Sie das? Was hat es mit dem Jungen auf sich? Ich höre immer nur: Der war sonderbar. Mehr nicht! Nur: Deswegen bringt man doch niemanden um!"

Er hörte das tiefe Einatmen Bachs. Das Kreischen von Vögeln irgendwo weiter hinten im Weinberg. War er am Ende seiner Möglichkeiten? Heute Nachmittag musste dieser Zettel zur Mainzer Kripo. Er würde in Teufels Küche kommen, wenn die seine Spuren im Keller und im Haus fänden. Und

Spuren hatte er dort reichlich hinterlassen. Der Wolf würde da ganz bestimmt nicht so einfach drüber hinweggehen. Da sind wohl der Ehrgeiz und die Neugier mit Ihnen durchgegangen. Schwamm drüber. Sie haben das ja dann noch rechtzeitig eingesehen. So war der nicht. Der würde ihm einen reinwürgen. Aber ganz bestimmt!

„Die ganze Geschichte ist eigentlich zum Heulen." Bachs Stimme klang dunkler. Ruhig und langsam hatte er zu reden begonnen. „Die beiden Alten waren nicht mehr als die Konkursverwalter dieses Gutes. Die Mutter hatte es geerbt von ihren Eltern. Den prächtigsten Hof hier im Dorf. Aber jeder Hof ist nur so gut, wie die Generation, die ihn bewirtschaftet, zumindest in unseren Zeiten. Da ist heute Bewegung drin. Die Veränderungen sind so groß, so mächtig kamen die in den letzten 50 Jahren über uns, über die Landwirtschaft, den Weinbau. Ein Wandel, der schwer zu beherrschen war. Das, was früher Vermögen und Besitz über Generationen sicherte, das ist im letzten Jahrhundert kräftig durcheinander gewirbelt worden. Technik und Fortschritt haben den Weinbau verändert. Die ganzen Strukturen und die Betriebe. Wachstum war notwendig. Die Größe von damals reicht heute nicht mehr aus. Mit seinen zwanzig Hektar war der Scheier-Hennes einer der größten noch in den 60ern. Heute wäre er der kleinste. Alternativen haben sich ergeben. Die Industrie hat die Jungs von den Höfen angelockt. Zu Hause ist nicht mehr der Älteste geblieben oder der, den der Vater für gut befunden hat. Zu Hause sind nur allzu oft die geblieben, die sonst nichts mehr bekommen haben. Das will keiner hören. So war das bei denen. Ihre beiden älteren Brüder haben sich früh verabschiedet, die wollten weg vom Trott des Gemischtbetriebes mit Landwirtschaft, Weinbau und einem Dutzend Kühen und Schweinen. 365 Tage im

Jahr da sein wegen des Viehs, Schuften. Stattdessen die Woche mit den sechs Tagen bei Opel. Freizeit. Bei gleichem Verdienst. Das zog. Ich kann das nur zu gut verstehen. Die beiden haben ihren Weg gemacht. Sie ist übrig geblieben. Überfordert mit der Verwaltung von einem großen Besitz, der immer weniger wurde, weil alle drum herum wuchsen und sich anpassten. Der Betrieb ist so geblieben, wie er vor dem Krieg schon war. Alle anderen haben sich spezialisiert, haben dazugelernt, haben sich weiterentwickelt. Die sind stehengeblieben. Der Vater hatte keine Ausbildung, nichts gelernt und sie musste sich um den Jungen kümmern. So weiter gewurschtelt haben die wie die Generationen davor. Kendzierski, das war ein Museum. Ich war bei der alten Frau zu Hause, als ich die Weinberge übernommen habe. Sie ist mit mir herumgegangen. Da sah es noch so aus wie direkt nach dem Krieg. Ich kenne das von den Fotos und den Erzählungen meines Vaters."

Kendzierski musste schlucken. Das passte so zu dem, was er dort gesehen und gerochen hatte. Er hatte die Luft in der Nase. Den Geruch des Schlafzimmers der alten Mutter. Diesen Geruch von vor 50 Jahren. Bunt standen die Bilder vor seinen Augen. Die offenen Schubladen. Dieses Leben in weißen Tischdecken, vergilbt über die Jahrzehnte.

„Wer bekommt das jetzt alles? Den Hof, die Weinberge?"

„Und die Bauplätze", ergänzte Bach. „Die haben drei große Bauplätze im alten Baugebiet. Die liegen da noch unbebaut. Verkauft haben die nie etwas. Das steckte noch tief in ihnen. Das eigene Land verkauft man doch nicht. Das gibt man weiter. Jede Generation hat es nur zur Verwahrung für die nächste. Und dann das Erwartungsland. Das ist schon ein ordentlicher Besitz, der da zum Erben ansteht."

Kendzierski schaute fragend. Bach reagierte nicht darauf.

Schweigend stand der Winzer da vor ihm. Sein Blick war auf Kendzierski gerichtet. Aber er blieb nicht an ihm hängen, schaute durch ihn hindurch. Weit weg mit seinen Gedanken. Stille. Selbst von den kreischenden Vögeln war nichts mehr zu hören. Aus der Ferne drang der Lärm eines Fahrzeugs zu ihnen. Das knatternde Geräusch eines Traktors, das Schlagen eines Gerätes dahinter.

„Kendzierski, wir sind jetzt genau an der Linie angelangt, die ich mir selbst gezogen hatte. Bis hierher und nicht weiter. Ich beteilige mich nicht an dem Getratsche." Er schwieg wieder. Es arbeitete in ihm. Das war deutlich zu sehen. Er trug einen Kampf mit sich aus. Bach rieb sich die Augen und atmete tief durch.

„Denken Sie bitte immer daran, dass das, was ich Ihnen jetzt erzähle, alte Wunden wieder aufreißt. Das sind Dinge, die Jahrzehnte zurückliegen. Die viele noch im Hinterkopf haben, über die aber jeder schweigt. Wenn Sie da drin herumwühlen, bringen Sie das ganze Dorf durcheinander."

Kendzierski nickte. Er spürte, wie sein Puls fester schlug, die Spannung in ihm wuchs.

„Ich kenne diese ganze Sache auch nur von dem Getuschel der Alten. Man schnappt da mal was auf und dort. Dann fragt man nach und alle schweigen. Alles, was man bekommt ist ein strafender Blick. Das sind Sachen, die kann man nicht erzählen. Die gehen dich nichts an, Junge, die verstehst du sowieso nicht. Der Vater von dem Jungen, der alte Scheier-Hennes, hat erst spät geheiratet. Damals in den 50ern war man mit 30 Jahren schon ein ewiger Junggeselle. Dann hat er aber doch noch geheiratet. Alle haben sich gefragt, wie er das hinbekommen hat. Die beste Partie im Dorf damals. In den größten Hof eingeheiratet. Sie soll bildhübsch gewesen sein und heiratet einen, der zehn Jahre älter ist und fast nichts hat. Da ist natürlich viel geredet worden. Die Väter der beiden sollen das eingefädelt haben. Das ist für die Zeit nichts Besonderes. So sind wahrscheinlich die meisten Ehen geschlossen worden: Drum prüfe, was sich ewig bindet, dass Hektar zu Hektar findet. Nach dem Wahlspruch sind die meisten von ihren Eltern verheiratet worden. Aber immer auf der gleichen Stufe der dörflichen Rangfolge. Die Großen untereinander und die Kleinen. Diese Ehe war da schon außergewöhnlich. Der Sohn eines Tagelöhners heiratet die Tochter des größten Bauern. Wahrscheinlich ist daher so viel darüber geredet worden. Der Vater von ihm soll die Hochzeit erpresst haben."

Bach hielt inne und schaute sich um. Es war ihm deutlich anzusehen, mit welcher Mühe das alles über seine Lippen kam. Er quälte sich. Seine Augen wirkten müde, sein ganzes Gesicht. Alles blass und grau. Diese Stille war unerträglich. In Kendzierski wuchs die Angst, dass sich der Winzer ganz für ein Schweigen entscheiden könnte. Mehr kann ich nicht erzählen. Das müssen Sie verstehen. Die Nachfahren leben doch alle noch. Und was soll das schon mit dem Unfall zu tun haben. Das kann kein Mord gewesen sein. Genau, was hatte das alles mit seinem Fall zu tun? Nichts! Geschichten aus den 50ern. Die dörfliche Heiratspolitik. Die Weinberge passen doch gut zu unseren. Was bringt sie denn mit? Hat die was? Die Aussteuer stimmt. Mit seinem alten Skoda und der gefliesten Mietwohnung hätte er kaum eine Chance auf eine gute Partie. Und das mit 39. Er war ein ewiger Junggeselle, zumindest hier. Bachs Blick traf ihn. Seine Stimme holte ihn zurück.

„Die haben sich gewehrt gegen die Gerüchte. Er hat sogar seinen Nachbarn verklagt, wegen übler Nachrede. Ihr Vater hat den Gerüchten nie widersprochen, das hat sie weiter am Leben gehalten. Erpresst haben soll er die Hochzeit. Mit Geschichten aus dem Krieg. Beide Väter waren zusammen in Russland. Da muss irgendetwas vorgefallen sein, schlimme Sachen. So schlimm, dass sich der Alte erpressen ließ. Aus Angst um die Familie, um den Betrieb hat er seine einzige Tochter geopfert. Er hatte wahrscheinlich gehofft, dass seine beiden Söhne den Eingeheirateten in den Griff bekämen. Als die beiden sich aber gegen die Landwirtschaft entschieden und zu Opel gingen, hat der Hennes alles übernommen. Daran ist ihr Vater zugrunde gegangen. Das hat er nicht lange überlebt. Das Unglück, das er über seine Tochter gebracht hat. Die Ehe der beiden war 17 Jahre kinderlos. Die hat sich gegen ihn gewehrt, wollte kein Kind von ihm. Dann plötzlich war sie doch schwanger. Es hieß, das Kind sei nicht von ihm. Wenn der Scheier-Hennes betrunken war, hat er das auch herumgeröhlt. Mit dem stotternden Jungen wollte er nichts zu tun haben. Mit dem Graben-Herrmann hat er sich deswegen geprügelt. Der soll der Vater gewesen sein. Der hat beim Hennes ab und zu ausgeholfen, tageweise während der Lese oder der Getreideernte. Der wohnte auch oben am Graben, nur ein paar Häuser weiter. Die Mutter vom Klaus hat das in aller Stille ertragen. Sie hat den Hennes überlebt und sich immer um den Jungen gekümmert. Das ist alles, was so erzählt wurde. Ob Sie das irgendwie weiterbringt, bezweifle ich. Aber zumindest wissen Sie jetzt ein wenig mehr über den Jungen."

Kendzierski spürte das Pochen in seinem Hinterkopf. Die Wunde schmerzte. In seinem Kopf raste es. Diese ganze Geschichte. Die erpresste Frau. Über 50 Jahre neben einem zu leben, den man aufgezwungen bekommen hat. Jeden Tag, immer wieder. Am gleichen Tisch, auf dem gleichen Sofa. Ihn auf Distanz halten, sich wehren gegen diese Nähe. Der erpresste Besitz und der Tote im Graben. Passte das zusammen? Ging es um diesen Besitz, den Hof, die Weinberge und die Bauplätze? Die Notizen aus dem Fass. Was ihm der Bach da erzählte, machte nichts klarer.

„Wer erbt nun alles? Den Hof und die Bauplätze."

„Ihre Brüder leben nicht mehr. Einer hatte keine Kinder. Der andere einen Sohn, der aber schon früh gestorben ist. Ihr Cousin lebt noch und dessen Sohn. Die sind die einzigen."

„Und die Nachfahren des Graben-Herrmanns? Wenn der denn wirklich der Vater des Jungen war." Bach sah ihn schweigend an. Der Traktor kam näher. Das Knattern wurde lauter.

„Wenn das stimmt, dann gibt es einen Bruder. Der alte Herrmann ist tot. Aber sein Sohn lebt immer noch in dem Haus am alten Graben. Hans-Peter heißt der. Der wäre der Bruder vom Scheier-Klaus."

„Und damit gäbe es jetzt zwei, die sich um das Erbe streiten würden. Zwei, die sich die Hände reiben, dass der tot ist. Der Cousin und der Herrmann am Graben. Trauen Sie einem von den beiden einen Mord zu? Das viele Geld, der Hof und die Bauplätze. Die Gier danach wurde immer größer. Und dann die Möglichkeit: Er stand plötzlich auf der Straße, auf dem Heimweg."

„Kendzierski, das ist Quatsch! Das kann ich nicht glauben. Egal, was da passiert ist im Krieg und danach. Die Sache ist schlimm genug. Aber ein Mord wegen des Hofes, das kann ich mir nicht vorstellen. Und warum dann gerade jetzt? Nein, Kendzierski, das glaube ich einfach nicht!"

„Sagen Sie mir trotzdem, wer der Cousin ist?"

„Schäfer heißt der. Das ist ein Kollege. Der hat oben den alten Landhandel gekauft. Wenn Sie wollen, nehme ich Sie mit dorthin. Bei seinem Sohn fülle ich ab und zu kleinere Mengen Wein. Der hat eine gute Anlage. Heute Nachmittag muss ich da mit dem Weißen Burgunder hin. Kommen Sie mit, dann können Sie sich ein Bild machen, ohne gleich als Ermittler aufzutauchen. Das dauert höchstens eine Stunde. Ein ganz spezieller Wein in kleiner Auflage."

Kendzierski schaute ihn fragend an.

„Sie können mir beim Einsetzen der Flaschen helfen. Eine gute Arbeit für einen Praktikanten in Ihrem Alter."

Laut knatternd fuhr der Traktor am Ende des Weinbergs vorbei. Ein kleiner nur. Der passte gerade so an Kendzierskis Wagen vorbei. Die Sonne wärmte jetzt angenehm hier oben. Eine Stunde noch, dann war es nur noch im Schatten auszuhalten.

18

Kendzierski fuhr durch Essenheim, um wieder auf die Straße nach Nieder-Olm zu gelangen.

In seinem Kopf drehten sich die Gedanken im Kreis. Das, was Bach ihm erzählt hatte. Einfach nur ein Unfall? Der Junge geht die Straße entlang. Da passt einer nicht auf und überfährt ihn. Oder die Gier auf den Besitz, die Aussicht darauf. Irgendwann bekomme ich das alles mal. Aber der Junge ist erst 40. Das kann dauern. Wenn der so alt wie seine Mutter wird, dann ist das ja noch eine Ewigkeit. Plötzlich stand er da. An der Straße. Das war die Chance, entschieden im Bruchteil einer Sekunde, jetzt oder nie. In der Dunkelheit, keiner zu sehen, die Straße leer. Eine Spur? Keine Ahnung. Aber wenigstens ein Ansatzpunkt für ihn.

Heute Nachmittag der Cousin und morgen dann der angebliche Bruder in der Nachbarschaft. Herrmann. Dann war er mittendrin im Dorfgetratsche. In alten Geschichten. Kendzierski, das bringt das ganze Dorf durcheinander. Er musste sehr behutsam vorgehen, wenn er überhaupt irgendetwas herausbekommen wollte. Einem Fremden würden sie sowieso nichts erzählen.

Wahrscheinlich wäre er auch über die Feldwege irgendwie nach unten ins Tal gekommen. Aber er hatte sich gegen diese Pfadfinderunternehmung entschieden. Da unten verlief ja irgendwo noch die Selz und ohne Brücke war es nicht so leicht über das Flüsschen zu kommen. Also wieder zurück und durch Essenheim hindurch. Die ersten Häuser, weiße Neubauten, und ein kleiner Supermarkt.

Eigentlich war ihm schon am Ortseingang aufgefallen, dass irgendetwas nicht stimmte. Die enge Straße hinunter Richtung Kirche: Heute Morgen war alles ruhig gewesen. Kein Mensch auf der Straße. Ein paar Schüler an der Bushaltestelle, dort, wo die Straßen nach Mainz und Nieder-Olm aufeinander stießen. Mehr nicht. Es war halb acht gewesen.

Eine gute Stunde war seither vergangen. So lange war er in Bachs Weinberg gewesen. Vertieft in diese verwirrenden alten Geschichten. Warum nur gab es keine einfache Lösung? Einen Täter, der sich bei der Polizei meldete. Aufgefressen von seinem schlechten Gewissen. Getrieben von den grausamen Bildern in seinem Kopf. Zu einfach war das. Viel zu einfach für diesen Fall.

Jetzt erst fiel es Kendzierski auf: Dutzende waren unterwegs, in einer Richtung. Vor allem Frauen in Eile. Eine rannte. Keine Handtaschen, keine Henkelkörbe und nicht in Richtung Supermarkt.Kendzierski schwante Böses. Es war jetzt nicht mehr weit bis zum Gehöft des Scheier-Klaus.

Der Betrieb auf den engen Gehwegen nahm zu. Verdammt! Das war bestimmt das Großaufgebot der Mainzer Kripo. Die wussten jetzt, wer der Tote im Graben war und stellten dort alles auf den Kopf. Sein Herz schlug heftig. Warum nur hatte er die Sache mit dem Zettel auf den Nachmittag verschoben? Er sah schon die Bilder vor sich. Männer in weißen Einweganzügen mit kleinen schwarzen Pinseln. Hier haben wir Fingerabdrücke, überall an dem Fass. Ein Stein da drinnen. Das sind wahrscheinlich die gleichen Abdrücke, die wir auch im Haus sichergestellt haben. Kendzierski spürte kalten Schweiß auf seiner Stirn. Ihm war kalt, verdammt kalt. Wie sollte er aus dieser Situation heil herauskommen? Sofort zu Erbes, zu Kreuze kriechen, winselnd. Oder gleich zum Wolf. Lassen Sie sich das doch alles mal in Ruhe erklären. Ich weiß auch nicht, was da in mich gefahren ist. Es ist nicht zu entschuldigen, aber es ist nun mal passiert.

Das Tor war zu! Er trat kräftig auf die Bremse. Da war niemand. Alles zu und verschlossen, so wie gestern auch. Links der alte Graben. Der Krampf um seinen Magen löste sich langsam.

Hinter ihm hupte es mehrmals. Polizei. Im Rückspiegel erkannte er das sich drehende Blaulicht. Nach rechts bogen zwei ältere Frauen in eine schmale Straße ab. Schnelle Schritte. Dort wollten sie alle hin! Massen standen da. Ein Stück weiter, die Straße hinunter. Blaulichter, eine Absperrung, etliche Uniformen. Er starrte dorthin. Unmöglich, die Bilder zu verarbeiten. Irgendwie einzuordnen in den wenigen Sekunden. Das Gesehene. Bilder wie Puzzleteile, die alle nicht aneinanderpassten. Was sollte das alles? Hier hatte der Tote gewohnt, hier links in dem mächtigen grauen Klotz.

Nicht dort unten. Er versuchte zu schreien. Ein Krächzen kam aus ihm heraus.

„Bitte fahren Sie weiter. Sie behindern den Verkehr!"

Die Tür seines Wagens stand offen. Eine Uniform. Freundlich lächelnd, aber bestimmt.

„Sie behindern unseren Einsatz. Es gibt hier nichts zu sehen."

Kendzierski versuchte zu antworten. Ein Nicken, mehr kam nicht. Die Tür war schon wieder zu. Er fuhr weiter. Das war hier alles zu eng, um anzuhalten. Die Straße viel zu schmal. Noch ein Stück weiter. Unterhalb der Kirche stellte er sein Auto ab. Halb auf dem Bordstein, schlecht geparkt. Egal.

Er rannte los. Die Straße zurück, hinauf. An anderen vorbei, die ihn fragend anstarrten. Wer war denn das? Geflüster. Der Verdelsbutze ist das. Aus Nieder-Olm. Schwer atmend erreichte er den alten Graben, das Gehöft. Jetzt die Straße links hinunter. Massen wie auf dem Straßenfest am Wochenende. Weshalb? Er drängte sich durch die eng stehenden Menschen. He, was soll das? Da vorne ist alles abgesperrt. Da kommst du sowieso nicht durch. Er stand an der Absperrung. Rotes Band, quer gezogen über die Straße. Etliche Polizisten dahinter. Kein Durchkommen. Einsatzfahrzeuge. Noch ein Stück weiter unten, ein offenes schmales Tor. Auch davor standen Polizisten.

Unter der Absperrung hindurch. Sofort stand einer vor ihm.

„Sie können da nicht durch. Das ist eine polizeiliche Ermittlung."

„Ich bin der zuständige Bezirksbeamte hier. Ich bin in die Ermittlungen der Kripo einbezogen. Wolf erwartet mich."

Wenn das mal gut gehen würde. Der junge Polizist nickte nur und trat einen Schritt zur Seite. „Wo finde ich ihn?"

„Der müsste drinnen sein. Fragen Sie am Eingang noch einmal. Wir sichern hier ja nur ab."

Kendzierski nickte und lief bis zu dem offenen Tor. Was war da nur los? So viele Menschen und alle beschäftigt. Eigentlich war das verrückt, hier aufzutauchen. Das würde nur wieder Diskussionen geben. Noch mehr Probleme. Und mit dem Toten aus dem Graben hatte das wohl kaum etwas zu tun. Für solche Überlegungen war es jetzt zu spät. Der Wolf war hier irgendwo. Was auch immer passiert war, es war verdammt nahe am Hof vom Scheier-Klaus. Für weitere Gedanken blieb ihm keine Zeit. Wolf kam aus der offenen Toreinfahrt und blickte ihn fragend an.

„Was machen Sie denn hier? Es hat Sie aber nicht schon wieder ein anonymer Anrufer hierher bestellt?"

Er wirkte friedlich. Kendzierski hatte trotzdem das Gefühl, mit glühendem Kopf dazustehen. Was sollte er ihm jetzt erzählen? Irgendeine abgedrehte Geschichte?

„Ich musste hier im Dorf Markierungsarbeiten überprüfen. Parktaschen. Der Bürgermeister ist da ganz heiß drauf. Für jede Straße." Er versuchte beim Reden möglichst gelangweilt zu wirken. Routine eben. Wie jeden Tag. „Was ist hier los? Sieht nach Großeinsatz aus."

„Langsam macht mir die Sache Angst. Erst der Tote im Graben, der da tagelang lag und jetzt das hier."

Wolf deutete mit einer kurzen Kopfbewegung in Richtung des Hauses. Ein schmaler kleiner Hof, betoniert. Im Gegensatz zu den Höfen an der Hauptstraße wirkte dieser hier klein. Gerade breit genug für ein Auto. Das schlichte Metalltor mit den verblichenen Kunststoffleisten. Fleckiges Braun, das wie Holz aussehen sollte. Vorsicht, bissiger

Hund. Ein gelbes Schild mit dem Foto eines Schäferhundes. Das Haus war schon etwas älter, aber frisch verputzt und in hellem Gelb gestrichen. Kendzierskis Blick fiel auf den linken Pfosten, an dem einer der offenen Torflügel fest hing. Verklinkert in rot. Ein rostiger Briefkasten. Herrmann. Kendzierski spürte, wie noch mehr Blut in seinen dröhnenden Kopf schoss. Hämmernd schlug sein Herz in immer schnellerem Takt. Er musste nach Luft schnappen. Husten. Das war unmöglich!

„Alles in Ordnung mit Ihnen? Sie waren doch noch gar nicht da drinnen."

„Was ist da los?"

Er stotterte. Dieser Kloß in seinem Hals. Luft, er brauchte mehr Luft!

„Seine Frau hat ihn gefunden. Als sie heute Morgen von der Arbeit kam. Wollen Sie sich das anschauen? Ich muss da ohnehin gleich wieder rein. Warten Sie einen Moment hier." Wolf war weg.

Zeit, um irgendwie ruhiger zu werden. Die Gedanken rasten durch seinen Kopf. Vor und zurück, kreuz und quer. Eine Achterbahn da drinnen. Keiner war zu fassen, alles viel zu schnell. Wer bringt den um? Zufall? Ganz bestimmt nicht! Das kann nicht sein. Den Erben aus dem Weg geräumt. Weg da, das gehört alles uns. Lass die Finger davon! Die Gier!

Wolf kam zurück. Der wirkte entspannt. Keine Hetze. Milde lächelnd. Altersmilde? Bei dem ganz bestimmt nicht! Es musste diese Situation hier sein.

„Na, Kendzierski, so haben Sie sich Rheinhessen nicht vorgestellt." Er grinste jetzt auch noch. Breit und selbstgefällig. „Der Mord im Herbst und das jetzt hier. Das letzte halbe Jahr sprengt unsere Kriminalstatistik für diesen Landstrich.

Jahrzehntelang ist nichts passiert und dann das. Kommen Sie mit?"

Kendzierski nickte, ohne wirklich darüber nachgedacht zu haben. Wer weiß, was ihn da drinnen erwartete. Er trottete neben Wolf her. Den schmalen Hof entlang. So viele Menschen.

„Den müssten wir schnell bekommen. Er hat massenweise Spuren hinterlassen. Kein Profi. Das Opfer war vorbestraft. Ein alter Bekannter bei uns. Der saß auch mal eine Zeit lang."

Kendzierski vernahm die Stimme Wolfs nur gedämpft. Wie durch Watte. Alles in Zeitlupe, langsam an ihm vorbeiziehend. War das alles nur ein Traum? Ein ganz kurzer hoffentlich, bald zu Ende. Durch die offene Tür. Stickig warm war es. Eng und bedrückend. Abgestandene Luft, alter Rauch in dieser Wärme. Ein dunkler schmaler Flur. Links die Garderobe. Ein paar Haken an der Wand. Jacken. Ein Schuhschrank aus dunklem Holzfurnier.

„Bleiben Sie hinter mir, Kendzierski, und fassen Sie nichts an. Wir sind noch nicht überall fertig. Sonst haben wir nachher Ihre Fingerabdrücke auch noch mit dabei."

Wolf grinste ihn an. Wollte der ihm jetzt zeigen, was er für ein toller Ermittler war? Schauen Sie gut hin, so wird das gemacht. Wir haben da Möglichkeiten. Der hat keine Chance. Ich kriege ihn. Da können Sie sich drauf verlassen.

Was sollte das alles? Ihm war schlecht. Richtig schlecht. Etwas drückte auf seinen Magen. Er musste immer wieder schlucken. Er wartete auf den Anblick. Jeden Moment. Sein Magen würde das nicht verkraften. Da war er sich ganz sicher. Aber er musste ihn sehen. Diesen Toten. Den zweiten. Wahrscheinlich hatte der Wolf noch gar keine Ahnung, dass beide Leichen zusammengehörten. Das war ein Fall, verdammt! Und die Leiche im Graben war kein Unfallopfer. Sie konnte keins sein.

„Die Haustür stand offen. Seine Frau hat sie nicht abgeschlossen, als sie heute früh vor vier das Haus verlassen hat. Sie ist bei einer Putztruppe, die in Mainz zwei Supermärkte sauber macht. Um acht war sie wieder hier und hat ihn dann gefunden. Die Nachbarn haben nichts mitbekommen. Auch nicht das Bellen des Hundes. Der ist verschwunden. Wahrscheinlich abgehauen durch das offene Tor."

Wolf bog nach links ab. Es ging eine schmale Treppe hinauf. Brauner Teppichboden, abgewetzt in der Mitte. Kendzierski zögerte. Da weiter? Wolf war schon oben um die Ecke, nicht mehr zu sehen.

„Wo bleiben Sie, Kendzierski? Oder haben Sie es sich anders überlegt? Sie müssen sich das nicht ansehen, wenn Sie nicht wollen."

Dieses Arschloch. Wollte er ihn vorführen? Es gibt kein Zurück, Kendzierski, du musst da hoch. Reiß dich endlich zusammen. Mühsam schleppte er sich die Treppe hinauf. Jeder Schritt fiel ihm schwer. Hier oben war es noch wärmer. Überall dieser braune verschlissene Teppichboden. Der alte Rauch. Kein Fenster, dunkel. Wolf stand in einer Tür. Er sah noch seinen Rücken. Andere Türen standen weit offen. Ein Bad, alles gefliest. Der Blitz einer Kamera. Stille trotz des Betriebs, der Bewegung, der Enge.

„Hier im Schlafzimmer sind wir fertig. Die Kollegen von der Gerichtsmedizin nehmen ihn gleich mit." Wie eine Trophäe führte der Wolf ihm das vor. Der Jäger bei der Großwildjagd. Das ist meiner hier. Ein kapitaler Bock. Drei Tage habe ich auf der Pirsch gelegen. Wollte er ihm das demonstrieren mit dieser Vorführung? Kendzierski, das hier ist meiner, mein eigener Fall. Lassen Sie Ihre Pfoten da weg.

Kendzierski atmete tief durch. Er stand jetzt neben Wolf, der einen Schritt in das Schlafzimmer hineingegangen war. Fest hatte er sich vorgenommen, seinen Blick an irgendein Möbelstück zu heften. Zuerst einmal, um ruhiger zu werden. Sich an das hier heranzutasten, seinen Magen vorsichtig einzustimmen, worauf auch immer. Auf das Schlimmste. Für den Bruchteil einer Sekunde gelang ihm dies. Nur ganz kurz. Die weiße Schrankwand rechts, Kunststofffurnier in Holzoptik, gelblich verfärbt über die Jahre. Dunkel und fleckig um die kugeligen Griffe. Der große Spiegel an der Tür des Kleiderschrankes. Darin sah er ihn. Einen Berg toten Fleisches. Alles so weiß. Gegenüber im großen Doppelbett. Die Decke lag zerknüllt daneben. Er war nackt. Die Arme weit von sich gestreckt. Geweitete Augen starrten Kendzierski an. Durch ihn hindurch ins Nichts. Der Mund stand offen, die Zunge hing heraus. Rot leuchtete der kleine Blutfleck auf dem Betttuch. Unwirklich sah das aus. Dieser massige Tote, alles um ihn herum in blassem, schmutzigem Weiß. Das Rot des Blutes leuchtete. Jetzt erkannte er die Flecken. Rot unterlaufen, schimmernd. Der Streifen um den dicken Hals zeichnete sich deutlich ab. Ein großer Fleck auf dem Oberarm. Verkrampft ragten die Finger seiner rechten Hand in die Höhe. Einen durchsichtigen Plastikbeutel hatten Wolfs Leute darüber gestülpt.

„Er hat sich zur Wehr gesetzt. Unter den Fingernägeln ist reichlich Material. Haare haben wir auch gefunden. Nur ein kurzer Kampf. Der Täter hat sich auf ihn gesetzt und zugedrückt. Im Schlaf. Der hatte keine Chance."

Kendzierski musste schlucken. Bitte nicht. Diese Übelkeit, die alles nach oben drängte. Die Tasse Kaffee von heute Morgen. Die Scheibe Toast. Nicht hier. Er musste raus, einfach nur raus. An die frische Luft. Aus diesem abgestandenen Rauch, diesem dumpfen Geruch des Todes. „Ich kann nicht mehr."

Wolf konnte das kaum verstanden haben. Die Worte blieben in Kendzierskis Hals stecken. Erstickte Laute. Dann war er schon raus. Aus diesem Schlafzimmer, die Treppen hinunter, durch den dunklen Hausflur. Er stieß mit einem Polizisten zusammen. Murmelte etwas. Atmete die frische Luft ein. Vornüber gebeugt. Tief in sich hinein. Er spürte die Blicke, die an ihm hängenblieben. Im Vorbeigehen. Ein Neuer? Da hatten wir aber schon Schlimmeres. Wenn der hier schon schlapp macht. Der wird sich noch an ganz andere Sachen gewöhnen müssen.

Kendzierski lief los. Die Straße hinauf auf die Menschenmenge zu, die sich hinter der flatternden Absperrung versammelt hatte. Kein Blick zurück. Keine Ahnung, ob Wolf ihm gefolgt war. Einfach nur weg von diesem Ort. An dem grauen Gehöft vom Scheier-Klaus vorbei. Die stumpfen schmutzigen Scheiben. Ein Gesicht für einen kurzen Moment. Schon wieder weg. Zur Seite gezuckt. Ganz schnell. War das möglich? Kendzierski, du drehst langsam aber sicher durch. Hatte jemand im Wohnzimmer vom Scheier-Klaus gestanden? Den Menschenauflauf da unten beobachtet.

Kendzierski drehte sich um. Das passte genau. Aus dem Fenster musste man die schmale Straße, das Hoftor dort unten im Blick haben. Er versuchte, durch die Scheibe etwas zu erkennen. Nichts, gar nichts war da. Die graue Gardine hing still. Zumindest die hätte sich doch bewegen müssen. Er sah Geister. So weit war es mit ihm schon. Einfach zu viel. Zu viele Häuser, zu viele Tote.

Er rieb sich die Augen, während er zu seinem Auto zurückging. Noch immer kamen ihm Neugierige entgegen. Ihre Blicke trafen ihn. Was will der denn in dieser Richtung?

Umdrehen! Dort hoch geht es zur Leiche, da oben ist was los.

Noch nie hatte er sich so darauf gefreut, in sein Büro zu kommen. Er setzte sich an seinen Schreibtisch und schloss die Augen.

19

Irgendwie musste er die Stunden bis zum Nachmittag herumbekommen. Gegen fünfzehn Uhr sollte er beim Bach sein, um den Wein abzufüllen. Hatte er sich da in etwas verrannt? Der Herrmann war tot. Wenn der denn wirklich der Bruder war, hätte er alles geerbt. Jetzt ging das an den Cousin. Also musste der hinter dem Mord stecken. Hinter beiden? Oder gab es da noch eine andere Verbindung?

Oder war alles purer Zufall? Der Scheier-Klaus das Opfer eines Unfalls. Der Herrmann überfallen worden oder in irgendwelche krummen Geschäfte verwickelt. Seine Vergangenheit hatte ihn eingeholt. Betrogene Kumpane, die Rache wollten. Erwürgt im Schlaf. Auf ihn gesprungen. Mit aller Gewalt zugedrückt. Um sich schlagend, zerrend, als er bemerkte, was los war. Nach seinem Kopf greifend, den Haaren. Der Druck auf seinem Hals, die letzten Schläge mit nachlassender Kraft. Ein Röcheln, Zucken, vorbei.

Kendzierski musste schlucken. Ihn fror. Den Tod zwischen den eigenen Händen zu spüren. Die letzte Bewegung eines Menschen, der letzte unterdrückte Laut und dann die Stille. Langsam sich lösende Finger von einem ausgehauchten Leben. Schnell weg und raus hier.

Kendzierski spürte, dass sich die Nervosität in ihm nicht

legte. Auch jetzt, wo das alles so fern war. Reichlich Zeit bis heute Nachmittag. Jeder Gedanke endete an diesem Punkt. Was würde ihn dort erwarten? Was waren das für Menschen? Wie sollte er vorgehen? Hoffentlich erkannten die ihn nicht. Und wenn schon. Wenn sie genauso nervös würden wie er, wäre das wahrscheinlich gar nicht schlecht. Aber nach dem Mord müssten sie das ohnehin sein. Er wusste einfach zu wenig. Das war sein großes Problem. Er hatte keine Ahnung, was die Kripo und die Gerichtsmedizin über den Toten im Graben herausbekommen hatten.

Kendzierski griff nach seinem Handy. Das konnte die Lösung aller seiner Probleme sein. Vielleicht nicht aller. Doch zumindest eines nicht unbedeutenden Teiles. Die Nummer hatte er zum Glück noch gespeichert. Es klingelte etliche Male, bevor endlich einer dran ging.

„Hallo."

„Hier ist Kendzierski. Können wir uns treffen?"

„Was ist denn mit Ihnen los? Zu viele Leichen?"

„Nachher um zwölf beim Grass?"

„Ich bin da." Das Gespräch war beendet.

Eine Stunde hatte er noch. Das musste reichen, um die Abbauarbeiten draußen vor dem Rathaus zu kontrollieren. Das hätte er fast vergessen. Erbes wäre es heute noch aufgefallen. Warum haben Sie das nicht abgenommen, Kendsiäke? Bei mir rufen die Leute an und erkundigen sich. Das ist peinlich, diese Nachlässigkeit, kümmern Sie sich darum!

Er war so in seine Gedanken vertieft, dass er das Klopfen an seiner Bürotür überhört hatte. Wo war denn die Liste der Aussteller und Budenbetreiber nur hingekommen? Irgendwo hatte er sie deponiert.

„Hallo, lieber Kendsiäke!"

Erbes. Mist! Der Erste Bürgermeister hatte das Talent,

immer genau dann aufzutauchen, wenn er ihn überhaupt nicht gebrauchen konnte. Diese Liste brauchte er jetzt, aber schnell. Um dem zu demonstrieren, dass er gerade auf dem Weg war. Dabei, das nachzuholen, was eigentlich schon für heute früh angesetzt gewesen war. Kendzierski nickte ihm zu. Weiter damit beschäftigt, die verschiedenen roten Aktenhefter auf seinem Schreibtisch hin und her zu schichten. Auf der Suche nach diesem blöden Zettel, dieser Liste. Die hatte genau hier gelegen. Hier, direkt neben seiner Zigarrenkiste für die Stifte und den anderen Bürokram. Am Freitag noch. Die konnte doch nicht einfach verschwinden. Erbes' Blick hing an ihm. Das merkte er. Und er merkte auch, dass sich mit jeder seiner hektischen Bewegungen seine eigene Gesichtsfarbe in Richtung dunkelrot veränderte. Wie lange würde es noch dauern, bis der sich auf die Zehenspitzen schob? Zu wippen begann und ihn in scharfem Ton angehen würde? Sonst fing er eigentlich sofort damit an. Tür auf, ohne zu klopfen: Kendsiäke! Was gibt es denn so Wichtiges zu tun, dass Sie ihre eigentlichen Aufgaben dermaßen vernachlässigen müssen?

Aber heute: nichts! Erbes stand da, schaute ihn an und schwieg. Nicht auf Zehenspitzen und ohne sein Wippen.

„Sind Sie zu sehr beschäftigt? Dann können wir das auch später noch besprechen."

Kendzierski unterbrach seine Suche. Kein Anschiss?

„Nein, das hat Zeit. Nehmen Sie Platz, wenn Sie möchten."

Erbes drehte sich langsam um und schloss die Tür hinter sich. Leise und vorsichtig. Dann nahm er auf dem Gästestuhl Platz. Irgendetwas stimmte nicht. Erbes war ruhig. Kein wildes Gestikulieren. Stille.

„Kendsiäke, ich bin eben von der Kripo informiert worden, dass man in Essenheim eine zweite Leiche gefunden hat. Ein Mord auf dem Dorf. Etwas Schlimmeres kann es kaum geben. Das wird ungeahnte Ausmaße annehmen. Die Presse und Kamerateams sollen schon vor Ort sein. Das reinste Chaos. Wie stehen wir da, als sonst so ruhige Verbandsgemeinde?" Erbes atmete tief durch.

Kendzierski hatte keine Ahnung, wo dieses Gespräch hinführen sollte. Stille. Erwartete Erbes jetzt eine Antwort von ihm? Aber auf welche Frage?

„Sie haben sicher Erfahrung im Umgang mit der Presse in solchen Fällen. Ich wäre Ihnen sehr dankbar, wenn Sie mich da unterstützen könnten. Ich will nicht, dass unsere Landgemeinden ein schlechtes Bild abgeben. Das verstört die Leute. Unser positives Image darf keinen Schaden nehmen. Das muss in unser aller Interesse sein."

Erbes blickte bei diesen Worten auf seine Hände, die er vor seinem Bauch gefaltet hielt. Wie bei der Sonntagspredigt. Still und leise, vertieft saß er nun da. Kendzierski spürte noch immer eine Unsicherheit. War es das? Er erwartete noch etwas. So hatte er Erbes noch nie erlebt. Mitgenommen von den Ereignissen in seinen Gemeinden. Der Bürgermeister erhob sich und reichte Kendzierski die Hand. Er drückte sie fest.

„Kendsiäke, eines noch." Erbes hielt seine Hand fest und sah ihm in die Augen. Das Ganze erinnerte Kendzierski an die melodramatische Schlüsselszene irgendeiner alten amerikanischen Schnulze. Vor dem glühenden Horizont der untergehenden roten Sonne. Der Vater drückte seinem in die Schlacht ziehenden Sohn ein letztes Mal die Hand. Beide wussten, dass es ein Abschied für immer war. Das hier war aber Nieder-Olm. Und er zog nicht in den Bürgerkrieg! Was war los mit Erbes?

„Darf ich Sie um etwas bitten?"
Kendzierski nickte. Sein Herzschlag beschleunigte sich. Kam jetzt der scharfe Ton, der Verweis? Wenn Sie noch einmal in Essenheim gesehen werden, dann sorge ich dafür, dass Sie von hier verschwinden. Haben wir uns verstanden? Nichts. Erbes quälte sich. Das war jetzt deutlich zu sehen.
„Dieser Vorfall am Samstag."
Noch immer hielt er seine Hand fest. Kendzierski spürte die Wärme, den Schweiß Erbes' an seinen Handflächen. Der war nervös. „Bei dem Sie angegriffen wurden."
Erbes hielt inne. Nach Worten suchend. „Darf ich Sie darum bitten, die Sache auf sich beruhen zu lassen?"
Kendzierski hatte mit allem gerechnet. Aber damit? Er fühlte, wie sich Erbes' Hand langsam löste und seine Rechte frei gab. Er schaute den Bürgermeister fragend an.
„Mein jüngster Sohn war an dieser Sache beteiligt."
Erbes schnaufte laut. Jetzt war es raus. Deutlich waren die kleinen Schweißperlen auf seiner Stirn zu erkennen. „Er hat mir versichert, dass er Sie nicht verletzt hat. Er will aber auch den Namen des Täters nicht preisgeben. Verstehen Sie mich nicht falsch, Kendsiäke, dieses Verhalten ist nicht zu tolerieren, und ich habe meinen Sohn ernsthaft ins Gebet genommen. Er wird seine Strafe bekommen. Es herrscht aber zur Zeit eine solche Unruhe, dass eine so unangenehme Angelegenheit von der Presse nur allzu gierig aufgenommen werden würde."
Erbes sah ihn fragend an. Er klang jetzt wieder etwas sicherer. Es war raus. Kendzierski musste an das pickelige Milchgesicht vom Straßenfest denken. War das Erbes' Sohn gewesen oder der mit der Platzwunde? Er hatte das alles in der Aufregung vergessen. Jetzt brauchte er zumindest keine Nachforschungen mehr beim Rettungsdienst anzustel-

len. Der Sohn des Bürgermeisters im Club der halbstarken Schläger. Er musste grinsen. Für einen kurzen Moment nur. Erbes' Blick hinderte ihn daran, laut loszulachen.

„Kendsiäke, ich schlage vor, wir klären das, wenn hier wieder etwas mehr Ruhe eingekehrt ist. Kann ich mich da auf Sie verlassen?"

Kendzierski nickte. Der gequälte Gesichtsausdruck seines Gegenübers, diese ganze Situation. Er hatte alle Mühe, weiterhin den Eindruck mitfühlender Betroffenheit zu erhalten. Sein Unterkiefer zitterte. Hoffentlich war der bald draußen. Erbes wirkte jetzt noch kleiner. Die hellgrüne Krawatte mit dem zu groß ausgefallenen Knoten. Er hatte Mühe, sich zu beherrschen.

„Sie können sich auf mich verlassen."

Sichtbar erleichtert verließ Erbes Kendzierskis Büro. Die Tür fiel ins Schloss. Kendzierski krümmte sich vor Lachen. Mit fast allem hatte er gerechnet. Damit ganz sicher nicht. Es musste das pickelige Milchgesicht gewesen sein. Eine gewisse Ähnlichkeit in den Gesichtszügen hatte der mit Erbes gehabt.

Da lag die Liste, die er vorhin panisch gesucht hatte. Unter einer dünnen Akte. Es war mittlerweile halb zwölf. Auf dem Weg zum Grass musste er das möglichst schnell abhaken. Später war ganz sicher keine Zeit mehr dafür. Das würde schon alles in Ordnung sein. Kendzierski öffnete die obere Schreibtischschublade und nahm den Zettel, den er im Weinfass gefunden hatte, heraus. Sein Blick blieb an den geschwungenen Buchstaben in kindlicher Schreibschrift hängen. Die Notizen dieses Kauzes. Er brauchte nur wenige Minuten, um die Zeilen abzuschreiben. Für alle Fälle. Beide Zettel steckte er in seine Hosentasche und machte sich auf den Weg.

20

Markus Schmahl saß bereits in der hinteren Ecke des Innenhofes. Vor ihm stand ein Glas Weißwein, zur Hälfte geleert. Der war überpünktlich gewesen, voller Spannung, was es an Neuigkeiten gab. Schmahl war als Lokaljournalist für alles zuständig, was Nieder-Olm und die umliegenden Ortschaften betraf. Kendzierski hatte ihn in seinen ersten Tagen hier kennengelernt. Damals war er ihm auf die Nerven gegangen. Hartnäckig hatte er ihn verfolgt, zumindest war es Kendzierski im vergangenen Herbst so vorgekommen. Der Journalist wollte ihn für die Lokalseiten der Mainzer Zeitung interviewen. Warum in aller Welt sind Sie gerade hierher gekommen, nach Nieder-Olm? Doch nicht freiwillig? Etwa zwangsversetzt? Na, was müssen Sie denn da ausgefressen haben? Das war ihm auf die Nerven gegangen. Immer wieder. Nach ein paar Tagen hatte er das Gefühl, dass er ihm zu den unmöglichsten Zeiten auflauerte. Ganz zufällig stand er dann immer da, grinsend. In seinen abgewetzten Klamotten. Im Strickpulli wie von der Mama selbst gemacht, beigen zerknitterten Hosen und ausgetretenen dunkelbraunen Schuhen. Immer ein Zigarillo im Mundwinkel. Dieses Bild war ihm noch so vertraut, weil Schmahl immer so aussah. Eigentlich immer dieselben Sachen anhatte, oder so ähnliche Hosen und Pullover trug, dass kaum auszumachen war, ob er sie zwischendurch wechselte.

Kendzierski schätzte Schmahl auf etwa fünfzig. Auch wenn er deutlich älter aussah. Blass, graue Haut. Dünn und langgezogen alles an ihm. Sein Gesicht war von tiefen Falten durchzogen, die Augen ruhten in dunklen Höhlen. Wenige dünne helle Haare bedeckten seinen Kopf. Schmahl hatte

Soziologie studiert. Und so erklärte er Kendzierski die Welt, in großen Zusammenhängen von Gruppierungen, Milieus und Bevölkerungsschichten. Auch wenn er damit meistens nur Nieder-Olm und seine Umgebung meinte. Kendzierski genoss diese Ausführungen des Journalisten, auch wenn er nicht immer alles verstand.

„Na, Kendzierski, Sie sehen aber arg mitgenommen aus. Eine Leiche zu viel für Sie?"

„Mich wundert, dass Sie hier sind, wo sich doch oben in Essenheim Ihre Kollegen um die besten Plätze streiten." Beide mussten grinsen. Der übliche Schlagabtausch zur Begrüßung.

„Lassen Sie die sich mal hinter dem Absperrgitter drängen. Ich bekomme mein Material direkt. Das bringt mehr. Ins Getümmel muss nur unser Fotograf. Und der tut mir wirklich leid. Da wird es ganz schön rund gehen. Wenn schon mal etwas passiert."

„Ich war dort, und es war schlimm."

„Sie können aber auch nicht genug bekommen. Am Samstag der erste Tote, im Graben. Dann jetzt der zweite. Manchmal habe ich das Gefühl, dass mit Ihnen auch die Verhältnisse einer Großstadt hierher gekommen sind in unser sonst so beschauliches Rheinhessen. Früher war es hier viel ruhiger."

„Lassen wir das. Ich brauche Ihre Hilfe."

Der alte Grass stand an ihrem Tisch.

„Ich bin gleich wieder weg und Sie können in Ruhe weiterverhandeln. Was soll ich Ihnen bringen? Wir haben heute einen Spargelkuchen, mit gekochtem Schinken und Käse gebacken. Als kleine Mittagsmahlzeit."

„Zweimal nehmen wir das und für den Herrn Kommissar auch einen solchen Silvaner." Schmahl grinste.

Grass verschwand wieder und ließ sie alleine in ihrem stillen Winkel. Noch war es ruhig um sie herum. Meistens ging das aber sehr schnell, wenn dann die Kollegen aus dem Rathaus, die Banker der Sparkasse und noch einige mehr kamen und den Innenhof innerhalb weniger Minuten füllten.

„Hilfe gegen Informationen? Können wir uns darauf einigen?"

Kendzierski nickte. Etwas anderes hatte er ohnehin nicht erwartet.

„Wie weit ist die Kripo bei dem ersten Toten? Haben Sie da irgendwelche Informationen?"

„Wolf hat am Montag früh eine Pressekonferenz veranstaltet, die war relativ mau. Keine Ahnung, wer der Tote ist. Todeszeitpunkt vage, vor sechs bis acht Tagen etwa. Die Gerichtsmedizin ist dran. Mehr nicht." Kendzierski war enttäuscht. So weit war er auch.

„Nichts zum Fahrzeug, das ihn überfahren hat?"

„Nicht bei der Pressekonferenz." Schmahl grinste breit, verschwörerisch. „So nach und nach sickert einiges durch. Ich glaube das machen die absichtlich, damit der Täter nervös wird." Kendzierski musste an das Großaufgebot vom Montag denken. Zwei Streifenwagen und ein Ziviler für eine Befragung in Essenheim. Bilder von der Leiche, um die Leute zu erschrecken, den Täter aus der Reserve zu locken und zu Fehlern zu verleiten.

„Überfahren wurde er nicht von einem PKW. Es muss ein größeres Fahrzeug gewesen sein. Ein Transporter, ein kleiner LKW oder ein Geländewagen. Die Verletzungen liegen höher. Die Kripo geht davon aus, dass er auf der Straße erfasst und von der Wucht des Aufpralls die Böschung hinuntergeschleudert wurde. Das Fahrzeug soll aus Richtung Nieder-Olm gekommen sein. Das klingt logisch, weil es ansonsten kaum eine solche Geschwindigkeit erreicht hätte."

„Gibt es irgendwelche Spuren? Bei so einem Aufprall geht doch der Scheinwerfer kaputt, Lackreste?"

Schmahl schaute ihn an.

„Kendzierski, das wird jetzt aber richtig teuer. Überlegen Sie sich in der Zwischenzeit schon einmal, was Sie mir im Gegenzug alles erzählen können."

Schmahl genoss die Situation. Das war ihm anzusehen. Er atmete durch und tat so, als ob er mit sich und seinem Gewissen ringen würde. Soll ich das jetzt alles erzählen? Die Gefahren für den Informanten. Alles Schauspiel.

Kendzierski merkte, dass sein rechtes Bein unruhig wippte. Verdammt, war er nervös! Schmahl, nun fang endlich an! Ungelenk kramte der Journalist in seiner Hosentasche. Eine angeschlagene flache Metallschachtel filterloser Zigarillos. Die stärkste Dosis. Ganz langsam nahm er eine heraus und zündete sie an. Ein tiefer Zug. Nachdenklicher Blick ins Nirgendwo.

Grass kam an ihren Tisch und stellte ein Weinglas ab. „Ihr Silvaner."

Schmahl schaute auf den Wein, der sich leicht im Glas bewegte. Kendzierski war genervt. Jetzt bloß nicht Schmahls Zeremonie! Der griff nach seinem Glas. Froh darüber, diesen Moment noch ein wenig in die Länge ziehen zu können, ihn Wein schlürfend auszukosten.

„Probieren Sie den, Kendzierski. Für mich einer der besten Silvaner. Alter Weinberg, auf Kalkstein gewachsen. Der braucht ein Jahr bis er eine gewisse Reife hat. Diese Mineralik, ein wenig rau und kantig. Fast rauchig schmeckt der. Ein ganz eigenwilliger Wein. Für die meisten schwer zugänglich. Eben ein Wein mit Charakter und einem riesigen

Potential. Genießen Sie ihn, so lange es noch Silvaner gibt. Zur Zeit rennen alle hinter dem Riesling her. Wie die Lemminge. Nur weil die Amerikaner den zum Kultgetränk erkoren haben. Ich habe gestern mit einem Winzer gesprochen. Der hat mir ganz stolz erklärt, dass er jetzt einen riesigen Weinberg mit Rieslingreben neu bepflanzt hat. Sie glauben nicht, was er dafür ausgehauen hat."

Schmahl blickte ihn fragend an. Eine Antwort erwartend. Der war doch total bekloppt! Er hatte keine Lust auf ein weinbauliches Fachgespräch. Die Situation des Rieslings in Deutschland, heute und morgen. Nein, danke!

„Silvaner. Der hat einen ganzen Weinberg alter Silvanerreben einfach so platt gemacht." Schmahl beantwortete sich die Frage anscheinend lieber selbst. „Nur weil der Riesling zur Zeit schon als Jungwein das Dreifache einbringt. Das gibt richtig Geld. Der Markt ist leergefegt. Die Händler zahlen fast jeden Preis. Häufig für Weine, die hart an der Grenze des guten Geschmacks sind. Hauptsache, es steht Riesling drauf. Ich will nicht wissen, wie viele ihren Riesling strecken. Jeder Liter zählt. Da kommt dann alles rein, Hauptsache weiß." Schmahl hatte sich in Rage geredet. Kendzierski hätte ihn in diesem Moment am liebsten erwürgt. Über den Tisch hinüber zu sich gezogen. Die stürzenden Gläser. Sein erschreckter Blick. Panik. Ja, genau darauf hatte er Lust!

Er nahm einen großen Schluck aus seinem Glas. Zur Beruhigung, ohne Riechen, Schwenken und Nachdenken. Der Rauchgeschmack kam von seinem Zigarillo, ganz bestimmt. Dieser Idiot sollte reden! Kendzierski fixierte ihn mit seinem Blick. Sprich endlich!

„Spuren gibt es nach so langer Zeit kaum noch. Ein Kumpel aus dem Fassenachtsverein arbeitet auch bei der Kripo. Der hat sich ein wenig umgehört. Nur mal so. Behalten Sie das aber für sich. Es sollen Lackspuren sichergestellt worden sein. An der Leiche. Die Analyse dauert nur etwas länger. Da müssen dann Fachleute ran, die das auseinandernehmen und den Lack einem Fahrzeugtyp zuordnen. Das kann noch ein paar Tage dauern."

„Wissen die, wer der Tote ist?"

„Gestern wussten sie es noch nicht. Heute Morgen hat der Wolf verkündet, dass es neue Hinweise gibt. Ich denke, die wissen jetzt, dass das der Stotterer war."

Kendzierski schaute ihn entgeistert an. Woher wusste der das? Schmahl grinste, eindeutig triumphierend. Der freute sich über die Reaktion seines Gegenübers. Dieses erstaunte Gesicht, der weit offene Mund, die großen Augen. Kendzierski hatte das Gefühl zu Gast zu sein. In einer großen Inszenierung. Schauspiel. Der Schmahl in allen Hauptrollen gleichzeitig auf der Bühne. Scheibchenweise Wissen preisgebend. Spannung aufbauend bis zum großen Finale.

„Woher wissen Sie das?"

„Seit zwei Tagen kursiert das Gerücht im Dorf. Mein Cousin hat mir das erzählt. Der wohnt in dem Nest. Nur wenn da die Polizei mit zwei Streifenwagen auftaucht, den Leuten Bilder von der Leiche unter die Nase hält und dann eine Aussage erwartet, dann ist das nicht wirklich erfolgversprechend. Die Leute sind verunsichert. Die vielen Uniformen, die vielen Fragen. Da sagen die meisten erst mal gar nichts. Die haben Angst, dass sie am Ende noch mitgenommen werden, nur weil sie etwas Falsches gesagt haben."

Kendzierski rieb sich die Augen. Ein sonderbares Volk da oben auf dem Berg.

„So, Kendzierski, das war es von meiner Seite. Jetzt sind Sie dran. Ich bin gespannt."

Schmahl legte seine Beine übereinander und lehnte sich

in seinem Stuhl zurück. Genüsslich abwartend. Kendzierski hatte das kaum zu bändigende Bedürfnis, den Journalisten ebenso schmoren zu lassen. Jetzt eine Zigarette! Er griff stattdessen nach seinem Glas und holte die Weinprozedur nach. Langsames Schwenken, Riechen, genüssliches Schlürfen. Monologisieren über den Geschmack, in Gedanken versunken. Entrückt.

„Also das mit dem Rauch kann ich beim besten Willen nicht herausschmecken. Der ist für einen Silvaner unheimlich kräftig. Der mineralische Hauch ist gut zu erkennen."

Es fehlte nicht viel und er hätte laut losgelacht. Nur mit reichlich Konzentration konnte er sich zurückhalten. Die Worte Bachs fielen ihm ein. Das war es: „Fast ein wenig salzig." Er schluckte den Wein schnell hinunter, um ihn nicht herauszuprusten. Falls er sich nicht mehr beherrschen konnte.

Grass kam mit dem Spargelkuchen. Das sah wie eine Quiche aus, rund und duftend. Nach Spargel, Käse und Schinken. Kendzierski hatte richtigen Hunger. Er genoss den ersten Bissen in aller Ruhe. Dann zog er aus seiner Hosentasche die Notizen des Toten hervor und schob sie über den Tisch.

„Ich gebe Ihnen das hier und erkläre Ihnen, was es damit auf sich hat. Dafür erledigen Sie eine Kleinigkeit für mich."

Schmahl blickte ihn fragend an.

Ob das die Form der Zusammenarbeit mit der Presse war, die sich Erbes von ihm gewünscht hatte? Ganz sicher nicht!

21

Kendzierski war bester Laune. Gemächlich schlenderte er vom Grass zurück zum Rathaus. Der Wein und das Essen hatten seine Stimmung verbessert. Er fühlte die Erleichterung. Die Aufzeichnungen war er los. Und das war gut so. Jetzt war er gespannt, was ihn nachher beim Schäfer erwartete. Ob das die richtige Spur war? Der Kampf ums Erbe, die Gier nach Besitz. Der Scheier-Klaus deswegen überfahren? Oder war das erst nach seinem Tod eskaliert? Der Herrmann meldet Ansprüche an. Jetzt wollen wir ja mal sehen, wer das alles bekommt. Ich bin der Bruder und du gehst leer aus! Da hast du die Rechnung ohne den Wirt gemacht. Das gehört alles mir!

Die ganze Sache nahm mehr und mehr Gestalt an. Langsam passten die Einzelteile. Kleinere Ecken des Puzzles hielten schon zusammen. Der Schäfer musste der Schlüssel zur Lösung des Ganzen sein. Alles lief auf ihn zu. Da war er sich mittlerweile ganz sicher. Er musste nur die Augen offen halten.

Und danach würde er den Abend mit Klara genießen. Er freute sich darauf.

Gegen halb drei machte sich Kendzierski auf den Weg. Es war einfach nicht mehr auszuhalten. Die Hitze in seinem Büro, die Anspannung.

Er war viel zu früh in Essenheim und im Weingut. Bach war nicht zu sehen. Der große Hof lag in der prallen Sonne. Es war Ende Mai. Wenn das bis in den Juli so weiterging, würde er sich an die Nordseeküste versetzen lassen. Hier war es einfach zu heiß für ihn.

Aus der Scheune waren Geräusche zu hören. Wahrscheinlich war Bach noch mit seinem Wein beschäftigt. Kendzierski öffnete die Tür und tastete sich langsam vorwärts. Das grelle Sonnenlicht draußen und die Dunkelheit hier drinnen. Seine Augen gewöhnten sich nur langsam daran.

„Tür zu! Es wird zu warm hier drinnen."

Bach. Das war von weiter hinten gekommen. Schnell schloss Kendzierski die Tür. Angenehm war die Kälte in der Scheune. Die musste aus den Kellern kommen. Ein Autoanhänger stand da mit einem hellen Kunststofffass darauf. Metallstreben hielten es zusammen. Hinter Gittern. Wein im Käfig für den Transport. Kendzierski folgte dem Schlauch, der vom Fass weiter nach hinten in Richtung des Holzfasskellers führte. Durch den Raum, in dem die Kelter stand. Mit jedem Schritt wurde es kühler. Die Kellerräume waren in den Berg gegraben. Bach hatte ihm das mal erklärt. Das hielt die Temperaturen im Gleichgewicht. Das Summen der Pumpe. Er bog rechts ab, dem Schlauch nach. Der zweite Kellerraum. In einer langen Reihe standen hier die alten großen Holzfässer. Im Gang ganz hinten lehnte Bach seitlich an einem hellen kleinen Fass, den Schlauch in der Hand. Ein zweites kleines Holzfass war dahinter zu erkennen.

„Sie sind früh, Kendzierski."

„Ich habe es im Büro nicht mehr ausgehalten."

„Ich hoffe, Sie sind nicht zu enttäuscht nachher. Ich habe lange über unser Gespräch heute Morgen im Weinberg nachgedacht. Ich kann mir nicht vorstellen, dass die für zwei Morde verantwortlich sein können. Der alte Schäfer ist ein wackliger alter Mann. Der braucht einen Stock zum Laufen. Der Sohn ist ein netter Kerl, hilfsbereit und voller Tatendrang. Der hat den Betrieb nach da oben verlegt. Den alten Landhandel von der Genossenschaft gekauft. Ein Maschinennarr. Der hat eine Ausbildung zum Schlosser gemacht.

Jetzt repariert er Geräte und bietet verschiedene Dienstleistungen an. Der fährt den Bauern das Getreide. Füllt auf seiner kleinen Anlage für andere Wein ab. Der macht auch mal eine Kleinstmenge wie die hier, die sich eigentlich nicht für ihn lohnt. Aus den umliegenden Ortschaften kommen die ganzen Hobbywinzer zu ihm. Der macht seine Arbeit ordentlich. Warum soll der einen umbringen?"

„Wegen des Geldes. Vielleicht ist der Scheier-Klaus wirklich bei einem Unfall umgekommen. Das kann gut sein. Danach ist die ganze Sache aber eskaliert. Der Herrmann spielt sich als Bruder auf. Will das Erbe, auf das der junge Schäfer gehofft hatte. Der braucht das Geld für die Maschinen. Dem sitzt die Bank im Nacken, die das alles finanziert hat. Die Gebäude, die Füllanlage. Seine einzige Chance, ans Geld zu kommen, ist ein Mord. Der Bruder musste weg."

Beide schwiegen sie. Aus dem Fass war ein Glucksen zu hören. Bach ließ den Schlauch los und schaltete die Pumpe aus. „Jetzt können wir los."

Schweigend verließen sie den Kellerraum. Bach zog den Schlauch aus dem Transportfass. „Das klingt ja im ersten Moment einleuchtend, was Sie da so erzählen. Aber Ihre Grundlage ist ein fast vierzig Jahre altes Gerücht. Das dürfen Sie nicht vergessen. Gerede im Dorf. Verstaubtes Getratsche. Es gibt keinen Beweis dafür, dass die beiden Toten wirklich Brüder waren."

Recht hatte er. Aber spätestens bei den Untersuchungen der Gerichtsmedizin würde das herauskommen. Wenn sie wirklich Brüder waren. Wenn das wirklich stimmte. Natürlich konnte das alles noch in sich zusammenstürzen. Sein ganzes Konstrukt aus einem Gerücht. Aber das war nun mal seine Spur. Und es war verdammt noch mal seine einzige, für die so vieles sprach. Die Gier nach dem Erbe. Die Freude darauf und die plötzliche panische Angst, dass das alles ein anderer bekommen sollte.

Hell fiel die Sonne in die Scheune. Bach hatte einen Flügel des großen Tores geöffnet und ließ den Anhänger mit dem gefüllten Fass langsam herausrollen. Nur so weit, damit sich der Torflügel wieder schließen ließ. Mit seinem Wagen fuhr er rückwärts heran, zusammen hängten sie an.

„Steigen Sie ein. Es ist nur ein kleines Stück. Der wartet sicher schon auf uns."

Kendzierski setzte sich neben Bach in den Geländewagen. Der musste schon ein Jahrzehnt auf dem Buckel haben. Reichlich Beulen und Macken innen und außen. Kendzierski schüttelte den Kopf. Über sich selbst und seine wirren Ideen. Das war eindeutig zu viel. Er konnte über nichts anderes mehr nachdenken als diese beiden Todesfälle. Jeder noch so belanglose Gedanke endete in dieser Sackgasse. Nicht jeder verbeulte Geländewagen war ein Mordwerkzeug!

Schweigend fuhren sie durch Essenheim die Hauptstraße entlang. Es war der Weg an dem grauen Gehöft vorbei, am Graben. Die Straße links zum Herrmann war noch gesperrt. Das rote Band hing durch. Ein Polizist stand dahinter. Sonst war niemand mehr zu sehen. Bach bog nach rechts ab. Die Straße ging steil hinauf. Kendzierski drehte sich um und blickte nach hinten.

„Das Fass ist zu. Da kann nichts auslaufen. Das ist mir einmal passiert. Die ganze Straße runter roch es nach dem duftigen Riesling. Das war ziemlich peinlich. Einen solchen Fehler macht man nur einmal. Danach wird man vorsichtiger."

Die Straße teilte sich. Bach hielt sich rechts, fuhr weiter hinauf. Vorbei an Wohnhäusern. Jetzt waren sie oben. Eine kleine Böschung noch bis zur Landstraße, die auf der Höhe um das Dorf herumführte. In hohem Tempo rasten da die Autos vorbei. Ein Stück fuhren sie parallel dazu, dann durch ein offenes Tor.

Kendzierski spürte seinen Puls, die Anspannung. Ein längliches einstöckiges Gebäude in frischem Weiß. Zuerst ein Fenster mit Gardinen. Ein paar Blumenkübel und einige Gartenstühle aus dem Baumarkt. Dort musste er wohnen. Ein offenes Wellblechtor schloss sich an. Maschinen undeutlich zu erkennen im Vorbeifahren. Das langgezogene Gebäude ging in einen Turm über. Mit Blech verkleidet. Grau und schmutzig.

„Das war mal ein Landhandel. Hier ist über Jahrzehnte das Getreide der Bauern angenommen worden. Das ist ein riesiges Silo, das heute keiner mehr braucht. Die müssen jetzt alle nach Nieder-Olm mit ihrer Ernte."

Sie waren am Ende des Gebäudes angekommen. Bach bog nach rechts, hielt kurz an, um den Anhänger rückwärts durch ein geöffnetes Tor zu rangieren.

„Das reicht schon, Karl."

Auf der Fahrerseite tauchte ein sommersprossiges Gesicht auf. Bach hielt an und stieg aus.

Kendzierski beobachtete, wie sich beide die Hände schüttelten. Er stieg aus. Es rumorte tief in seinem Magen, durchatmen und Ruhe bewahren. Alles genau beobachten. Jedes noch so kleine Detail konnte hier wichtig sein. Für seine Spur. Die beiden waren vorausgegangen in die Halle. Ein monotones hämmerndes Geräusch. Gleich links am Eingang standen glänzende Stahlfässer. Er hörte das Klappern von Glas, von Flaschen, die aneinander schlugen und gegen Metall. Daneben gestapelte Flaschen, nebeneinander, übereinander. Von Plastikfolie zusammengehalten. Eine ältere Frau mit glatten grauen Haaren stellte Flaschen auf ein Förderband. Immer vier mit jedem Griff. Klappernd liefen sie los. In ein großes Rund, schoben dort andere zur Seite, in der Masse verschwindend.

Bach kam ihm entgegen. Er zog einen Schlauch hinter sich her, bis zu seinem Fass. Schraubte den Deckel auf und ließ den Schlauch hineingleiten.

„Kommen Sie mit. Es geht gleich los. Dann zeige ich Ihnen die Anlage."

Der Lärm schwoll an. Die ersten Flaschen verließen klappernd das große Rund. Auf einem schmalen Förderband.

„Dort, wo die erste Flasche jetzt hineinläuft, da wird sie befüllt. Sie erkennen den Stern. Der nimmt immer zwölf Flaschen auf, füllt sie und verkorkt sie danach. Das sieht nach viel Technik aus mit den Laufbändern. Danach müssen die Flaschen noch ein paar Minuten aufrecht stehen, damit sich der Korken voll ausdehnen kann und richtig dicht wird. Da hinten am Ende sitzt dann einer, der nimmt die vollen Flaschen ab und setzt sie in Transportboxen. Das ist alles. Diese Abfüllstraßen sind erweiterbar. Da könnte man jetzt noch eine vollautomatische Etikettiereinheit anhängen. Aber das mache ich lieber selbst zu Hause."

Bach hatte ihn die ganze Zeit angebrüllt, so laut war es mittlerweile. Jetzt kam der Sommersprossige an. Das musste er sein, der Schäfer. Er war groß und wirkte schlaksig. Bestimmt zwei Meter. Seinen Herzschlag spürte Kendzierski nicht mehr. Das Dröhnen dieser Maschine überlagerte alles. Er fühlte die Hitze in sich aufsteigen, den Schweiß auf seinem Rücken. Sah so einer aus, der einen Menschen erwürgte? Er war jung. Vielleicht lag das aber auch an den vielen Sommersprossen, die seine Nase und die gebräunten Wangen bedeckten. Höchstens 35. Helle blonde Haare. Lachend, als er sich zu Bach hinunterbeugte, um ihm etwas zu sagen. Bei dem Lärm war kein Wort zu verstehen. Der sah drahtig aus. Sehr schlank, aber mit reichlich Muskeln am richtigen Ort. Durch das schwarze T-Shirt war das deutlich zu erkennen. An den Armen, oben und unten. Kendzierski dachte an den leblosen Fleischberg. Diese erwürgte Masse Mensch. Hatte der Schäfer die Kraft dazu, wenn der Dicke sich mit über hundert Kilo zur Wehr setzte, um sich schlug, wie wild? Im Schlaf auf ihn. Der lange Schäfer saß auf seinem Oberkörper. Er konnte das jetzt genau erkennen. Mit seinen Knien die fuchtelnden Arme in die Matratze drückend. Seine großen Hände um den fleischigen Hals. Mit aller Kraft dieses Leben beendend. Dann schnell weg.

Beide lachten. Schäfer klopfte Bach mit seiner großen Rechten auf die Schulter. Verdammt, woher sollte er denn wissen, wie ein Mörder auszusehen hatte. Verschlagen, das Blut noch an den Händen? Das war hier kein billiger ‚Tatort'! Schäfer verschwand mit eiligen Schritten nach hinten.

Bach ging zu der alten Frau, die weiter Flaschen auf das Band stellte. Neben ihr lag auf einem kleinen Tisch ein aufgeschlagenes Notizbuch. Er beugte sich darüber und schrieb etwas hinein. Der Winzer lief eilig weiter. An der Abfüllanlage entlang, den Flaschen folgend, bis zu der Stelle, wo der Wein in sie hineinlief. Dort blieb er stehen. Seinen Blick auf den sich drehenden Stern geheftet. Prüfend. Er drehte sich um. Irgendetwas schien er dem Schäfer zuzurufen. Seine Lippen bewegten sich. Der kam sofort an. Beide beobachteten sie jetzt die vorbeilaufenden Flaschen.

Kendzierski stand noch immer bei der alten Frau, die im Takt der Maschine zu arbeiten schien. Gelbe Stöpsel ragten aus ihren Ohren hervor. Anders war dieser Lärm kaum zu ertragen. Er stellte sich vor, hier einen ganzen Tag lang zu sitzen. Im Schlaf musste es weiter hämmern, im Takt.

Vor ihm auf dem Tisch lag das Notizbuch. Wellig von der feuchten Luft hier drinnen. Sein Blick fiel auf das, was Bach aufgeschrieben hatte. In einer der letzten Zeilen. Etwas durchzuckte ihn. Heftig. Wie ein starker Schmerz durch den ganzen Körper. Erstarrt stand er da. Er musste husten, würgen. Damit löste sich der Krampf.

Die Zeilen des Buches. Fein säuberlich waren Linien gezogen. Mit dem Lineal und einem blauen Kugelschreiber. Sie markierten Spalten unterschiedlicher Breite. Bachs Schrift: 25. Mai, MZ T 417, 450. Darüber die gleichen Eintragungen. Zuerst ein Datum, dann das Kennzeichen eines Fahrzeugs, dann die angelieferten Liter Wein. Es pochte im Takt der Abfüllanlage. In Kendzierskis Kopf, in seiner Brust. Hektisch blickte er sich um. Schäfer und Bach standen noch immer zusammen, die Abfüllung beobachtend. Kendzierski starrte zurück auf das Papier. Die Eintragungen, die über den Zeilen von Bach standen. 25. Mai, MZ Y 730, 400, 25. Mai, MZ Z 11, 900, 25. Mai, MZ R 669, 1500. Dann ein neues Datum. 16. Mai. Mehrere Eintragungen unter diesem Datum, sieben, acht. Kendzierski schaute nach der alten Frau. Sie war mit ihren Flaschen beschäftigt. Beachtete ihn nicht. Schnell blätterte er zurück, eine Seite. 9. Mai, ein halbes Dutzend Eintragungen. Eine Zeile frei, dann der 3. Mai. Die Zeile war nicht frei. Es fehlte nur das Kennzeichen. Das Datum, 2000 Liter. Noch eine Seite zurück. Jetzt im April. Zwei Daten, genauso. Ohne Kennzeichen 2000 und 3000. Weiter, schnell. März. Ein Datum 2000. Was hatte das zu bedeuten? In seinem Kopf rasten die Gedanken. Alles wirr durcheinander. Die Aufzeichnungen des Scheier-Klaus. Im Weinfass. So sahen die aus. Genau so. Vorne ein Datum, der Monat. Dann ein Kennzeichen oder etwas in der Art. Danach die Menge. Aber wie kam der dazu, diese Sachen aufzuschreiben?

Kendzierskis Blick fiel auf die Frau. Auf einem Hocker saß sie, Flaschen von links nach rechts auf das Förderband der Anlage räumend. Monoton im Lärm der Maschine. Kendzierski rieb sich die Augen. Er konnte den Scheier-Klaus sehen, direkt vor sich. Da saß er. Auf dem Hocker. Nach den Flaschen greifend. War das möglich? Der hier? Als Aushilfskraft, beim Abfüllen. Aber was füllten die da ab? Mit Datum, aber ohne Kennzeichen.

Kendzierski spürte eine Hand auf seiner Schulter. Er zuckte zusammen und drehte sich ruckartig um. Weit aufgerissene Augen. Er starrte den Schäfer an, der sich zu ihm hinunterbeugte. Was wollte der? Er hatte ihn nicht gehört. Dieser verdammte Krach hier drinnen! Er grinste ihn an und hielt ihm ein gefülltes Weinglas unter die Nase. Kendzierski griff danach. Jetzt erkannte er auch Bach. Er stand hinter Schäfer und prostete ihm zu. Kendzierski spürte deutlich das Zittern seiner Hand. Das Glas. Es bewegte sich hin und her. Der Wein darin. Er nahm einen schnellen Schluck. Das war zu viel. Diese Hitze, der hämmernde Lärm. Er musste hier raus. So schnell wie nur möglich durch das offene Tor in die Sonne. Frische Luft, endlich frische Luft. Am liebsten wäre er weggerannt. Weg von diesem Ort hier. Der Schäfer musste der Mörder sein. Die Aufzeichnungen aus dem Fass überführten ihn. Der erste Tote hatte hier gearbeitet, aufgeschrieben, Notizen gemacht von einzelnen Abfüllungen. Von Abfüllungen, die der Schäfer nicht vollständig notiert, bei denen er das Kennzeichen weggelassen hatte. Aber warum das alles? Irgendetwas lief hier. Da war noch etwas, ganz sicher! Die Abfüllungen. Das waren immer einzelne Tage. Einmal in der Woche. Immer ganz am Ende. Nach allen anderen Füllungen. Vielleicht auch heute. Er musste wieder hierher. Nachher, alleine.

Bach kam hinter ihm aus der Halle heraus, ohne Schäfer.

„Wir können los. Der braucht noch. Er füllt den extra langsam für mich ab. Schonend. Ich kann die Flaschen um sechs abholen."

Beide stiegen sie in den Geländewagen. Den Anhänger ließen sie stehen. Bach schien bester Laune zu sein. Er summte irgendeine Melodie. Zufrieden mit sich und seinem Wein.

„Kendzierski, das wird eine Granate. Der Weiße Burgunder." Bach schaute ihn an. Eine Antwort erwartend. „Hat der Ihnen nicht geschmeckt?" Bach schaute zu ihm herüber, auf seine Hände. Sein Blick wanderte auch da hinunter. Erst jetzt fiel ihm auf, dass er das Glas noch immer in der Hand hielt. Bach grinste.

„Oder hat er Ihnen so gut geschmeckt, dass Sie ihn gar nicht mehr hergeben wollen?" Er lachte vor sich hin. „Ich liebe solche Weine. Das ist ein Weißer Burgunder vom Kalkstein. Den Weinberg kennen Sie ja schon. Ich mache von diesem Wein immer mal zwei kleine Holzfässer voll. Der kommt da direkt nach dem Pressen als Saft hinein. Er vergärt im Holzfass und bleibt dann ein halbes Jahr zur Reife dort drinnen. Der Sauerstoff des Holzes verändert den Wein, lässt ihn wie einen Rotwein reifen. Er wird weicher, fast ein wenig cremig und schmelzig. Sie können da Aromen riechen und schmecken, die erwarten Sie von einem Weißwein nicht. Der hat einen Hauch Sahne und Karamell. Genial. Einfach genial."

Jetzt fehlte es nur noch, dass sich Bach selbst auf die Schulter klopfte.

Kendzierski konnte das alles heute nicht ertragen. An jedem anderen Tag mit Genuss. Aber heute war ihm absolut nicht danach. Dort oben lief der Mörder herum. Einer, der womöglich zwei Menschen auf dem Gewissen hatte. Kaltblütig gemordet. Überfahren und erwürgt. Da blieb kein Platz für genussvolles Schlürfen.

Er verließ den Hof so schnell er konnte. Raus aus Essenheim und zurück nach Nieder-Olm. Wenn Bach seine Flaschen um sechs Uhr abholen sollte, dann musste er kurz danach dort sein. Erst nach sechs konnte der Schäfer einen anderen Kunden abfertigen. Der würde ganz sicher nicht das Risiko eingehen, dass ihm da einer unerwünscht hereinplatzte.

Jetzt musste er nur noch Klara klarmachen, dass sich ihre Verabredung um einen Tag verschob.

22

Sein Handy klingelte. Er drückte die kleine grüne Taste. „Ja?"

„Die nächste Lieferung kommt heute Abend. Ich habe mehr geordert, damit wir nicht auf dem Trockenen sitzen, falls wir doch einmal pausieren müssen."

„Der Dicke ist tot!"

„Ich hab' das auch gehört. Kommt ja in allen Nachrichten."

„Ich habe ihn nicht umgebracht! Verdammt!"

„Denkst du etwa, ich war das? Ganz bestimmt nicht."

„Aber wer war das dann?" Er brüllte es hinein.

„Du hast doch immer gesagt, dass das ein Vorbestrafter ist. Vielleicht hat ihn seine Vergangenheit eingeholt. Ich laufe doch nicht Amok und fahr zu ihm. Nur weil der ein paar idiotische Drohungen von sich gibt."

„Aber wer?"

Seine Stimme überschlug sich. Heiser krächzend. Ein spitzer Schrei.

„Jetzt beruhige dich und bereite alles vor. Es sind 20.000. Harald kommt und bringt alles mit. Der LKW ist für zwölf terminiert. Abholung der fertigen Ware um fünf. Ihr habt einiges zu tun. Haltet euch ran, damit es keine Verzögerungen gibt. Ich habe meinen LKW ungern länger als nötig auf deinem Gelände."

Von der anderen Seite war nichts zu hören. Nur ein leises Atmen.

„Hast du mich verstanden? Der Fahrer hat dein Geld dabei. Eine ordentliche Summe, ohne großes Risiko."

„Und wenn die Polizei ..." Es platzte aus ihm heraus.

„Die Polizei! Die haben doch gar keine Ahnung. Wie sollen die denn auf dich kommen? Die haben alle Hände voll zu tun. Die klappern seine ehemaligen Kumpanen ab. Das machen die heute Nacht. Die liegen nicht vor deiner Tür im tiefen Gras, du Feigling! Sieh' zu, dass bei dir alles glatt läuft. Es geht um viel Geld, von dem du einen ordentlichen Batzen bekommst."

Dann war die Leitung tot.

23

Gegen Klara hatte er keine Chance. Von Anfang an nicht. Er hatte sich auf dem Rückweg von Essenheim dafür entschieden, ihr die ganze Sache zu erklären. Dann würde sie schon verstehen, warum er die Verabredung verschieben musste. Und außerdem würde dann auch kein Grund bestehen, ihm nachträglich Vorwürfe zu machen. Warum hast du mir denn wieder nichts erzählt. Vertraust du mir etwa nicht? Das konnte wirklich gefährlich werden. Eine Diskussion um Vertrauen! Bloß nicht. Also kontrollierte Offensive.

Brav berichtete er ihr von seinem Verdacht. Diese doppelte Verbindung zwischen dem Scheier-Klaus und dem Schäfer, dem Mörder. Klara hatte gespannt zugehört, interessiert nachgefragt. Immer wieder. Natürlich hatte sie verstanden, dass sie sich deswegen nicht heute Abend zum Grass setzen und Wein trinken konnten. Er musste dorthin. Er hatte sich an ihrem Lächeln erfreut. Die kleinen Grübchen auf ihren Wangen. Diese Augen, die ihn anschauten, ihr Verständnis.

Dann komme ich eben mit. Er hatte schlucken müssen. Verdammt! Nein, nein, nein! Das war es nicht, was er hatte erreichen wollen. Sie mit dabei. Das war zu gefährlich. Aber wie da wieder herauskommen? Ohne den größten Streit. Du kannst da doch nicht alleine hin. Hast du etwas gegen meine Anwesenheit. Das sind deine Vorurteile gegen Frauen. Tief in dir. Eine solche Diskussion wäre nicht beherrschbar gewesen. Er nickte nur und lächelte gequält. Sie verabredeten sich für Punkt sechs. Er wollte sie abholen.

Es war halb sechs. Ein wenig Zeit blieb ihm noch. Er kramte in seiner Hosentasche nach dem Zettel. Den Aufzeichnungen aus dem Weinfass. Passte das denn wirklich alles zusammen? Bach machte ihn nachdenklich. Das, was der Winzer gesagt hatte. Der junge Schäfer ist kein Mörder. Der war überzeugt davon. Er starrte auf die Zeilen vor sich. Es war wie im Notizbuch. Die Buchstaben vorne standen für die Monate. Dann die Kennzeichen. Was bedeutete TO? Das sah nicht nach einem deutschen Kennzeichen aus. Die Buchstaben am Ende.

Er machte sich auf die Suche. Im Internet musste doch

irgend ein Anhaltspunkt zu finden sein. Autokennzeichen Europa. Tausende Einträge in einer halben Stunde. Die Segnungen des Internets. Ein Wust unbrauchbarer Informationen. Eigentlich hatte er nichts anderes erwartet. Ein Auto-Kennzeichen-Lexikon bot da einer an. Der Rechner brauchte unheimlich lange, um die Seite anzuzeigen. Scheibchenweise. Das war ein Buch. Erhältlich in jeder Buchhandlung. Lieferzeit 24 Stunden. Er hatte genau noch zwanzig Minuten. Nicht mehr.

Ein Versuch noch. Kendzierski wechselte zu einem Internetlexikon. Kfz-Kennzeichen Europa. Wieder eine umfangreiche Liste von Treffern. Er liebte diese ersten Zeilen bei der Suche. Ergebnisse 1-20 von 12.448. Alles Mist! Er klickte den obersten Treffer an. Die letzte Bewährungsprobe für die Informationswelt da draußen. Dann musste er los. Viertel vor sechs. Bei Klara war er in fünf Minuten. Text und Tabellen tauchten auf. Das war es, was er gesucht hatte. Eine Systematik der europäischen Kennzeichen. Zahlen oder Ziffern und in welchen Kombinationen. Er schaute kurz auf den Zettel vor sich: TO 35459 W. Buchstaben-Ziffern-Buchstaben. Ein gutes Dutzend Länder hatte eine solche Kombination. Albanien, Niederlande, Großbritannien, Spanien, Italien, Bulgarien und so fort. Es war also ganz sicher ein Kennzeichen, das der Scheier-Klaus notiert hatte. Aus welchem Land auch immer.

Kendzierski ging die Zeilen auf dem Papier nach unten durch. Immer das gleiche Muster. TO, fünf Zahlen und dann ein Buchstabe. Er musste jetzt endlich los. Der April war es! Genau. Dass er da nicht gleich drauf gestoßen war. Der April bestätigte seine Spur. In Schäfers Notizbuch hatte es im April zwei Zeilen gegeben. Er konnte sich noch genau erinnern. Am gleichen Tag, direkt hintereinander.

Zwei Abfüllungen. Das hatte der Scheier-Klaus genau so notiert. Auch er hatte für den April zwei Einträge. Das gleiche Kennzeichen. Das war zu viel für einen Zufall. Die Notizen hatten etwas mit dem Schäfer zu tun. Es war die zweite Verbindung zwischen ihm und dem ersten Toten.

Klara stand schon vor dem Haus. In blauen Jeans und dunklem T-Shirt. Ihre Haare hatte sie hinten zusammengebunden. Ein Rucksack hing über ihrer Schulter. Das war doch keine Klassenfahrt!

„Na, Paul, ich hatte schon fast geglaubt, du würdest mich einfach sitzen lassen und alleine fahren." Sie lächelte ihn an. Hatte er da ernsthaft dran gedacht? Ganz kurz nur, vorhin. Es war ihm nicht vollkommen abwegig vorgekommen. Letztlich hatte er sich dagegen entschieden. Sie hätte ihm das nie verziehen. Ganz sicher nicht.

„So etwas traust du mir zu? Das ist ja erschreckend."

Sie lächelte. Und ziemlich sicher hatte sie ihn durchschaut. Er konnte nicht gut schauspielern. Nicht in solchen Situationen und schon gar nicht bei ihr.

Schweigend fuhren sie durch Nieder-Olm. Über die große Kreuzung. Die Pariser Straße. An der „Schönen Aussicht" links ab. Ein gelbes Haus. Früher mal eine Gastwirtschaft, da, wo zwei Straßen aufeinander treffen. Kendzierski erkannte im Garten bunte Figuren. Schnäbel, große Augen.

Die Anspannung in ihm wuchs mit jedem Kilometer, den sie näher kamen. Klara saß still neben ihm. In ihr schien es ähnlich auszusehen. Ein pochendes Herz, das flaue Gefühl im Magen. Eine leichte Übelkeit. Die Fahrt mit ungewissem Ausgang. Er hatte keine Ahnung, was sie dort oben an der Landstraße in Essenheim erwartete. Ein ruhiger Abend. Nichts. Oder die Lösung für die beiden Morde. Was füllte der Schäfer am Abend ab? Und für wen? Es waren große Mengen, größere als bei ihm üblich. Er war gespannt, was da lief. Was der Scheier-Klaus beobachtet hatte. Damit musste der ihn erpresst haben. Illegale Abfüllungen. In der Nacht. Der Kauz kann mithelfen, der kapiert das nicht und den nimmt sowieso keiner ernst. Aber was war illegal an der ganzen Sache? Hatte sich der Junge das nur zusammengereimt. Sein eigenes Hirngespinst? Verwirrt in der Monotonie der klappernden Flaschen. Immer vier von links nach rechts. Auf das Förderband. Die nächsten, stundenlang. Was füllte der Schäfer in diesen Mengen ab? Erpressbar. Mit Wasser verdünnten Wein? Oder gleich mit Cola? Fertiger Cola-Schoppen? Nicht wirklich witzig. Kendzierski musste an den Schmahl denken. Der Journalist hatte etwas von teurem Riesling gesagt. Bach auch. Große Nachfrage und steigende Preise. Goldgräberstimmung. Der Markt leergefegt. Die Kennzeichen aus ganz Europa. Da waren Spanien, Italien, Bulgarien dabei gewesen. Da gab es überall auch Wein. Weißwein von dort. Hier gefüllt, als Riesling. War so etwas machbar? Schmeckte das jemand in Amerika heraus?

„Ich glaube, ich bin nervös." Klara lächelte und holte ihn aus seinen Gedanken zurück. Sie waren auf der Landstraße, die sich nach Essenheim hinaufwand. Kurz vor dem Ortseingang. Die Böschung rechts, dort unten, wo der Tote gelegen hatte. Durch den Kreisel und in die Ortschaft hinein. Kendzierski schaute auf seine Uhr. Genau sechs. Jetzt musste der Bach da oben vorfahren, um seinen Wein abzuholen. Der durfte sie da nicht sehen. Also vorsichtig.

„Mir geht es nicht anders." Er atmete tief durch und rieb sich über die Stirn. Seine Hand war nass. Auch sein T-Shirt klebte an ihm. Es war durchgeschwitzt. Die Anspannung in dieser Hitze. Es war drückend, schwül. Durch den nassen Stoff zeichnete sich überdeutlich sein Bauchansatz ab. Er versuchte, den Stoff ein wenig anzuheben, damit er wieder locker herunterhing. Das klappte nicht. Es fiel einfach zurück, schwer und vollgesogen. Super! Das in dieser Situation. Klara direkt daneben. Ihm war das peinlich.

Langsam fuhr er durch das Dorf. Die engen Straßen. Es war nicht mehr viel los. Die steile Straße hinauf zum Schäfer und das Stück parallel zu der kleinen Böschung links. Die Landstraße. Das Tor war schon zu erkennen. Der Zaun um das Gelände. Das passte genau. Rechts standen parkende Autos in einer langen Reihe. Da waren Lücken. Noch ein Stück weiter. Hier. Kendzierski parkte seinen Wagen ein. Jetzt fielen sie nicht mehr auf. Zwei Autos standen vor ihnen. Dann waren es noch fünfzig Meter bis zum Schäfer. So hatten sie alles bestens im Blick. Fünf nach sechs.

„Ist es da hinten?" Klara deutete mit ihrem Kopf eine Bewegung an.

„Ja. Das ist ein ehemaliger Landhandel. Mit dem Turm sieht das fast wie eine Burg aus."

„Aus Wellblech?"

Beide schwiegen sie. Dieser Abend konnte lang werden, sehr lang.

Nur wenige Minuten vergingen. Da vorne bewegte sich etwas. Ein Auto. Der Bach mit seinem Geländewagen. Der hatte seinen Hänger im Schlepptau. Der alte Wagen lärmte unter der Last von 600 Flaschen Wein. Langsam fuhr er an ihnen vorbei. Kendzierski duckte sich weg.

„Das war der Bach. Mit dem war ich hier heute Nachmittag. Der hat jetzt seinen Wein abgeholt." Schweigen. Beide starrten sie in Richtung des langgezogenen Gebäudes. Hoffentlich sah sie hier keiner. Kendzierski musste an den sonntäglichen Krimi im Fernsehen denken. Da standen die Kommissare auch immer direkt vor dem Objekt, das sie überwachten. So nahe, dass er sich immer fragte, wie blöde diese Verbrecher sein mussten. Das nicht zu bemerken.

Konnte der sie sehen? Durch die Fenster ganz vorne? Das musste der Wohnbereich sein. Die Gardinen sahen danach aus. Durch zwei Autos hindurch? Kaum.

„Meinst du, da passiert heute Nacht etwas?", fragte Klara.

„Ganz ehrlich habe ich da auch meine Bedenken."

„Der zweite Tote heute. Da wird man als Verbrecher doch nervös. Der muss doch ahnen, dass er früher oder später ins Visier der Ermittlungen gerät. Er ist der Erbe. Er profitiert von den Todesfällen."

„Das geht mir auch die ganze Zeit durch den Kopf. Aber irgendetwas muss ich doch machen? Auf seine Unvorsichtigkeit hoffen. Der muss einen Fehler machen, damit wir ihn bekommen", sagte Kendzierski. Sie schwiegen.

Es war absolut ruhig hier oben. Ab und zu raste ein Auto in hohem Tempo auf der Landstraße vorbei. Ein kurzer Moment. Dann wieder Stille. Kein Laut. Klara hatte auf ihrer Seite das Fenster heruntergedreht. Frische Luft. Bei ihm kam kaum etwas an. Es war eine stehende Hitze. Drückend.

„Es ist schwül heute Abend." Kendzierski wischte sich mit der Hand den Schweiß von der Stirn.

„Es soll Gewitter geben im Laufe der Nacht. Hoffentlich mal ordentlich Regen. Die Natur braucht das dringend."

Er nickte.

Wie lange würde es dauern? Der wartete, bis es dunkel war. Gegen zehn vielleicht. Oder doch alles abgesagt, wegen der

Unruhe im Dorf. Der Angst vor der Polizei, die hier unterwegs war. Befragungen, Ermittlungen, Spurensicherung. Der hatte heute Nachmittag nicht nervös gewirkt, der Schäfer. Lustig und gelöst mit dem Bach. Kumpelhaftes Schulterklopfen, ein Witz, Lachen. Ein Gläschen auf den Neuen. Schöner Wein, toll.

Wie lange saßen sie da jetzt schon. Kendzierski schaute auf seine Uhr. „Acht."
„Ich habe auch eben nachgesehen. Die Zeit vergeht nicht gerade wie im Fluge."
Seinen ersten Abend mit Klara hatte er sich irgendwie anders vorgestellt. Er hätte sie ja gerne unterhalten. Geredet über alles Mögliche. Ihr Lächeln, ihre Freude genossen. Sie angesehen. Ihre wachen Augen. Dazu war er heute nicht in der Lage. Die nervöse Anspannung. Er konnte keine Unterhaltung führen. Seine Kehle war wie zugeschnürt. Die Gedanken weg, immer wieder. Wild unterwegs. Hin und her huschend. Von dem Gebäude da vorne zur alten Scheune mit dem meterhohen Gerümpel. Der weiße erwürgte Dicke. Die blutunterlaufenen Flecken auf seinen Oberarmen. Die Spuren an seinem Hals. Erwürgt. Der Zettel und das Notizbuch.

Klara gähnte neben ihm. Sie versuchte das möglichst unauffällig zu tun. Die Hand vor dem Mund. Er konnte es hören. Er fühlte sich nicht müde. Die Anspannung war zu groß. War das die einzige Zufahrt zum Gelände? Als er mit dem Bach vorhin hier war, hatte er sich umgesehen. Alles war umzäunt. Rundherum. Auch hinten, wo es zur Abfüllanlage ging. Da war kein zweites Tor gewesen, keine weitere Zufahrt. Nach hinten raus hatte er auf Obstbäume geschaut, als er aus der Halle kam. Mit dem Glas in der Hand. Der Bach hatte sich amüsiert über ihn. Na, schmeckt denn der Wein so gut?

„Hast du eine Idee, was der hier um diese Uhrzeit abfüllt?" Klara sah ihn fragend an. Kurz nach neun. Die Sonne war weg. Es dämmerte ein wenig.

„Irgendwelche illegalen Geschäfte mit Wein. Ich weiß nicht, was da so machbar ist. Ich habe vorhin noch mal im Internet nachgesehen. Die Kennzeichen, die der Scheier-Klaus notiert hat. Sie könnten aus einem Dutzend verschiedener Länder sein. Spanien, Bulgarien, Italien. Alles Länder, in denen Wein wächst. Aber auch die Niederlande, Großbritannien oder Albanien, wenn die Liste stimmt, die ich gefunden habe."

„Der letzte große Weinskandal, an den ich mich erinnern kann, da ging es um Glykol. Wein aus Österreich, der mit dem Frostschutzmittel verbessert wurde. Aus dem einfachen dünnen Weißwein ist eine Auslese gemacht worden. Der wirkte durch die Panscherei konzentrierter, öliger. Meine Onkels hatten damals noch eigene Weinberge. Die haben auf die Österreicher geschimpft und die, die das Zeug deutschem Wein zugesetzt haben. Der Weinabsatz ist eingebrochen und die vielen Winzer mit ihren Familienbetrieben mussten den Schaden mit ausbaden. Obwohl die alle sauberen Wein in ihren Flaschen hatten. Ein paar große Kellereien aus Deutschland waren darin verwickelt. Das war ein riesiger Skandal, da ging es um viel Geld. Alles ließ sich gepanscht teuer als Auslese verkaufen."

„Ein neuer Weinskandal? Von Essenheim aus?"

„Das kann ich mir auch kaum vorstellen. Aber du hast mich danach gefragt."

„Ja klar. Es sieht nicht nach diesen Ausmaßen aus. Da stehen mal 2000 oder 3000 in seinem Notizbuch. Ich kenne mich nicht aus, aber die Anlage sieht auch nicht nach Großbetrieb aus. Der füllt ansonsten kleine Mengen für die Hobbywinzer. Das hat der Bach so erzählt. Es muss etwas mit dem Ausland zu tun haben."

„Wein von dort wird hier abgefüllt."

„Oder er schafft ihn von hier nach Holland oder England. Wein, der hier nicht zu verkaufen ist. Was meinst du, Klara?"

Sie grinste. „Die Engländer stehen im Ruf, all das abzubekommen, was man hier nicht verkaufen kann. Als süße Liebfrauenmilch. In den 70ern war das der deutsche Verkaufsschlager im Export. Riesige Mengen. Heute ist das nur noch süß und billig. Pappiger Wein zu mieser Küche. Das passt doch. Hast du auch noch ein paar Vorurteile, Paul, die wir heute Abend pflegen können?"

Jetzt musste er auch lachen. Und an sein einziges Engländererlebnis denken. Ein Schüleraustausch. Ein Vorort von London. Das war unheimlich lange her. Das Essen ein Alptraum. Dosenfutter zehn Tage lang. Büchse auf, dann in die Mikrowelle. Danach in die Schüssel. Geschälte Kartoffeln aus der Dose, vorgegart. Süße Baked Beans. Er musste sich schütteln bei diesen Gedanken an die englische Küche. Ab wann konnte eigentlich ein gut begründetes Vorurteil Allgemeingültigkeit beanspruchen?

„Aber deswegen ist man nicht erpressbar."

Klara überlegte. Schweigen.

„Wenn mit dem Wein irgendetwas nicht stimmt. Wenn er hier nicht zu verkaufen ist. Ab damit über die Grenze."

„Aber was sollte das sein?"

„Keine Ahnung. Gestreckt mit Wasser, unverkäufliches Zeug."

„Oder der Schäfer ist nur die Durchlaufstation. Wein aus dem Süden. Italien, Spanien. Hier abgefüllt, anderes Etikett und dann weiter. Wohin auch immer."

„Und warum das?"

„Irgendjemand hat mir erzählt, dass der Riesling zu hohen Preisen gehandelt wird. Der Markt ist abgeräumt und alle suchen. Zu jedem Preis. Für den Export. Warum nicht Weißwein aus Spanien hier abfüllen und als deutschen Riesling ins Ausland verkaufen? Oder untermischen, um die Menge zu erhöhen. Jeden Monat 3000 Liter, auch mal mehr. Ein sicherer Abnehmer im Ausland, der das weiterverkauft. Das sind knapp 40.000 Liter im Jahr. Ein ordentlicher Nebenverdienst."

„Bringt man deswegen einen Menschen um?"

„Wenn man Angst bekommt, entdeckt zu werden." Sie schwiegen beide. Mit ihren Gedanken beschäftigt. Ergab das wirklich einen Sinn?

Es war dunkel. Undeutlich waren Wolken am Himmel zu erahnen. Also doch noch ein Gewitter. Das wurde in der Wettervorhersage aber schon häufiger angekündigt in den letzten Wochen. Und dann war hier doch nichts angekommen. Regenarme Gegend. Auf der Landstraße kam nur noch selten ein Auto. Klara atmete gleichmäßig tief ein und aus. Sehr gleichmäßig. Vorsichtig drehte er sich zu ihr hin. Sie hatte die Augen geschlossen. Halb elf. Das Warten hatte sie geschafft. Die Nervosität.

Friedlich saß sie da. Entspannte zarte Gesichtszüge. Die Lippen einen Spalt weit geöffnet. Rosige Wangen. Das Haargummi hatte eine Strähne freigegeben. Dunkelblond. Sie hing über ihr linkes Auge bis zum Kinn hinunter. Er hätte sie gerne zur Seite geschoben, hinter ihr Ohr. Das war eine ihrer Bewegungen. Im Gespräch. Die zu kurze Strähne. Aus dem Gesicht.

„Ist was passiert?" Sie schaute ihn aus großen Augen an. Kendzierski fühlte sich ertappt. Zum Glück konnte sie in der Dunkelheit nicht sehen, dass er rot anlief. Dunkelrot.

„Nein, alles still. Du kannst ruhig weiterdösen." Durch zwei Fenster ganz vorne fiel Licht. Wahrscheinlich Schäfers Wohnzimmer. Der wartete. Hoffentlich tat sich da bald etwas.

Motorenlärm ließ ihn aufschrecken. Verdammt, er war eingenickt. Geschlafen! Wie lange? Hektisch sah er sich um. Klara grinste ihn an.

„Du hast geschnarcht."

„Und warum hast du mich nicht geweckt?"

„Ich war doch wach."

Scheinwerfer. Es wurde hell um sie herum. Die Lichter kamen auf sie zu.

„Was ist da los beim Schäfer?"

„Vor fünf Minuten ist ein Geländewagen vorgefahren. Eine Person. Das war der, der vorhin den Wein abgeholt hat."

„Was? Bach?" Was wollte der denn hier? Kendzierski fühlte sich hellwach. Pochendes Herz. Warum war der Bach noch mal hier hochgekommen? Er fuhr an ihnen vorbei. Wirklich nur er. Diesmal ohne Anhänger.

„Was hat der gemacht?" Er blickte ihm nach. Hektische Bewegungen. Schaute Klara an. „Sag schon, was hat der gemacht? Hat der seinen Anhänger hier stehengelassen?"

Eigentlich war das unmöglich. Der Bach! Ihm hatte er seine heiße Spur verraten. Alles, sein Verdacht. Der hatte ihn doch erst auf diese Fährte gelockt. Den Schäfer ins Spiel gebracht. Er alleine hätte diese Verbindung zwischen den beiden Toten nie herstellen können. Der Bach. Er starrte Klara an.

„Paul, beruhige dich. Der ist hier vor ein paar Minuten vorgefahren. Ohne Anhänger, nur der Geländewagen. Er hat ihn da vorne abgestellt. Gleich neben der Haustür. Ein Mann hat ihm aufgemacht. Ziemlich groß war der. Der Winzer ist rein und nach höchstens zwei Minuten wieder raus. Das war alles. Und jetzt ist er wieder weg."

Was wollte der Bach? Der hing da unmöglich mit drin. Hat der dem Schäfer abgesagt für heute Nacht? Kendzierski, das ist verrückt. Der riskiert nicht seinen Betrieb und seinen Namen. Es ging um Geld! Um eine ganz ordentliche Menge bei Tausenden von Flaschen. Trotzdem. Das ergab keinen Sinn. Oder gerade doch. Bach war über ihn bestens informiert, über alles. Vertrauen halten durch Informationen. Den lenke ich, der glaubt mir alles. Ein paar falsche Spuren legen, ein wenig Verwirrung stiften. Dann blickt der nicht mehr durch. Er blickte jetzt schon nicht mehr durch. So ein Mist!

Klaras Blick war nach vorne gerichtet.

„Schau mal."

Der Schäfer war aus dem Haus gekommen. Er kam in ihre Richtung. Nur ein paar Meter. Er machte das Tor zu. Die beiden Flügel. Schloss ab. Zurück durch die Haustür.

Das war es für heute. Kendzierski spürte seine Enttäuschung. Er hatte noch immer auf einen LKW gehofft. Bis zu diesem Moment. Das Licht im Haus erlosch. Alles lag jetzt im Dunkeln. Nur eine kleine Lampe über der Haustür brannte noch. Alles still.

Eine Zeitlang saßen sie noch schweigend da. Das Gewirr in Kendzierskis Kopf. Bach, Schäfer, wer denn noch alles? Er hatte keine Lust mehr, auf seine Uhr zu schauen. Er fühlte sich wie nach einer durchzechten Nacht. Eingeschlafen, wieder aufgewacht, die plötzliche Anspannung. Dieses tiefe Nichts jetzt. Keine Lösung in Sicht. Nur noch mehr durcheinander. Unbeantwortete Fragen. Keine Aussicht auf einen Erfolg, auf einen noch so kleinen.

„Wollen wir nach Hause?" Klaras Stimme klang zaghaft. Sie spürte seine Enttäuschung. Mitfühlend.

„Ja."

Langsam fuhr er durch Essenheim. Die steile Straße hinunter, zurück auf die Hauptstraße. Das Dorf schlief. Kein Mensch war zu sehen. Nur noch vereinzelt brannten Lichter in den Häusern. Dienstag, mitten in der Nacht. Ruhe und Stille überall. Eine graue Katze lief quer über die Straße und verschwand unter einem verschlossenen Hoftor. Das Donnern des vorbeiziehenden Gewitters war deutlich zu hören. Die drückende Schwüle dieser Nacht hatte es nicht mitgenommen. Als sie aus Essenheim herausfuhren, konnte Kendzierski zuckende Blitze erkennen. Am Horizont, in weiter Ferne. Für den Bruchteil eines Momentes erleuchteten sie die zahllosen Windräder. Groß wie Streichhölzer. Das sah gespenstisch aus.

Er musste sich konzentrieren, um nicht einzuschlafen. Auf diesem kurzen Stück Weg nach Nieder-Olm. Die Müdigkeit war übermächtig, jetzt wo die Anspannung sich löste. Der erste Kreisel. Das Gewerbegebiet mit seinen Märkten und den riesigen Lagerhallen. Ersatzteillager für Autos, Gemüse und so weiter. Da war Bewegung. LKWs wurden beladen. Ein großer kam ihnen entgegen. Die nutzten die leeren Straßen und Autobahnen. Auf dem Parkplatz eines Supermarktes standen mehrere Autos. Hämmernde Musik war zu hören. Ein paar Jugendliche mit Bierflaschen in der Hand standen herum.

Der zweite Kreisel, direkt an der Autobahnabfahrt. Jetzt hatten sie es bald geschafft. Das Ende dieses Abends. Die zu Grabe getragene Euphorie. Das Ende seiner Hoffnungen gegen sechs.

Ein LKW schob sich vor ihnen in den Kreisel. Von der Autobahn. Die nächste Ausfahrt heraus aus dem Rund. Kendzierski setzte den Blinker. Automatisch. Um die Uhrzeit stand da sowieso keiner, der auch noch in diesen Kreisel wollte und auf sein Blinken gewartet hätte. Der schlich vor ihm her im Kreis. Ganz langsam. Ein langer Lastzug. Schmutzig hinten. Der Kreisel war zu eng für ihn. Die Räder der hinteren Achse schleiften am Bordstein entlang und hinterließen schwarze Streifen. Ein Italiener. Die ganze Nacht schon unterwegs. Kendzierskis Blick fiel auf das Nummernschild. Alles genau so staubig wie die blaue Plane. Noch ein Stück, dann passte er endlich durch und konnte weiterfahren. In einem anderen Tempo. Nicht wie diese Schnecke da vor ihm. Sich um das Rund kämpfend. Nicht gebaut für diese riesigen Lastzüge.

Weiter kam Kendzierski nicht. Heißes Blut schoss ihm in den Kopf. Ein gewaltiger Druck. Zwischen die müden Gedanken in seinem Gehirn. Alles hinwegfegend. Verdammt! Das musste er sein!

„Klara, schau' nach!" Ein Befehl! Heiser gebellt. Klara zuckte zusammen und starrte ihn ungläubig an.

„Du bist schon vorbei. Wir müssen da lang, Paul. Hier geht es nach Nieder-Olm weiter."

„Nein!" Er riss den Zettel aus seiner Hosentasche und hielt ihn ihr hin.

„Schau' nach! Schnell."

Der LKW war jetzt herum und bog aus dem Kreisel in Richtung Gewerbegebiet ab.

„Das Kennzeichen. Von dem da."

Er deutete mit seinem Kopf in Fahrtrichtung. „Und die Notizen hier." Klara schaute ihn ungläubig an. Verständnislos. Das Kaninchen vor der Schlange. Ohne eine Regung. Oder kam ihm das alles einfach nur unheimlich langsam vor? In dieser Situation, gerade jetzt. War er das? Klara griff nach dem Stück Papier. Sie hatte verstanden, endlich. Stille. Die Sekunden kamen ihm wie eine Ewigkeit vor.

„TO 42973 L. Das ist er."

„Ist er auf der Liste?"

„Ja, Paul, eindeutig. Das ist eines der Kennzeichen auf diesem Zettel."

Jetzt war er hellwach. Das Leben war in ihn zurückgekehrt. Er hatte mit seinem Gefühl richtig gelegen. Die machten weiter. Trotz des zweiten Toten. Gerade deswegen. Genau, weil die Polizei beschäftigt war. Mit ihren Ermittlungen, der Spurensicherung, den ersten Befragungen. Da haben wir noch Zeit. Nachts kommen die ohnehin nicht. Da schlafen die. Lustig.

Er hielt Abstand zu dem Lastzug. Da passte eine ordentliche Menge Wein drauf. Der Schäfer hatte sein Tor zugemacht, damit keiner misstrauisch wurde. Oben auf der Landstraße. Im Auto unterwegs. Warum ist denn bei dem noch offen? Erwartet der noch jemanden? Um diese Uhrzeit. Sonst hat der doch auch sein Tor schon um acht zu. Im alten Landhandel, in Schäfers Scheune, lief jetzt sicher schon die Anlage warm, Vorbereitungen für die vielen Liter. Er war gespannt, wie die das hinbekommen wollten, ohne großen Lärm. Die Nachbarn drumherum. Das waren höchstens hundert Meter bis zu den ersten Häusern. Und dann dieser riesige Lastzug. Bachs Rolle dabei. War der an dieser ganzen Sache beteiligt? Sein Besuch vorhin. Der Schäfer schien doch auf ihn gewartet zu haben. Das Tor lasse ich offen, bis du kommst und Bescheid gibst. Bach als Bote? Als der Planer im Hintergrund? Ich gebe Bescheid, wenn die Lieferung kommt. Du hast dann eine Stunde Vorlauf, um die Anlage vorzubereiten. Nein! Nein! Nein! Er konnte das nicht glauben. Er wollte es nicht. Bach nicht! Das ungute Gefühl ließ ihn dennoch nicht los.

„Sollen wir der Kripo Bescheid geben?"

Daran hatte er bisher nicht gedacht. Klaras Vorschlag. Keine Beweise, alles nur vage Vermutungen, Gerüchte. Warum haben Sie mir da nicht früher etwas gesagt. Ihre Alleingänge, die werden Sie teuer zu stehen kommen. Wolfs Reaktion darauf. Wenn die dann auch noch mit einem Großaufgebot hier anrückten, bevor der Schäfer richtig angefangen hatte.

„Das können wir nachher immer noch. Ich will erst wissen, was hier wirklich läuft."

Klara nickte still. Er wertete das als Zustimmung. Ihre Gesichtszüge sahen angespannt aus. Das Weiche, Friedliche war verschwunden.

Der Lastzug mühte sich durch den nächsten Kreisel. Das ging diesmal schneller. Er bog gleich rechts ab in Richtung Essenheim. Wohin auch sonst! Mit einem solchen Gefährt hätte er sich einen anderen Weg ausgesucht, nicht durch das enge Dorf hindurch. Die scharfe Kurve, bevor es steil zum Schäfer hinaufging. Woher sollte der Fahrer das wissen? Von den letzten Touren. Oder waren das sonst kleinere Transporter gewesen? Jetzt noch einmal eine ordentliche Menge, bevor sie zu heiß wird, die ganze Sache. Dann abwarten und Gras drüber wachsen lassen.

Der LKW beschleunigte. Der gerade Kilometer bis zur

Selz, der kleinen Brücke. Danach ging es dann langsam aber stetig nach oben. Durch die Bäume erkannte Kendzierski erleuchtete Fenster, links von der Straße. Mehrere Gebäude, zu denen auch die Reste der alten Mühle gehörten. Die mussten weiter hinten kommen, von den anderen Häusern verdeckt.

„Achtung! Paul, der bremst!"

Kendzierski hatte einen Moment nicht nach vorne geschaut. Die rot aufleuchtenden Bremslichter übersehen. Es war noch reichlich Platz zwischen ihnen. Er hatte eigentlich einen größeren Abstand halten wollen. Damit der sich nicht verfolgt vorkam. Jetzt fuhr er keine fünf Meter hinter ihm. Immer langsamer werdend. Keine Chance, den Abstand wieder ein wenig zu vergrößern. Sie waren an der Selz angelangt. Warum fuhr der denn so langsam? Der LKW blinkte rechts. Wollte der anhalten? Am Straßenrand? Hier warten bis zu einer verabredeten Uhrzeit?

„Der will hier abbiegen. Da kannst du nicht hinterher. Auf dem Feldweg merkt der sofort, dass ihm einer folgt."

Der LKW vor ihm holte nach links aus und verließ dann in einem weiten Bogen die Landstraße. Klara hatte recht gehabt. Das war der schmale Weg an der Selz entlang, der wieder nach Nieder-Olm zurückführte. Der Lastzug wirbelte den trockenen Staub auf dem betonierten Weg kräftig auf. Was hatte das zu bedeuten? Das war eindeutig der falsche Weg. Da ging es nicht zum Schäfer. Sie mussten weiter hinauf nach Essenheim, durch den Ort. So ein Mist!

„Fahr' noch ein Stück. Da vorne kannst du drehen und zurückfahren. Auf der anderen Seite der Selz geht ein Weg entlang. Den nehmen wir. Da kann er uns nicht sehen. Da wo der hinfährt, da kommen wir besser von der Nieder-Olmer Seite ran."

Kendzierski schaute sie mit großen Augen an. Den Mund hielt er geschlossen, um sein Erstaunen nicht noch deutlicher zu zeigen.

„Der Betonweg endet an einem Gehöft. Danach geht er als unbefestigter Wirtschaftsweg weiter bis nach Nieder-Olm zurück. Da kann der mit dem Fahrzeug unmöglich hinwollen. Und bis zu dem Hof kommen wir auch auf der anderen Seite. Von da aus sehen wir sogar noch besser, was die machen."

Auf einem schmalen Feldweg wendete Kendzierski. Ein paar hundert Meter waren es zurück zur Selz. „Hier musst du links rein."

Von dem Lastzug war nichts mehr zu sehen. Kendzierski schaltete seine Scheinwerfer auf Standlicht um. Der geschotterte Weg war auch so gut zu erkennen. Auf beiden Seiten stand das Gras kniehoch. Nach links waren es zwanzig Meter bis zu den Bäumen, die direkt am Fluss wuchsen. Jetzt waren die roten Rücklichter des Lastzugs wieder zu erkennen. Aufflackernd zwischen den Bäumen, immer wieder verdeckt für einen kurzen Moment.

„Da hinten kommt gleich der Aussiedlerhof. Noch ein paar hundert Meter."

„Woher kennst du den?"

„Das ist der Sauder. Der hat mal in Essenheim einen Hof gehabt und hat dann hier unten neu gebaut. Das war aber vor meiner Zeit bei der Gemeinde. Das müsste zehn Jahre her sein. Wer das genehmigt hat, das fragen wir uns heute noch alle. Zu nahe an der Selz und andauernd Probleme mit dem Wasser. In jedem Frühjahr stehen seine Keller voll. Und dann will der, dass wir etwas unternehmen. Wir hätten das ja auch damals genehmigt. Ich war da schon ein gutes Dutzend Mal."

„Und was will der jetzt dort mit seinem LKW?"

Kendzierski versuchte die verirrten Gedanken in seinem Kopf notdürftig zu ordnen. Da war nichts zu machen. Er hatte keinen Schimmer, was das alles zu bedeuten hatte. Der Schäfer, verdammt, wo passte der da in die ganze Sache hinein? Der hatte doch den Dicken umgebracht und vielleicht auch den Scheier-Klaus. Der war ganz sicher mit den Notizen erpresst worden.

„Woher soll ich das wissen? Ich dachte immer, der hätte nur ein paar Weinberge und ansonsten seine Landwirtschaft."

Kendzierski konnte das hohe Gras hören, unter seinem Auto. Ein schleifendes Geräusch. Dieser Weg schien nur selten genutzt zu werden. Sollte er das Licht ganz ausmachen? Dann war aber nichts mehr zu erkennen. Eigentlich dürften sie von da drüben nicht zu sehen sein. Das hohe Gras und das Schilf, direkt an der Selz, waren Schutz genug.

„Der hat seinen Hof wie eine Festung gebaut. Rundherum zu. Kaum Fenster. Nur zur Selz hin ist alles offen. Deswegen müssten wir von hier einen ganz guten Blick haben."

Im matten Mondlicht konnte Kendzierski ein erstes Gebäude erkennen. Es sah wie ein Wohnhaus aus. Hoch aufragend mit einem spitzen Dach und einem kleinen Türmchen. Wie eine Burg. Nur aus den 1990ern. Der LKW fuhr zwischen dem Haus und dem Fluss weiter, wurde langsamer. Die Bremsleuchten strahlten. Für einen kurzen Moment ließen sie das Haus rot aufleuchten. Das geöffnete Tor. Dann war der LKW vorbei. Die Rücklichter blitzen rot auf. Der schien zu wenden und sich in Position zu bringen. Wofür?

„Die Gebäude stehen wie ein breites U. Offen zur Selz hin. An das Haus schließt sich eine lange Halle an. Die müsste fast hundert Meter lang sein. Hinten quer ist dann eine offene Scheune. Als Unterstand für die landwirtschaftlichen Maschinen. Schön abgeschlossen nach allen Seiten. Vor neugierigen Blicken geschützt."

„Was ist in der langen Halle? Warst du da mal drinnen?"

„Keine Ahnung. Das ist ein niedriger Bau. Nicht unterkellert. Die Probleme mit dem Selzwasser hatte der im Wohnhaus. Das Gebäude kenne ich. Die Halle war immer zu, soweit ich mich erinnern kann. Große geschlossene Tore. Wirklich interessiert hat mich das damals aber auch nicht. Kann ja keiner ahnen, dass mich mal einer nach dem Gebäudeaufmaß fragt."

Sie schaute ihn an. Ein zaghaftes Lächeln.

Jetzt standen sie auf der Höhe des Lastzugs. Kendzierski hielt an und machte den Motor aus. Kein Licht mehr, nur noch da drüben. Weniger als hundert Meter waren es. Ein Stück hohes Gras bis zur Selz. Ein paar Bäume, niedrige Sträucher, auch auf der anderen Seite. Dann weite Fläche, der Hof. Im Licht großer Strahler. Ein paar Geräte im Freien. Die von Klara beschriebene lange Halle. Die breite niedrige Front. Etliche Fenster erleuchtet in regelmäßigen Abständen.

Da war Bewegung. Kendzierski konnte Menschen erkennen. Geschäftig hin und her eilend. Einer mit einer langen Stange. Die Plane am Anhänger hinten wurde nach oben gehoben. Er zählte. Eins, zwei, drei Personen. Da noch eine vierte, etwas hinter sich herziehend. Unter Kraftanstrengung, mühsam. Es war lang. Über die Entfernung und im Mondlicht nur schwer zuzuordnen. Was war das? Etwa so dick wie ein Arm. Einer kletterte hinten auf den Anhänger. Verschwand darin. Nahm den herbeigezogenen Gegenstand ab. Vom LKW hing der jetzt herunter, auf den Boden. Die Personen waren verschwunden. Das Hallentor wurde zugeschoben. Ruhe. Keine Bewegung mehr, nichts.

„Was machen die da? Hast du etwas erkannt?"

Er schaute Klara an. „Was siehst du?"

„Das ist ein Schlauch. Ein ziemlich dicker, für eine große Pumpe. Ich glaube, Paul, du hattest Recht. Die pumpen da irgendetwas heraus. In die Halle. Das müssen riesige Mengen sein." Gebannt starrten sie beide auf den LKW. Kendzierski spürte das Hämmern in sich. Hart, fast entschlossen klang das. Der Rhythmus der Anspannung. Im gleichmäßigen Takt. Die Hintergrundmusik für diese Szenerie.

So ein Mist! Da war überhaupt nichts mehr zu sehen. Alle verschwunden. Die Tore zu. Diese lange Halle hatte alle verschluckt. Da drinnen waren sie, da führte der Schlauch hinein. Und sie saßen hier draußen. Ohne einen blassen Schimmer, damit beschäftigt, das Durcheinander in ihren Köpfen zu ordnen. Unmöglich. Wo war die Verbindung zum Schäfer? Zu den beiden Toten. Dem Erwürgten? Hatte das alles gar nichts miteinander zu tun? Die Notizen waren die Verbindung zwischen dem Scheier-Klaus und dem Sauder hier. Der hatte hier etwas beobachtet. Ihm gedroht. Aber wie passte der Dicke da mit hinein? Da gab es keine Verbindung. Zumindest keine, die er herstellen konnte.

„Was gibt es?" Klara schaute ihn an. „Du hast den Kopf geschüttelt und etwas vor dich hin gemurmelt."

„Ich sehe keine Verbindung zwischen dem zweiten Toten und dem Sauder hier."

„Vielleicht waren die ein Team. Die beiden Toten. Haben versucht, den da drüben zu erpressen. Vielleicht hat der Scheier-Klaus dem Herrmann alles erzählt und nach seinem Tod hat der einfach weitergemacht."

„Die beiden Vielleicht-Brüder als Erpresserpärchen? Ich weiß nicht."

Auf ihn wirkte das nicht wirklich überzeugend. Die Verbindung über das Erbe. Die Gier nach dem Besitz und die Spur zum Schäfer. Das hatte alles einen Sinn ergeben. Aber das hier? Das ungleiche Erpresserpaar. Der stotternde Sonderling und sein dicker Kumpane. Das wirkte wie Dick und Doof. Ende im Chaos. Genau das war es aber doch. Ein Ende im Chaos, Mord. Das war kein Profi. Wolf hatte das am Tatort gesagt. Massenhaft Spuren hinterlassen. Ein Anfänger. Mord aus Hass, aus Angst, entdeckt zu werden. Von einem erpresst, der nicht in der Lage war, die Situation zu beherrschen. Einzuschätzen, wie entschlossen sein Gegner war, den Ernst der Lage, die Brutalität. Erwürgt im Bett.

„Sollen wir nicht doch jetzt die Polizei anrufen?"

„Und wenn das da drüben alles ganz legal ist? Wer weiß, was die machen? Wie stehen wir dann da." Er musste wissen, was da drüben los war. Wie auch immer.

„Ich gehe da näher ran." Der hämmernde Takt in ihm wurde schneller. Klara schaute ihn aus großen Augen an.

„Paul, lass das." Ein bitterer Blick, fast flehend.

„Ich bin vorsichtig."

Langsam öffnete er die Tür, ganz leise. Schnell raus hier aus dem Auto, bevor sie ihn vom Gegenteil überzeugen konnte. Geduckt lief er durch das kniehohe Gras. Das Flüsschen war zu riechen. Die Nässe, feuchter Boden. Vereinzelt stand Schilf. Den Hof hatte er fest im Blick, den Lastwagen, das geschlossene Tor. Bereit, jederzeit in das Gras einzutauchen. Keiner konnte ihn sehen. Die Helligkeit dort drüben und das Dunkel hier. Ohne Probleme erreichte er die Bäume, die Böschung. Zwei Meter schräg hinunter zur Selz, dunkles Wasser, langsam dahinfließend. Kaum hörbar. Es waren zwei Meter bis zur anderen Seite. Ein kleiner Bach, die Trockenheit. Am anderen Ufer war deutlich zu erkennen, wie niedrig das Wasser stand. Frei hängende Wurzeln, getrockneter

Schlamm. Ruhe da drüben. Keine Bewegung, kein Mensch. Ein Summen war zu hören, ein ganz leises Geräusch. Er hatte es schon beim Aussteigen aus dem Wagen gehört. Mehr gefühlt. Es war lauter geworden. Klang mechanisch, gleichmäßig. Das Surren einer Pumpe. Der Schlauch, der aus dem LKW in die Halle führte.

Wie tief mochte das sein? Die Böschung war steil. Das wäre kein großes Problem. Äste hingen hinunter. Ausreichend Halt. Das Wasser. Ein Sprung ohne Anlauf, kein Platz dazu. Das war zu schaffen. Kendzierski, bist du verrückt? Was willst du denn da drüben? Mal kurz anklopfen an das Hallentor. N' Abend, mein Name ist Kendsiäke, ich bin nur der Bezirksbeamte. Keine Panik. Ich war gerade in der Gegend und da dachte ich mir, ich könnte doch mal, nur so ganz kurz, nur so auf einen Blick, vielleicht mal zum ungezwungenen Kennenlernen ...

Du bist einfach nur bekloppt, Kendzierski! Was war da drüben schon zu sehen, ohne das eigene Leben zu riskieren. Die hatten gemordet, brutal. Die schreckten vor nichts zurück.

Alles war verschlossen. Das Tor. Ein Spalt nur für den Schlauch. Zu gefährlich alles. Aber die Fenster. Die Fenster, hell erleuchtet. Wenn er sich vorsichtig da heranschleichen würde. Die waren nicht sehr hoch. Wenn er sich auf die Zehenspitzen stellte, konnte er vielleicht etwas erkennen. Sehen, was da drinnen vor sich ging. Und der offene LKW. Vielleicht war zu erkennen, ob das Wein war und wenn ja, woher der kam. Aus welchem Ort, von welchem Händler. Irgendein Hinweis, der ihn weiterbringen würde. Es musste doch endlich eine Lösung her! Ein Täter für diese beiden Todesfälle. Der konnte doch nicht weiterhin frei herumlaufen. Seelenruhig. Sich darüber amüsierend, dass ihm keiner auf die Schliche kam, dass alle viel zu blind waren für dieses Spiel.

Kendzierski entschied sich dagegen. Nein, er wollte nicht noch einmal zurück zu Klara, um ihr seinen Entschluss mitzuteilen. Sie hätte mit allen Mitteln versucht, das zu verhindern. Er musste da hinüber und nachsehen. Bis der Wolf hier sein würde, war es vielleicht schon zu spät. Jetzt war es ruhig in dem erleuchteten Hof. Das war seine Chance. Vielleicht die einzige, diesen Fall zu lösen. Er hatte sich das in den Kopf gesetzt, für heute. Er war so dicht dran, zum zweiten Mal. Also los!

Vorsichtig kletterte er das Stück Böschung hinunter zur Selz. Mit der rechten Hand hielt er sich an einem dünnen Ast fest. Das reichte. Der gab genügend Halt, um sicher unten anzukommen, direkt am Wasser.

Verdammt, was war das gewesen? Ein plötzlicher Schmerz an seinem linken Oberschenkel. Kendzierski griff danach. Da war etwas. Es bewegte sich. Wieder! Stechen an seinem rechten Oberarm. Er hörte das summende Geräusch von Mücken. Mit seiner rechten Hand fuchtelte er vor seinem Gesicht. Vorsicht! Das Gleichgewicht. Schwankend. Er fiel nach hinten in die Böschung. Weiches Gras. Das waren Bremsen gewesen. Ein Vieh hatte er erwischt, einstichbereit auf seinem Bauch. Riesig war das gewesen. Zerdrückt. Die würden ihn auffressen, wenn das hier so weiterging. Kendzierski spürte die Nässe an seinem Hintern. Na toll. Ruckartig stand er auf und befühlte die Stelle. Es war Sommer, es war warm, keiner weit und breit zu sehen, der sich lustig machen konnte, also was war Schlimmes an einer am Hintern durchweichten Hose? Nichts!

Gründlich betrachtete er sich die Stelle auf der gegenüberliegenden Seite der Selz. Keine Äste, keine Brennnesseln. Das war ein ordentlicher Landeplatz. Wenn er es denn schaffte. Zwei kleine Schritte Anlauf ermöglichte die Böschung. Los! Ein kräftiger Sprung auf glitschigem Untergrund. Geschafft! Er war drüben. Durchatmen. Die Anstrengung, die Anspannung. Er musste nach Luft schnappen. Komm zur Ruhe, Kendzierski. Es ist alles o.k. Er brauchte diesen Zuspruch. Auch wenn er lautlos von den eigenen Lippen kam. Es ist alles in Ordnung. Der Hof lag still da. Kein Mensch zu sehen. Nichts. Das Geräusch war deutlicher zu hören. Monotones Surren.

Wie weiter? Noch bot die Böschung ausreichend Schutz. Ein paar dünne Äste. Dann zwanzig Meter bis zum LKW. Vom Laster noch ein paar bis zum Hallentor. Wenn jetzt einer herauskam, brauchte er sich nur ein wenig zu ducken. Niemand würde ihn dann sehen. Klara hatte recht gehabt. Es war ein Schlauch. Deutlich dicker als die Schläuche, die er bei Bach und Schäfer gesehen hatte. Der Lärm schien von einer Pumpe zu kommen. Die musste direkt hinter dem Tor stehen. Der Lärm drang durch den schmalen Spalt nach außen. Hell war es da drinnen. Grelles Licht.

Sein Herz war zur Ruhe gekommen. Seine Atmung auch, so, dass er in der Lage war, einen klaren Gedanken zu fassen. Er betrachtete seine dreckverschmierte rechte Hand. Zwei rote Flecken waren auf dem Rücken deutlich zu erkennen. Flache harte Beulen. Diese Mistviecher! Er musste weiter. Wer weiß, wie lange die noch da drinnen blieben. Wie lange hier noch Ruhe war, um einen schnellen Blick durch das Fenster zu werfen.

Nur für einen kurzen Moment blitzte dieser Gedanke auf. Klara hätte ganz sicher etwas gesagt. Hätte sie ihn gewarnt? Sie war ja schon mehrmals hier gewesen. Rufe aus dem Auto, leise. Vorsicht, Kendzierski! Der Hund. Nein.

Er zögerte. Ganz sicher hätte er sich hier draußen einen Wachhund gehalten. Nicht wieder ein solches Erlebnis, wie bei seinen letzten Ermittlungen im Herbst. Der Hund, der ihn damals angefallen hatte. Die tiefe Fleischwunde in seiner Wade. Wochenlang war er nachts davon noch wach geworden. Ein Alptraum. Aber ein Hund hätte sich schon gemeldet, wenn es hier einen gäbe. Lautstark alles zusammengebellt. Hier war nichts. Beruhige dich, Kendzierski. Es ist alles in Ordnung.

Er atmete noch einmal tief durch. Und spannte alle seine Muskeln an. Hoch und raus. Raus aus dem Schutz der Böschung. Hastige Schritte, geduckt und leise. Vorsichtig. Bis zum Lastwagen. An der hinteren Achse. Wieder in Deckung. Vor neugierigen Blicken aus der Halle geschützt. Langsam tastete er sich bis zum Ende des Anhängers. Die Klappe hinten war zu. Nur die Plane nach oben geschoben. Es war so nichts zu erkennen. Er musste da irgendwie hochklettern, um hineinschauen zu können. Später. Er konnte sich ja denken, was sich da drinnen befand. Zuerst der gefährlichere Teil dieses idiotischen Ausflugs.

Kendzierski betrachtete die Hallenfront. Weiß verputzt. Alles ordentlich und frisch. Die Höhe der Fenster passte. Ein Stück würde er sich hochziehen müssen. Für einen kurzen Blick reichte das aus. Ein paar Sekunden sehen, was dort ablief. Die fehlenden Puzzleteile. Endlich das Bild zusammenfügen und verstehen. Dieser göttliche Moment, dieses Gefühl bei aller Anspannung. Ein letzter Blick auf das Tor, auf den Spalt, durch den Licht fiel und Lärm nach außen drang. Das gleichmäßige Summen der Pumpe. Nachschub für die dort drinnen.

Ein paar Meter waren es bis zur Wand. Geduckt rannte er los. Das Fenster. Er war dran. Mühsam zog er sich nach oben, fand mit den Fingern Halt an der Fensterbank. Seine Fußspitzen auf einem kleinen Absatz.

Der Blick nach drinnen. Alles hell erleuchtet. Einen Moment brauchten seine Augen, um sich an das grelle Licht aus Dutzenden Neonröhren zu gewöhnen. Stahlbehälter standen dort, riesengroß. Weinfässer ganz links. Eine ganze Batterie in Reihe. Zahllose Paletten mit Flaschen. Wie beim Schäfer die Laufbänder, nur größer. Die ganze Länge der Halle entlang. Eine riesige Abfüllanlage. Gefüttert von hier draußen. Rasend liefen die Flaschen.

Eine Person war zu sehen. Dunkles gewelltes Haar. Das war er! Einer der beiden Typen, die beim Scheier-Klaus alles durchsucht hatten. Jetzt fiel ihm auch wieder ein, wo er den schon mal gesehen hatte. Mit einer Sonnenbrille im dunklen Cabrio. Der war an ihm vorbeigefahren, mit zurückgegelten Haaren, als er den Toten im Graben suchte. Hatte ihn angestarrt. Das war er. Weiter hinten standen zwei andere. Die waren zu weit entfernt. Nichts zu erkennen. Er kniff die Augen zusammen. Keine Chance. Eins, zwei, drei. Verdammt, wo war der Vierte?

Kendzierski gelang es nicht, diesen Gedanken zu Ende zu bringen. Der Schlag traf ihn am Hinterkopf mit großer Wucht. Den kurzen, heftigen Schmerz spürte er noch, bevor alles um ihn herum in dumpfer Dunkelheit verschwand.

24

„Hoffentlich bekommen wir das alles gut über die Bühne."

Jochen Sauder schaute seinen Vater an.

Er versuchte leise zu sprechen. So, dass dieser ihn dennoch verstand, durch den Lärm der Anlage hindurch.

„Das wird schon. Wir liegen gut in der Zeit. Zwei Stunden, dann sind wir durch."

„Wenn nicht wieder irgendetwas schief läuft." Beide betrachteten sie die an ihnen vorbeirasenden Flaschen, hörten den Klang von Glas und Metall.

„Der Gerber hat heute wenigstens genug Etiketten geschickt. Nicht wie beim letzten Mal. Mir ist nicht wohl dabei, wenn hier so viel herumsteht, über mehrere Tage. Füllen, in Kartons und weg. Ein paar Stunden und alles ist vorbei. Dann kann der sehen, dass er die Ware versteckt."

„Der Harald hat das alles überprüft. Auf den ist Verlass. Der Alte hat kein System. Ich bin froh, wenn der Harald das mal alles übernommen hat. Dann klappt vieles besser."

„Hoffentlich."

„Der Alte wird nur wieder am Schluss auftauchen. Mit Goldkettchen und sauber gebräunt. Der Idiot. Als ob wir ihn brauchen würden. Er hat dem Harald heute wieder nicht das Geld gleich mitgegeben. Das macht er selber. Er kommt um vier, mit dem Fahrer zusammen."

„Jochen, meinst du, dass der den Dicken umgebracht hat?"

Er schaute seinen Sohn an. Suchte seinen Blick, seine Augen. Der drehte sich weg. Griff nach einer der Flaschen. Prüfend. Das Etikett betrachtend.

„Ich glaube nicht."

„Aber wer war das dann?"

Er zog seinen Sohn am Ärmel zu sich heran.

„Papa, lass mich. Ich habe ihn nicht umgebracht!"

Er brüllte es.

„Wer?"

„Keine Ahnung! Wir zwei haben damit nichts zu tun.

Hast du mich verstanden?" Kurt Sauder ließ seinen Sohn wieder los.

„Aber dann müssen es die beiden gewesen sein."

Er hatte das fast geflüstert. Der Lärm der Abfüllanlage verschluckte alles. Jochen Sauder hatte seinen Vater trotzdem verstanden.

„Sei ruhig jetzt."

„Ich gehe wegen denen nicht in den Knast, Junge. Einen Mord lasse ich mir nicht anhängen."

Jochen Sauders Blick fiel auf das offen stehende Hallentor. Wer hatte das aufgemacht und nicht wieder verschlossen? Erst dann sah er den Italiener, der etwas hinter sich herzog.

„Verdammt. Papa, du bleibst hier und passt auf, dass alles weiterläuft."

Er rannte los, an der Anlage entlang nach hinten.

25

Um ihn herum war alles dunkel. Er brauchte einige Zeit, bis er das merkte. Schwarze Finsternis. Oder war er noch gar nicht wach? Ein Traum all das, was auch immer passiert war. Ein Alptraum, der hier endete. Die Erinnerung kam langsam zurück. Die hämmernden Schmerzen in seinem Kopf. Alles tat weh, sein ganzer Körper. Er lag da. Es war kalt. Vorsichtig versuchte er, sich zu bewegen. Langsam tastend. Seine Hand. Er führte sie an seinen Hinterkopf. Feucht war es da. Der Schmerz. Das musste bluten. Seine Haare waren verklebt. Ein Schlag war das gewesen. Er hatte ihn heftig getroffen.

Es zeichneten sich keine Konturen ab um ihn herum. Eine

tiefschwarze Finsternis. Nichts zu erkennen. Wo war er? Er versuchte, seine Beine auszustrecken. Schob sie langsam über den Boden. Er stieß gegen etwas. Eine Wand. Wo hatten die ihn hingebracht? Die Erinnerung kam wieder. Wie ein Licht in seinem Kopf, das plötzlich einer anknipste. Die Bilder waren wieder da. Das Gras, das seine Beine streifte. Die Böschung hinunter. Die stechenden Bremsen. Der Schlauch und die surrende Pumpe daran. Das helle Licht der Neonröhren. Diese riesige Abfüllanlage. Es war still um ihn herum. Er musste alleine sein hier drinnen. Gefangen. Klara war noch irgendwo da draußen auf der anderen Seite. Hoffentlich blieb sie dort. Er versuchte, sich aufzurichten. Mühsam auf alle viere. Stechender Schmerz. Sein Kopf drohte auseinanderzuplatzen. Zu bersten. Das war ein höllischer Druck da drinnen. Pochend. Die Helligkeit in seinen Augen. Vom Schmerz ausgelöst. Gleißendes Licht wie vom Blitz einer Kamera. Er spürte die Tränen in seinen Augen. Auf Knien und Händen ruhte er aus. Der Schmerz ließ langsam nach. Nur vorsichtige Bewegungen. Ohne Erschütterungen. Diese Kälte. Er fror. War er in einem Kühlraum? Er tastete mit seiner rechten Hand vorsichtig um sich. Der Boden war kalt. Er fühlte sich glatt an, metallisch. Vorsichtig klopfte er. Es klang nach Stahl. Er schob sich ein Stück nach vorne. Auf den Knien. Sie trugen schwer an ihrer Last. Tastete weiter. Alles so glatt. Keine Unebenheit. Direkt vor ihm war eine Wand. Sie war rund gebogen. Das gleiche kühle Material. Mühsam krabbelte er an dieser Wand entlang, immer mit ihr in Berührung bleibend. Mit seiner Hand fühlend. Ein tastendes Vorankriechen. Im Kreis, alles rund. Er blieb an etwas hängen. Eine Kante im Metall. Kreisrund. Eine Lücke, Gummi. Sein Gefängnis. Jetzt wusste er, wo er war. Wo sie ihn hineingeworfen hatten. Vom Fenster aus hatte er die großen Fässer gesehen. Die Stahltanks. Mit ihren ovalen Türchen. Da hinein mit dem und zu. Da kann er uns nicht abhauen. Er saß fest. Ein Stahlkoloss um ihn herum hielt ihn gefangen. Umschlungen. In jede Richtung einen guten Meter. Er spürte den kalten Schweiß auf seiner Stirn und sank zurück. Zurück auf den Stahlboden. Hektisch tasteten seine Hände nach seinen Hosentaschen. Das Handy. Es war weg. Sie mussten es ihm abgenommen haben. So dumm waren die nicht.

Warum hatte er denn nicht auf Klara gehört? Bleib' hier. Lass' uns doch den Wolf rufen, die Kripo. Warum nicht? Er musste ja unbedingt immer weiter, immer näher ran. In diesen Wahnsinn hier. Das waren Mörder. Die hatten zwei Menschen auf dem Gewissen. Gemordet aus Angst, entdeckt zu werden. Was würden sie mit ihm machen? Er war ihre größte Gefahr. Der ist uns auf der Spur. Der hat hier herumgeschnüffelt. Wir müssen ihn aus dem Weg räumen. Der muss weg. Der bringt uns hinter Gitter. Seine Gedanken rasten. Laufen, weg hier, raus. Dieser Schmerz im Rhythmus seines rasenden Pulses. Das Rauschen in seinen Ohren. Er fühlte sich so klein. Hilflos und gefangen. Zitternd kauerte er sich zusammen.

Ein dumpfer Laut riss ihn zurück. Eine Erschütterung. Etwas war gegen sein Fass geschleudert worden. Schreie, Stimmen. In der Stille. Deutlich zu hören. Gedämpft durch das Metall um ihn herum.

„Was soll das? Bist du verrückt geworden? Lass mich in Ruhe!"

Die Worte gebrüllt.

„Du hast doch deinen Laden hier nicht im Griff. Was musst du die größten Idioten als Handlanger anstellen. Stotternde und Alkoholiker. Deine Leute! Du bist eine Null. Merkst du das? Bei mir ist nichts schiefgelaufen."

Der musste direkt vor seinem Fass stehen. Die heiseren Worte. Undeutlicher noch am Anfang. Ein Gerangel. Gegen den Stahltank geschleudert.

„Wo hat denn die Alte vom Dicken den Wein gesehen? In deinem Laden, beim Putzen. Obwohl du immer behauptet hast, dass die Ware direkt weitergeht. Großhandel, Export und so weiter. Ganz sicheres Ding. Dass ich nicht lache! Du hast die Flaschen in deine Regale gestellt. Weil du selbst den Hals nicht voll genug kriegen konntest."

Wieder prallte etwas gegen sein Fass. Ein Stöhnen.

„Das war gegen unsere Abmachung. So etwas kommt raus, bei den Mengen. Da musste doch irgendwann mal einer stutzig werden. Bei den paar Weinbergen, die ich nur habe. Und dann an Supermärkte, Großhandel, Weinhandlungen. So etwas geht nicht gut."

„Das waren doch nur Peanuts. Die paar Flaschen. Die Container gingen in die Welt. Ohne mich hätte das nie funktioniert. Du bist doch nur ein kleiner Bauer mit einem verschuldeten Saftladen. So ein Ding hättest du nie aufziehen können. Jetzt nimm deine dreckigen Pfoten weg! Du bist ja vollkommen übergeschnappt."

„Wer ist hier übergeschnappt? Ihr seid durchgedreht. Wein abzufüllen und ihn falsch zu etikettieren ist eine Sache, aber Mord! Ihr habt die zwei umgebracht! Dafür gehst du Jahre in den Bau. Da kannst du deine Blondinen und den Porsche abschreiben. Die siehst du nie wieder!"

Kendzierski hörte Schreie, dann Stöhnen, schnelle Schritte.

„Seid ihr verrückt geworden, ihr zwei alten Idioten? Wir machen die Drecksarbeit und ihr haut euch hier. Reißt euch zusammen. Wir müssen das fertig bekommen, bevor hier noch mehr Polizei auftaucht. Fasst gefälligst mit an, damit wir vorankommen."

„Dein Vater hätte mich fast umgebracht. Bei dem sind die letzten Sicherungen durchgebrannt. Leg' den an die Kette, bevor er noch Amok läuft."

„Lasst mich doch in Ruhe mit eurem Scheiß. Wir müssen zusehen, dass wir das Zeug in die Flaschen bekommen und runter vom Hof. Wer weiß, wieviel Zeit uns dafür noch bleibt. Und ihr zwei alten Idioten habt nichts Besseres zu tun, als euch an den Kragen zu gehen. Das ist zum Kotzen!"

Schritte entfernten sich.

„Vater, du stichst das große Fass an. Das ist das letzte. In einer halben Stunde sind wir durch. Danach könnt ihr euch blutig hauen, so viel ihr wollt. Denk' lieber mal darüber nach, was wir mit dem da drinnen machen."

Kendzierski musste an die beiden Typen denken, die ihn unter das Ehebett gezwungen hatten. Auf der Suche beim Scheier-Klaus. Der gedrungene Blonde mit der Bodybuilderstatur und der größere mit den schwarzen Locken. Die hatten auch von ihren Vätern geredet. Das mussten die beiden da draußen sein. Die Stimmen, verzerrt durch das Metall. Sie waren es. Ganz sicher. Ein lautes Hupen. Die Maschine lief wieder an. Der Lärm der Abfüllanlage. Jetzt war nichts anderes mehr zu hören. Klappernde Flaschen an Metall. Das letzte große Fass. Eine halbe Stunde, dann war alles vorbei. Was würden die mit ihm machen? Wie lange war er schon hier drinnen? Schon länger als eine Stunde? In seinem stählernen Gefängnis. Jetzt fehlte nur noch die wiederkehrende Melodie, der Klang des Echolots. Gefangen im U-Boot. Die Mannschaft von U 96 auf Feindfahrt. Stille, Angst. Die einschlagenden Wasserbomben der Zerstörer.

Er saß hier alleine und das war kein Film. Ob es in diesem

Fass zusammen mit Herbert Grönemeyer amüsanter wäre, bezweifelte er.

Zitternd saß er da. Der Lärm draußen war verstummt. Ende. Die waren jetzt fertig mit ihrer Abfüllung. Der italienische Wein für den Export und die Läden. Ferne Geräusche waren zu hören. Der Motor eines Fahrzeugs, immer wiederkehrend. Die luden die abgefüllten und in Kartons verstauten Flaschen auf. Vielleicht ein Stapler. Die Spuren wurden beseitigt und er musste tatenlos dabeistehen. Die würden das heute Nacht so gründlich machen, dass sich wahrscheinlich nichts nachweisen ließe. Die Anlage doppelt gereinigt. Weinreste? Wir haben selbst noch etwas für den eigenen Bedarf abgefüllt und für einen Kollegen. Daher die Reste. Das ist doch alles Wein. Kaum nachzuweisen. Nichts würde übrig bleiben. Der LKW weg. Ein neues Nummernschild auf dem nächsten Rastplatz. Das reicht bis nach Italien. Erst einmal abtauchen. Zeit. Gras über alles.

Er musste hier raus. Das machte ihn rasend. So nah dran. So klar alles und er saß gefangen in einem Weinfass. Wenn der Bach ihn hier sehen könnte! Jämmerlich auf dem Boden dieses Stahlungetüms. Er hatte Lust zu brüllen, alles herauszuschreien. Seine Ohnmacht, seine Angst, seinen Hass. Er hämmerte mit beiden Fäusten gegen die Stahlwände. Brüllend. Ein riesiger Krach. Das musste doch jemand hören. Er trat mit aller Wucht gegen das Metall. Im Zentrum des Gewitters. Donnernd. Das war ein Lärm. Er hätte ihn gern bis hinüber zu Klara geschrien. Nach Essenheim hinauf, zum Bach. Nach Mainz, zum Wolf. Irgendeiner musste ihn doch hören. In seiner ausweglosen Situation hier drinnen. Er tobte. Rasend auf vier Quadratmetern im Kreis herum. Ihm wurde heiß. Die Schmerzen in seinem Kopf ließen ihn noch wilder werden. Sollten sie ihn doch herausholen und verprügeln. Wieder auf den Kopf. Das war ihm egal. So egal. Alles. Nur heraus. Heraus aus dieser Röhre. Diesem Gefängnis, diesem Grab. Lebendig unter der Erde in einer tiefen Dunkelheit. Keiner hörte ihn. Du kannst schreien, so viel du willst, Kendzierski. Wer soll dich schon hören? Unter Metern frischer Erde. Gib Ruhe. Sonst sind deine Kräfte bald am Ende, so wie du.

Lange noch nicht! Er schrie weiter. Heiser krächzend. Wie ein einsamer Rabe im Winter.

Ein heftiges Donnern ließ ihn verstummen. Schritte. Außen an seinem Fass. Nach oben. Da kletterte einer an seinem Fass hoch. Die Leiter angestellt und nach oben. Was wollten die? Ihn holen. Ein Geräusch über ihm. Er schaute zur Decke. Ins Dunkel über ihm. Da musste er jetzt sein. Eine kleine Öffnung. Licht fiel herein. Für einen kurzen Moment. Dann wurde etwas durch das helle Loch geschoben. Nahm wieder einen Teil des Lichtes. Die Schritte. Der kletterte wieder nach unten. Was wollte der? Kendzierski brüllte von neuem. Laut, so laut er konnte. Die sollten ihn hören. Jeder sollte ihn hören. Der hatte nur nach ihm geschaut. Warum brüllt der denn so? Der dreht durch. Ich will raus hier. Er schrie nach oben.

Wie ein Schlag traf es ihn im Gesicht. Ein harter Strahl. Er taumelte und fiel nach hinten. Gleißendes Licht. Blitze in seinen Augen. Alles war nass. Um ihn herum. Er versuchte sich wieder aufzurichten. Benommen, wankend. Ein Boxer, angezählt. Verschwommener Blick. Ins Nichts gerichtet. Wie ein Wasserfall schoss es von oben herunter. Bis zu den Knöcheln stand es ihm.

Was machten die da? Was hatten sie vor? Nein! Er brüllte und schrie. Gegen den Lärm des schon unten aufschlagenden Weines.

Es war Wein. Die ließen dieses verdammte Fass volllaufen. Die wollten ihn umbringen. Er brüllte ohne sein eigenes Wort zu verstehen. Im Donner des lärmenden Stahles. Der aufschlagenden Massen. Bebend bis tief in ihn hinein. Hilfe! Kniehoch stand er im Wein. Steigend. Wie lange hatte er noch? Höchstens fünf Minuten. Schwimmen, da drinnen. Noch drei Meter. Bis die Röhre voll gelaufen war. Die letzten Sekunden. Platt gedrückt oben unter dem Stahldeckel. Den Kopf schräg. Ein allerletzter tiefer Zug. Luft. Abgetaucht. Weg für immer. Ruhe. Seine rasenden Gedanken in seinem hämmernden Kopf.

Es herrschte Ruhe. Bis zur Brust im Wein. Es war still. Nur in seinen Ohren donnerte es noch immer. Der herabstürzende Wein. Es hatte aufgehört. Jemand musste die Pumpe abgestellt haben. Er hörte Schreie. Unterdrückt und dann wieder lauter.

„Bist du verrückt geworden! Du kannst den doch nicht ersäufen. In meinem Keller. Ich will keinen Toten hier drinnen. Hoffentlich ist es noch nicht zu spät."

Kendzierski hörte, wie sich jemand am Fass zu schaffen machte. Das Geräusch einer Schraube. Hektisch aufgedreht. Scheppernd fiel etwas zu Boden. Es plätscherte, rauschte. Der Pegel sank wieder. Er atmete tief durch. Alles an ihm zitterte. Er konnte das gedämpfte Klappern seiner Zähne hören. Sie schlugen aufeinander.

„Sind Sie o.k. da drinnen?"

Kendzierski versuchte es, aber er konnte nichts sagen. Seine Stimme versagte. Ein heiseres Krächzen. Mehr nicht. Er hatte alles herausgebrüllt. Da war nichts mehr. Kein Ton mehr in ihm, den er hervorzuholen vermochte. Wieder ein schraubendes Geräusch. Das musste an der Öffnung sein, dem ovalen Türchen.

„Wenn der tot ist!"
Das klang panisch.
„Und wenn schon. Der hat alles gesehen. Wir können den nicht einfach so von eurem Hof spazieren lassen."
„Aber ihn hier im Fass ersäufen. Das ist doch idiotisch. Der kann uns nichts nachweisen. Gar nichts!"
Licht fiel herein. Licht! Kendzierski musste blinzeln. So hell. Er hätte vor Freude am liebsten losgeheult. Aber in ihm war nichts mehr. Er sah ein Gesicht durch die Öffnung. Blonde stoppelige Haare. Einer der beiden Typen, die er im Hof vom Scheier-Klaus gesehen hatte. Das Gesicht war wieder verschwunden.
„Er lebt. Du hast Glück gehabt."
Stille.
„Wolltest du den hier ersäufen, um mir auch den anderen Mord unterzuschieben?"
Kein Wort von dem anderen. Das musste der Schwarzhaarige sein. Er schwieg.
„Jetzt verstehe ich das! Genau so hattet ihr das vor. Ein Toter hier. Du und dein Vater weg. Keine weiteren Spuren erst einmal. Und dann: Wir haben mit dem Mord nichts zu tun. Keine Ahnung. Das hast du dir fein ausgedacht. So wie du den Dicken umgebracht hast. Du mieses Schwein, bleib hier!"
Kendzierski hörte Schritte und beugte sich zur Öffnung hinunter. Der Schwarzhaarige rannte an der Abfüllstraße entlang. Verfolgt von dem kleinen Blonden. Unter Schmerzen schob er sich durch das Türchen. Freiheit. Er hatte es geschafft. Seine Beine trugen ihn noch. Auch wenn jeder Schritt schwer fiel und reichlich Kraft kostete. Er ging durch das offen stehende Hallentor nach draußen. Es war niemand zu sehen. Der italienische Lastwagen war verschwunden.

Am hinteren Hallentor stand ein neuer LKW. Etwas kleiner, in weiß. Kendzierski lief am Wohnhaus vorbei. Auf dem betonierten Weg entlang der Selz. Blau blitzten die Lichter der heranrasenden Polizeiwagen auf. Aus dem ersten sprang Klara. Sie rannte auf ihn zu und nahm ihn in die Arme. Er spürte, wie sehr sie ihn drückte.

„Warum kommst du so spät, Klara?"

26

Eine Woche später.
Es war kurz vor zwölf. Kendzierski genoss die Ruhe im Innenhof vom alten Grass. Sein erstes Glas Wein nach allem. Krankenhaus, Nachkontrolle, Psychologengespräch. Herr Kendzierski, Sie dürfen das nicht in sich hineinfressen. Sie müssen da offensiv mit umgehen, es verarbeiten. Ich möchte gerne zehn Sitzungen mit Ihnen machen. Wir gehen Ihre traumatischen Erlebnisse durch, das ist gut für Sie.

Zur zweiten Sitzung war er nicht mehr erschienen. Er konnte diesen leidend-mitfühlenden Gesichtsausdruck einfach nicht mehr ertragen. Keine weiteren neun Sitzungen. Neunmal 45 Minuten. Auf gar keinen Fall. Zweimal noch war der Psychologe in seinem Zimmer erschienen. Mit mahnendem Blick am Krankenbett. Die meisten kommen dann doch noch irgendwann zu mir. Im letzten Moment. Aber dann sitzen die Erlebnisse meistens schon so fest. Hineingefressen. Kopfschüttelnd war er abgezogen.

Er war froh, wieder draußen zu sein. Den Geruch der Krankheit war er los. Eine Woche Ruhe hatten sie ihm noch verordnet. Wegen der heftigen Schläge auf den Kopf. Ein

Wunder, dass Ihr Schädel nicht gebrochen ist. Die Ruhe war er bereit einzuhalten. Hier, täglich. Im Schatten der Bäume oder bei seinen Spaziergängen durch die Weinberge.

Klara bog um die Ecke.

„Na, auf dem Weg der Erholung?"

„Bestens. Ich könnte schon wieder."

„Vergiss es." Sie grinste. „Sie haben den flüchtigen Unfallfahrer festgenommen. Der Wolf hat heute früh angerufen." Kendzierski schaute sie fragend an. „Der Hinweis kam von einer Autowerkstatt. Die Lackproben stimmten überein. Der hat schon gestanden. Er war betrunken, auf dem Heimweg von der Kerb ein paar Ortschaften weiter. Er hat zu langsam reagiert. Der Scheier-Klaus soll mitten auf der Straße gestanden haben. Nach dem Aufprall hat er sich in Panik aus dem Staub gemacht. Zumindest damit hat deine Bande nichts zu tun gehabt."

„Und sonst?"

„Der alte Gerber leugnet noch immer alles. Er will nicht gewusst haben, dass der Wein aus Italien stammte. Er dachte, es wäre Riesling, so wie das auf den Flaschen auch drauf stand. Damit wird er nicht durchkommen. Sein Sohn hat den Herrmann ermordet. Die DNA-Analyse belegt das. Die beiden Sauders haben alles gestanden. Die Abfüllungen über ein Jahr. Riesige Mengen italienischen Weißwein haben die auf diese Weise germanisiert und als ihren Riesling weiterverkauft. Alles über den Gerber, seine beiden Supermärkte, seine Weinhandlungen und den Großhandel, den er betreibt. Ein Spiel mit guten Gewinnen. Immer größer und immer mehr."

„Die Gier hat sie angetrieben. Bis zum Mord."

„Nach dem Tod vom Scheier-Klaus ist das alles eskaliert. Der Herrmann hatte panische Angst und hat gedroht, alles auffliegen zu lassen. Seine Frau hat die Mengen Wein im Supermarkt gesehen. Und er hat bei der einen oder anderen Lieferung ausgeholfen am Fließband. So wie der Scheier-Klaus auch. Da hatte der Herrmann alles schnell durchschaut. Der dachte, er wäre das nächste Opfer. Die würden nach dem Scheier-Klaus auch ihn umbringen. Alle Mitwisser nacheinander. Alles, was er wusste, hat er aufgeschrieben und einem Mainzer Anwalt in den Briefkasten geworfen. Damit wollte er sich retten. Geholfen hat es ihm nicht. Den Brief hat der Wolf mittlerweile."

„Hat der sich inzwischen beruhigt?"

„Naja, gut ist er nicht auf dich zu sprechen. Der Presserummel um ihn, als erfolgreicher Ermittler in diesem Fall, hat ihn zwar ein wenig besänftigt. Aber das Donnerwetter wird sicher noch kommen. Erbes hat sich sehr für dich eingesetzt. Warum, kann ich selbst nicht so recht verstehen. Das ist ungewöhnlich für ihn. Kendsiäke hat meine volle Rückendeckung. Der Mann ist einer unserer Besten. Der iss nett vunn hiä. Dess müsse Sie verstehe. Der ist andäsdä."

Beide mussten lachen.

„Bleibt es bei heute Abend?"

Klara nickte und stand auf. Sie küsste ihn zum Abschied ganz vorsichtig auf die Wange.

Volker Klüpfel, Michael Kobr
Rauhnacht
*Kluftingers fünfter Fall. 368 Seiten.
Piper Taschenbuch*

Eigentlich sollte es für die Kluftingers ein erholsamer Kurzurlaub werden, auch wenn das Ehepaar Langhammer mit von der Partie ist: ein Winterwochenende in einem schönen Allgäuer Berghotel samt einem Live-Kriminalspiel. Doch aus dem Spiel wird blutiger Ernst, als ein Hotelgast unfreiwillig das Zeitliche segnet. Kluftinger steht vor einem Rätsel: Die Leiche befindet sich in einem von innen verschlossenen Raum. Und über Nacht löst ein Schneesturm höchste Lawinenwarnstufe aus und schneidet das Hotel von der Außenwelt ab ...

»Volker Klüpfel und Michael Kobr sind das erfolgreichste Autorenduo Deutschlands.«
Der Spiegel

Thomas Raab
Der Metzger sieht rot
*Kriminalroman. 320 Seiten.
Piper Taschenbuch*

Was tut man nicht alles aus Liebe? Willibald Adrian Metzger zum Beispiel, der feinsinnige Restaurator, überwindet seine Abneigung gegen Massenveranstaltungen und begleitet seine heiß verehrte Danjela zu einem Heimspiel ihrer Lieblingsmannschaft – mit tragischem Ende. Denn auch der Tod löst diesmal seine Eintrittskarte und zeigt auf dem Spielfeld die finale Rote Karte. Als tags darauf überdies Danjela ihrer Neugierde zum Opfer fällt, ist es vorbei mit der Gelassenheit des Willibald Adrian Metzger. Mit einer ordentlichen Portion Wut im Bauch macht er sich auf die Suche nach der Wahrheit und findet dabei etwas erschreckend anderes.

»Thomas Raab ist ein großartiger Erzähler, sein Krimi ein milieustarkes Stück, atmosphärisch dicht und bevölkert mit glänzend charakterisierten Figuren – Wiener Schmäh inklusive. Ein Krimi, der mächtig Spaß macht – auch ohne atemlose Action.«
Münchner Merkur

Gerwens & Schröger
Anpfiff in Kleinöd
Ein Niederbayern-Krimi.
320 Seiten. Piper Taschenbuch

In der Nähe des niederbayerischen Weilers Kleinöd wird eine furchtbar zugerichtete Leiche gefunden. Wer war der Tote, der von vielen Frauen des Dorfes als Heiliger verehrt wurde, weil er angeblich die Stimmen der Toten hören konnte? Und warum musste er sterben? Ein Fall für Kommissarin Franziska Hausmann, die es bei ihren Ermittlungen diesmal nicht leicht hat: Seit das Los entschieden hat, dass der prominente Fußballklub Schalke 04 der nächste Gegner der örtlichen Kicker im DFB-Pokal sein wird, haben zumindest die meisten männlichen Kleinöder nichts als das runde Leder im Kopf. Als die Polizei endlich auf eine heiße Spur gerät, ist es fast zu spät, und die Ereignisse überschlagen sich dramatisch ...

»Gerwens und Schröger gelingt eine gleichermaßen rasante wie auch hintergründige Durchdringung menschlicher Abgründe und dörflicher Idylle.«
Heilbronner Stimme

Alexander Rieckhoff / Stefan Ummenhofer
Giftpilz
Ein Fall für Hubertus Hummel.
256 Seiten. Piper Taschenbuch

Herzprobleme! Auch das noch! Ein Kuraufenthalt in einer Schwarzwälder Klinik soll Hubertus Hummel wieder auf die Beine bringen – die Besuche von Familie und Freundin tragen jedenfalls zu seinem Wohlbefinden bei. Doch als ein Mitpatient an einer Pilzvergiftung stirbt, ist es mit Ruhe und Erholung vorbei, denn der Studienrat vermutet dahinter keineswegs nur einen Unglücksfall. Gemeinsam mit dem Journalisten Klaus Riesle begibt er sich im Kurmilieu auf Verbrecherjagd, was nicht nur ihm bald auf den Magen schlägt ...

Heinrich Steinfest
Batmans Schönheit
Chengs letzter Fall. 272 Seiten. Piper Taschenbuch

Markus Cheng hat sich in eine Privatidylle zurückgezogen und fühlt sich in keiner Weise davon berührt, als in Wien mehrere Schauspieler ermordet werden, die allesamt »frankiert« wurden: Eine norwegische Briefmarke klebt ihnen auf der Zunge. Cheng hingegen ergibt sich ganz der Aufzucht winzig kleiner Salzkrebse, von denen er einen Batman tauft. Aber wie man so sagt: Die Vergangenheit holt ihn ein und läßt ihn zwischen Madeira und Wien, zwischen Urzeit und Jetztzeit, zwischen Himmel und Hölle alsbald das Gefüge der Welt begreifen.

»Sag einer, was er will: Heinrich Steinfest ist einer der großen deutschsprachigen Schriftsteller.«
Hamburger Abendblatt

Dirk Kruse
Tod im Augustinerhof
Frank Beauforts erster Fall. 336 Seiten. Piper Taschenbuch

Im baufälligen Augustinerhof wird die Leiche von Hubert Pelzig gefunden, der sich zu Lebzeiten für den Erhalt der Nürnberger Altstadt eingesetzt hatte. Ist er skrupellosen Immobilienspekulanten zum Opfer gefallen oder wurde er wegen zwielichtiger Geschäfte ermordet? Der bibliophile Millionenerbe Frank Beaufort macht sich gemeinsam mit der energischen BR-Journalistin Anne Kamlin trotz aller Warnungen der Polizei an seine eigenen Ermittlungen – und gerät bald selbst in Lebensgefahr.

»Frank Beaufort ist ein Gelegenheitsdetektiv mit Eleganz-Repertoire.«
Norddeutscher Rundfunk

Lieben Sie Krimis? Wir haben noch mehr!

Andreas Wagner: Gebrannt. Ein Weinkrimi
Der Seniorchef des Essenheimer Weinguts Baumann wird nachts in der Scheune erstochen aufgefunden. Nicht genug damit, hat es in der Nähe des Tatorts auch noch gebrannt ... Schnell gerät der Sohn Jochen Baumann, erfolgreicher Juniorchef im elterlichen Weingut, unter Mordverdacht: Mündet hier die Betriebsnachfolge in einen Vater-Sohn-Konflikt mit tödlichem Ausgang?
Der dritte Kendzierski-Krimi!
ISBN 978-3-937782-85-0, Broschur, 232 Seiten, 10,90 €

Andreas Wagner: Letzter Abstich. Ein Weinkrimi
Wieder ist Andreas Wagner ein überaus spannender und realistischer Krimi gelungen. Der geneigte Leser erfährt außerdem viel über die Arbeit des Winzers in den Wintermonaten im Keller("Letzter Abstich") und auch der Begriff "Terroir" wird am Beispiel der Löss- und Kalkböden rund um Essenheim profund erklärt. Kurzum: Spannende und lehrreiche Unterhaltung mit viel Lokalkolorit auf höchstem Niveau. (rheinhessen.de)
ISBN 978-3-942291-08-8, Broschur, 208 Seiten, 9,90 €

Antje Fries: Kleine Schwestern
Anne Mettenheimers vierter Fall, bei dem sie womöglich davon ausgehen muss, dass sie einem Serientäterauf der Spur ist. Schließlich haben alle verschwundenen Mädchen braune Augen und lange braune Haare ...
ISBN 978-3-937782-81-2, Broschur, 188 Seiten, 9,90 €

Jürgen Heimbach: Plötzlicher Tod einer Nutte
Der ehrgeizige Politiker Wolfgang Anstett hat alles erreicht, wovon andere nur träumen können: Seine Karriere scheint ungefährdet, sein Familienleben ist glücklich – wenn da nicht seine Vorliebe für käuflichen Sex der übelsten Spielart wäre. Als die Prostituierte Elena plötzlich tot vor ihm liegt, erhält er unerwartete Hilfe, die aber ihren Preis hat und Jahre später nicht nur ihn, sondern auch den gut aussehenden Reza, der endlich aus dem Milieu aussteigen will, in einen tödlichen Sog zieht ...
ISBN 978-3-937782-86-7, Broschur, 312 Seiten, 11,90 €

**Leinpfad Verlag –
der kleine Verlag mit dem großen regionalen Programm!**
Leinpfad Verlag, Leinpfad 5, 55218 Ingelheim, Tel. 06132/8369, Fax: 896951
www.leinpfadverlag.com, info@leinpfadverlag.de
Wir schicken Ihnen gerne unser Programm!